너의 옷이 보여

너의 옷이 보여 4

킹묵 현대 판타지 소설

초판 1쇄 찍은 날 § 2019년 10월 23일
초판 1쇄 펴낸 날 § 2019년 10월 30일

지은이 § 킹묵
펴낸이 § 서경석

총괄팀장 § 노종아
편집책임 § 김경민

펴낸곳 § 도서출판 청어람
등록번호 § 제387-1999-000006호
등록일자 § 1999. 5. 31
어람번호 § 제1-3058호

주소 § 경기도 부천시 부일로 483번길 40 서경B/D 3F (우) 14640
전화 § 032-656-4452 팩스 § 032-656-4453
http://www.chungeoram.com
E-mail § chungeorambook@daum.net

ⓒ 킹묵, 2019

ISBN 979-11-04-92078-3 04810
ISBN 979-11-04-91989-3 (세트)

킹묵 현대 판타지 소설

너의 옷이 보여

4

Contents

제1장

커플 I

　예약한다고 전부 옷을 맞추는 것은 아니었지만, 처음 겪는 일이다 보니 우진은 조금 당황스러웠다.

　여성용 백이 보인 것 자체가 처음이었기에 설레기까지 했는데, 아무래도 이번엔 눈에 보이는 대로 만드는 걸 포기하고 상대가 원하는 대로 맞춰줘야 할 듯싶었다.

　남자가 어색한 미소를 지었다.

　"난 괜찮다니까. 난 옷 많잖아. 자기 옷이나 맞추자."

　"많긴 뭐가 많아. 전부 한 십 년은 된 옷들이잖아."

　"빌리면 돼. 그냥 자기 옷 맞추자."

　우진은 목을 긁적였다. 뉴욕 숍을 오픈하고 대금이 들어오면 자금 사정이 괜찮아지겠지만, 아직까진 직원 월급 주기도 빠듯했다. 그렇기에 펴줄 수는 없었다.

게다가 가방을 만들려면 세운이 필요한데, 세운은 지금만으로도 충분히 바빴기에 우진은 아쉬워하면서도 금세 마음을 접었다.

"두 분 재킷만 하시면 백만 원에 해드릴게요."

"그렇게 해주세요!"

남자는 애처로운 눈으로 여자를 봤고, 여자는 기대되는지 활짝 웃었다.

"그럼 스케치부터 할게요. 시간은 한 시간 정도 걸리니까 편안하게 계세요."

"그럼 한 시간 뒤에 올까요?"

"아! 아니요. 제가 보고 그려야 해서요."

우진은 스케치하기 시작했다. 일단 특별함이 적은 남자부터 그렸다.

'머리는 서비스로 잘라줘도 되겠지.'

상당히 긴 머리를 정리한 포마드 스타일로 보였다. 지금 모습보다 훨씬 깔끔해 보였다. 옷도 정장 스타일인 남색 블레이저 재킷이라 상당히 깔끔했다.

옷 입은 모습을 보니 남자는 몸도 상당히 좋아 보였다. 다만 목이 조금 짧아서인지, 슈트 깃에 I.J 로고가 길게 새겨져 있었다. 그리고 약간 신축성이 있어 보이는 셔츠를 입고 있었다. 만져볼 수가 없기에 어떤 원단인지 가만히 들여다봤다.

스판 같으면서도 하늘하늘한 느낌.

일단 눈에 보이는 느낌대로 따로 작성해 둔 뒤 바지와 구두까지 전부 그렸다. 그러고서 여자 쪽으로 넘어갔다.

우진은 여자를 위아래로 훑었다. 그러고는 머리부터 그리기 시작했다. 지금 보이는 단발에서 밑부분만 펌을 한 것처럼 보였다.

일단 전체적인 인체를 그리고 나서 차근차근 다시 살폈다.

가방 때문에 제대로 보지 못했는데, 지금 보니 안에 입은 원피스가 상당히 특이했다. 마치 한복 같은 느낌의 살구색 실크 원단에다, 세로로 주름을 줘서 펑퍼짐하면서도 실크의 특징을 잘 살려 늘어뜨린 덕에 날씬해 보였다.

오른쪽 눈으로 봤을 때도 날씬해 보였기에, 디자인으로 부족한 부분을 감춘다기보다는 고급스러움을 강조한 느낌이었다.

어깨에는 하얀 재킷을 걸쳤다. 3버튼 형식의 클래식하면서 보이시한 느낌의 재킷이었다. 재킷만 본다면 오히려 남자보다 더 만들기 쉬워 보였다.

우진은 이번에도 멈추지 않고 보이는 대로 스케치를 완성했다. 은색빛의 구두까지 전부 그렸음에도 시선은 여성의 팔에 멈췄다.

결국 문제는 손에 들린 가방이었다. 보통 핸드백보다 큰 토트백이었는데, 기존 토트백보다도 약간 더 커 보였다. 그리고 시중에 판매되는 가방들처럼 금속으로 된 IJ 로고가 가방 입구에 떡하니 박혀 있었다.

옷이 전체적으로 따뜻한 느낌을 줬고, 회색 토트백은 배색에 맞춰 조합이 되어 옷 전체를 온화하고 부드러워 보이게 했다. 게다가 지금은 블라우스랑 재킷을 입어서 그렇지, 캐주얼에도 어울릴 것 같은 백이었다. 그러다 보니 아쉬운 마음이 더 커졌지만, 현재로선 어쩔 수 없다는 생각에 포기했다.

스케치를 마친 우진은 두 남녀가 볼 수 있도록 스케치북을 돌렸다.

"와… 오빠 정말 멋있다……."

"가을이 너도. 우리 가을이 너무 예쁘네……."

"안 되겠다! 난 다음에 맞추고 오빠 거로 하자!"

"또 그러네."

앞에 있던 우진은 목을 또다시 긁적거렸고, 두 사람의 실랑이는 한참이나 계속되었다. 그러다가 결국 결정이 안 났는지 여성이 뾰로통한 얼굴로 입을 열었다.

"혹시 조금 뒤에 결정하면 안 될까요?"

"그러셔도 돼요."

"그럼 오늘 내로 결정해서 전화드릴게요."

"네, 그렇게 하세요. 혹시 안 맞추시더라도 연락 부탁드려요. 저희도 다음 예약을 준비해야 해서요."

커플은 들어올 때와 다르게 약간은 냉랭한 분위기로 가게를 나섰다. 우진은 소파에 앉아 스케치를 봤다.

"참, 애기들 같은데 벌써 결혼을 하네."

"네?"

"또 그림 그리느라고 못 들었네, 못 들었어. 아까 둘이서 계속 수군거렸잖아."

"뭐라고 그랬는데요?"

"백만 원이 할머니가 준 거라고 그러던데? 그 아가씨가 남자 할머니 얘기만 계속하더라고. 그런데 보통 시부모 될 사람 얘기하지 않나?"

"제가 결혼을 해봤어야 알죠. 그런데 실장님은 어떻게 잘 아세요?"

"그… TV 보면 그렇잖아! 뭐 그런 걸 물어봐! 참, 우진 씨도 이번 주말에 친척 결혼식이라고 안 그랬어?"

우진은 그제야 생각이 났는지 휴대폰으로 달력을 봤다.

육촌. 먼 친척이지만 할아버지가 돌아가신 지금, 어머니의 가장 가까운 친척이었기에 빠질 수 없었다.

＊　　　　＊　　　　＊

I.J 근처 작은 커피숍에서 고개를 숙인 채 테이블만 보던 홍단아가 힘겹게 고개를 들었다.

"상무님, 감사해요. 이제 괜찮으니까 가요."

"괜찮기는. 지금 요 밑에 보이는 다리는 다른 사람 다리인가? 후들후들하는 게 내 눈으로 보일 정도고만."

"아……."

"잠깐 있다 가도 되니 진정하시게."

홍단아는 결국 최동훈의 사과를 받았다.

처음에는 호정 사람을 만난다는 것이 무서워 장 노인과 함께 자리를 했다. 하지만 막상 눈앞에 마주하자 두려움보다 그동안 느끼던 억울함이 한꺼번에 터져 나왔다.

그래서 사과하는 최동훈에게 눈물 섞인 원망도 했고, 정신없이 쏘아붙였다. 그러자 최동훈은 진심을 다해 사과하고 결국 홍단아 앞에 무릎까지 꿇으며 용서를 빌었다.

"그 녀석은 된 놈 같은데. 어찌 그런 애비를 만나서."

"그러게요… 자기가 퇴사한다고 제가 다시 갈 수 있는 것도 아닌데…….."

"왜, 돌아가고 싶으신가? 그러시다면 내가 우리 임 선생에게 얘기해 보고."

"아니에요!"

"껄껄, 내가 왈가불가할 일은 아니네만, 어느 정도 마음이 풀리면 그 사람은 용서하게. 미워하더라도 최 이사를 미워하는 게 옳지 싶네."

그동안 겪은 게 있으니 사과를 받았다고 바로 풀릴 리는 없었다. 그래도 홍단아도 장 노인이 말한 것과 똑같이 느끼고 있었기에 고개를 끄덕였다.

그때 가게 문이 열리면서 커플이 들어왔다. 테이블이 고작 세 개뿐인 작은 커피숍이다 보니 옆에서 대화하는 소리가 다 들렸다.

"아메리카노 한 잔하고 물 한 잔만 주세요."

"나도 아메리카노 먹고 싶거든?"

"조금만 마실래?"

"됐어. 나중에 우리 건강이 태어나면 그때 백 잔 마실 거다!"

귀엽게 투정 부리는 말에 홍단아는 커플을 힐끔 훔쳐봤다. 분명 대화상 임신 중인 것 같은데, 외모는 두 사람 모두 상당히 어려 보였다. 우진 또래나 그보다 한두 살 정도 위로 보였다.

홍단아는 허리를 숙여 장 노인에게 속삭였다.

"속도위반인가 봐요."

"남 얘기가 귀에 들어올 정돈데 어찌 그 다리는 진정이 안 될 꼬? 일부러 다리 떠는 건 아닐 텐데."

놀리는 말에 홍단아는 입을 다물었다. 이후 그녀는 장 노인과 특별한 대화 없이, 그저 다리가 진정되기만 기다렸다. 그러다 보니 조용한 음악 사이로 뒤 테이블에서 대화하는 부부의 목소리가 들려왔다.

"가을아, 이번엔 내 말대로 하자. 결혼식도 안 하는데… 어머님이 그거까지 나눠 했다고 그러면 더 안 좋아하실 거야."

"우리 엄마… 휴, 됐어! 할머님이 나한테 줬으니까 내 말대로 해."

"너 웨딩드레스… 그 돈으로 부족하지만… 그래도 할머니가 너 웨딩드레스 입으라고 주신 돈이잖아."

"결혼식도 안 하는데 뭐 어때! 할머님은 나 예뻐해 주셔서 괜찮아. 오히려 잘했다고 하실 거야. 차라리 그 돈으로 할머님 선물 살까? 그래, 그게 좋겠다!"

"아니야. 할머니가 해준 것도 없다고 미안해하시는데 그것까지 돌려주면 서운해하실 거야."

"해준 게 왜 없어, 우리 오빠를 이렇게 키워줬는데! 히히, 그런데 오늘따라 내 말 안 듣는다? 자꾸 나 스트레스 줄 거야? 우리 건강이한테 안 좋다?"

"아, 미안."

홍단아는 들리는 대화에 자신도 모르게 미소를 지었다. 대화만으로도 예뻐 보이는 모습에 장 노인에게 동의를 구하려다가 다시 구박만 받을까 봐 말을 멈췄다. 그런데 장 노인도 대화를 듣고 기분이 좋은지 입가가 살짝 올라가 있었다.

홍단아는 씨익 웃으며 말을 하려 했지만, 눈을 마주친 장 노인은 못 본 척 고개를 돌렸다. 그리고 커플의 대화는 계속되었다.

"그런데 아까 본 옷 정말 예쁘더라. 괜히 유명한 게 아니더라."

"나도 깜짝 놀랐는데. 대박 잘 그려. 오빠 머리 아까 그림처럼 잘라 봐."

"하하, 그럴까? 그거 보니까 조금 쪽팔리더라."

"쪽이 뭐야! 건강이 듣는데!"

홍단아는 손을 앞에 모은 채 엄지만으로 뒤 테이블을 가리켰다. 그러고는 장 노인을 보며 입만 벙긋거렸다.

"손! 님! 우리 가게 손님인가 봐요!"

장 노인도 알아들었는지 고개를 끄덕였다.

"친절해서 기분은 좋더라. 그 디자이너는 TV에 나온 거보다 더 어려 보이고. 가게는 작아 보이던데, 그런 가게 있으면 얼마나 벌까?"

"또 돈 얘기하네!"

"해야지, 분유값이랑 기저귀값 많이 들어간다잖아."

"천 기저귀 쓸 거거든요! 그게 더 좋다고 그랬어! 지금도 일 많이 하는데 더 할 생각하지 마. 그러다 진짜 쓰러지면 어떡해."

"괜찮아. 알잖아, 나 축구해서 튼튼한 거."

"그래서 하는 말이거든? 무릎도 안 좋으면서 하루 종일 편의점에 서 있다가 밤에는 배달하고! 얼마 전에 뉴스에서 배달하다

16 너의 옷이 보여

사고 난 거 보고 심장 덜컹했단 말이야!"

"조심히 하고 있어. 걱정하지 마."

장 노인은 어렵게 사는 얘기에 자신도 모르게 한숨을 뱉었다. 그때 앞에서 콧구멍을 벌렁거리더니 입술을 우물거리는 홍단아를 봤고, 그녀가 울음이 터지기 전 발을 밟아버렸다.

"휴, 그럼 전화해서 아까 정한 대로 한다?"

"내가 할게."

"나 있는 데서 해! 나 없는 데서 다르게 말하지 말고!"

"알았어. 이따가 하자."

"히히, 그럼 그 옷 입고 사진 찍고! 아버님, 어머님한테도 인사 드리러 가자."

"며칠 전에도 다녀왔잖아."

"그래도 옷 자랑도 하고! 오래 보시라고 사진도 찍어놓고 와야지! 뭐 기일 때만 가? 그러라고 법에 쓰여 있어?"

"그래… 후, 가을아, 고맙다."

"또 그러네! 오빠 이만 가야겠다. 오늘은 내가 데려다주고 들어갈게."

"아니야, 내가 데려다주고 가도 돼. 지하철 타고 가려면 힘들어."

"그러든가! 히, 가자!"

커플이 커피숍을 나가자 홍단아가 훌쩍거렸다.

"남자 부모님은 돌아가셨나 봐요… 할머니 밑에서 컸나 봐요."

"휴, 세상에 사연 없는 사람이 어디 있다고. 그만 우리도 일어나는 게 어떨까 하네만."

"네……."

                    *   *   *

세운은 바쁘다며 2층으로 올라갔고, 우진은 만들지 않더라도 일단 어울리는 원단만이라도 찾는 중이었다.

딸랑.

"오셨어요? 사과받으셨어요?"

"사과받았지. 하마터면 욕도 할 뻔했지, 아마?"

"누가요?"

"누구긴, 저기 홍 인턴밖에 더 있느냐. 울고불고 난리도 아니었다."

홍단아라면 당연히 울었을 것 같았기에 우진은 고개를 끄덕거렸다. 그러자 뒤에서 빨개진 얼굴로 서 있던 홍단아가 민망한지 재빨리 우진의 옆으로 다가왔다.

"선생님, 제가 할게요."

"아니에요. 원단만 고르는 중이에요."

"아, 그 커플이요?"

"네?"

"20대 정도 커플 맞죠? 조금 전에 커피숍에서 봤어요."

"그래요?"

홍단아는 커피숍에서 들은 얘기를 우진에게 해주었다. 우진은 얘기를 듣자 괜히 들었다 싶을 정도로 마음이 무거웠다.

그때, 소파에 앉아 있던 장 노인이 스케치북을 보며 입을 열었다.

"이게 스케치인 게냐?"

"네. 그렇긴 한데 재킷만 만들 거예요."

"흠. 하긴, 우리 임 선생 이름값이면 백만 원도 싼 게지."

"아니에요. 그냥 그 정도 될 거 같아요. 제 인건비 빼도, 무늬 염색도 해야 하고 이 여성분 재킷 원단도 수지Ⅱ 써야 할 것 같거든요. 그럼 그것만 해도 벌써 금액에서 반이 넘어가더라고요. 작업하게 되면 자세한 건 작업 지시서 써서 보여 드릴게요."

"그러시게."

장 노인은 사무실로 들어갔고, 우진은 홍단아와 남게 되었다.

"정말 너무 예쁘다… 플리티드 원피스인데 가슴 바로 밑에서 주름이 시작하네요. 정말 이걸로 웨딩드레스 해도 되겠어요. 가뜩이나 임신 중이라 신경 쓰였을 텐데. 선생님 대단하세요. 정말 존경해요."

우진은 그제야 왜 주름진 원피스가 보였는지 이해되었다. 그렇다면 실크로 보이던 원피스도 합성보다는 천연 실크가 더 어울릴 것 같았다. 하지만 그렇게 하면 도저히 가격 선에서 답이 안 나왔다.

그때, 우진의 휴대폰에 메시지가 도착했다.

[실례인 걸 알면서 부탁드립니다. 조금 뒤에 제가 전화 걸어서 재킷 두 벌을 맞춘다고 할 겁니다. 그건 상관하지 마시고 여자 옷만 부탁드려요. 사정이 있어서 메시지로 부탁드리는 점 죄송합니다.]

잠시 뒤 비슷한 내용의 메시지가 또 도착했다.

[저기… 이따가 전화해서 재킷 두 벌 맞춘다고 할 거예요. 그냥 알겠다고만 해주시고 옷은 만들지 말아주세요. 제가 따로 연락드릴게요.]

우진은 한참이나 메시지만 들여다봤다.

＊　　　　＊　　　　＊

며칠 뒤.

대구에 있는 친척 결혼식장에 도착한 우진은 매우 피곤한 얼굴이었다. 성훈과 세운이 태워다 준다고 했지만, 개인적인 일이기에 사양한 뒤 기차를 탔다. 그 와중에 자신을 알아보는 사람들에게 일일이 사진을 찍어주고 오느라 녹초가 된 상태였다.

예식장에서도 별반 반응은 다르지 않았다. 힐끔거리며 수군거리는 일은 다반사에 심지어는 안내 직원들하고도 사진을 찍어야 했다. 그러던 중 다행히도 연락을 받고 나오신 부모님을 마주했다.

"우진아!"

"아버지."

"그래! 하하, 바쁠 텐데 어떻게 왔어. 안 바빠? 제프 우드하고 헤슬하고 하는 일은 잘되고?"

이미 전화로 얘기했었음에도, 아버지는 사람들 앞에서 더욱 큰 소리로 말했다. 아버지가 사람들에게 자랑하고 있다는 걸 알기에 우진은 그저 미소로 대답했다. 잠시 뒤 나타난 어머니도 다르지 않았다.

"우리 디자이너 선생님 왔어?"

우진은 사람들의 시선을 받으며 오랜만에 가족을 만나야 했다. 우진은 이모에게 인사를 한 뒤 부모님과 함께 식장 안에 자리했다. 친척도 별로 없어 여기저기 인사하지 않아도 되는 건 편했다.

"아까 네 이모 친구들이 엄마 옷 보고 어디서 샀냐고 묻고 그랬다니까?"

"하하, 네 엄마가 그래서 I.J에서 맞췄다고 자랑하고 다녔어."

"호호, 이모가 말을 안 해서 그렇지, 우리 우진이한테 엄청 고마워하더라. 가족도 얼마 없는데 가족 중에 유명한 사람 있어서 예인이가 시댁에 꿀리지 않을 거 같다고 엄청 좋아했어."

우진은 피식 웃으며 부모님을 살폈다. 두 분은 예전에 자신이 만들어준 옷을 자랑스럽게 입고 계셨다. 지금 왼쪽 눈으로 확인하진 못하지만, 분명 빛이 나고 있을 것이 분명했다.

그사이 예식이 시작되었다.

"예인이 예쁘네. 우리 우진이는 언제 장가가서 아빠가 할아버지 되지?"

"아직 멀었지. 이제 고작 스무 살 넘었는데 무슨 장가야. 아들은 하고 싶은 거 충분히 하고 나서 결혼 생각해."

부모님과는 다르게 결혼식을 지켜보는 우진은 약간 씁쓸했다. 며칠 전 고객으로 온 커플이 떠올랐다. 속도위반이라고 하나 결혼식도 하지 않는다고 들은 그 커플.

한번 생각이 나니 결혼식 내내 어린 커플이 머릿속에서 떠나질 않았다.

"아들, 표정이 왜 그래?"

"아니에요."

그러고 보니 부모님 결혼사진을 본 적이 없는 것 같았다.

"아빠, 엄마는 웨딩드레스 입었어요?"

"엄마? 엄마는 못 입었지. 그때 할아버지 공장이 어려울 때라서 정신없었어."

"그 정신없는 와중에 네가 생겼거든. 하하."

"당신은 참! 부끄럽게… 조용히 말해!"

"뭐 어때! 하하."

엄마는 아빠를 보며 못 말린다는 듯 고개를 저었다. 그러고선 우진에게 질문한 이유를 물었고, 얘기를 들은 엄마는 자기 일처럼 안타까워했다.

"요즘에도 그런 사람들이 있구나. 들어가는 자재비가 비싸?"

"그렇기도 하고요. 저 혼자 만드는 게 아니라서요."

"그래도 사정이 딱하네. 그래서 결혼식 보니까 그 사람들 생각나?"

우진은 멋쩍게 웃었다. 부모님도 우진의 일을 강요할 순 없었기에 별다른 말은 없었다.

그렇게 결혼식이 한창일 때 우진의 휴대폰이 울렸다. 오랜만에 매튜로부터 온 연락이었다. 우진은 조용히 밖으로 나왔다.

"안 바쁘세요?"

―바쁩니다. 지금 약간 소란스러운데, 어디 외부에 나오셨습니까?

"아, 친척 결혼식이요. 무슨 일 있어요?"

―저번에 말씀드린 광고 때문에 연락드렸습니다. 총 3군데에서 사진 촬영 예정입니다. 한국 서울, 미국 뉴욕, 영국 헤슬. 이렇게 촬영할 예정이고 한국부터 시작될 겁니다. 이번 시즌에 내놓는다고 서두르고 있어서 내일 당장 출발하니까, 한국엔 월요일 오후에 도착할 것 같습니다.

"매튜 씨도요?"

―네, 저도 들어갈 예정입니다.

"알았어요. 제가 내일쯤 숍으로 돌아갈 거 같은데, 그때 다시 연락드릴게요."

통화를 마치고 들어서니 신혼부부가 박수를 받으며 단상을 걸어 나오고 있었다.

*   *   *

주말에다가 숍에 우진도 없건만 모두가 출근한 상태였다. 수습인 홍단아까지 나와 있었고, 테이블에는 돌돌 말린 원단이 놓여 있었다.

"상무님, 진짜 멋있으세요."

"내가 한 게 뭐 있다고. 그냥 전화만 했을 뿐인데. 사정 얘기하니까 알아서 싸게 해준 거고만."

"그래도요! 상무님도 멋있고, 실장님들도 전부 멋있으세요."

"난 왜. 어차피 재고 처리 안 돼서 남은 가죽으로 만든다는 건데."

"저도요. 원래 갖고 있던 가위랑 바리캉만 가져오는 거라서, 파마약만 사면 돼요. 얼마 안 하니까 괜찮을 거 같아요."

그러자 듣고 있던 성훈이 아쉽다는 얼굴로 입을 열었다.

"그래도 신부 옷만 만들려니까 좀 짠하네요."

"저도요… 신부는 하늘하늘 옷 입었는데 신랑은……."

"임 선생도 양쪽 말을 들어보고 고민해서 내린 결정인 게야."

다들 알고 있었기에 안타깝지만 수긍하듯 고개를 끄덕였다. 그러자 장 노인이 피식 웃으며 말을 이었다.

"착한 우리 임 선생이 마음 같아서는 둘 다 만들어주고 싶을 건데, 왜 고민하겠느냐. 우리들 때문인 게야. 월급은 줘야 하는데 지금 당장 들어오는 돈은 없으니 당연히 고민될 수밖에. 그러니까 임 선생 오면 다 같이 얘기하라고. 원단도 원가고 가죽도 그렇고, 다들 하겠다고 하면 임 선생도 찬성할 게다."

"그랬으면 좋겠어요!"

홍단아의 맞장구에 장 노인이 미소를 짓더니 모임을 마무리 지었다.

"홍 인턴은 그때도 할 거 없을 거 같은데, 가게 나온 김에 마 실장이나 도와주시게."

"네……."

*　　　　　*　　　　　*

다음 날.

부모님이 사는 대구 집에서 머물던 우진은 방문을 뚫고 들어오는 음식 냄새에 눈을 떴다. 거실로 나가니 아침을 준비 중인 어머니가 보였다.

"일어났어? 조금만 기다려."

아버지도 일어나 계셨는지 현관문을 열고 들어왔다.

"우진이 너 일찍 올라간다고 그래서 엄마가 새벽부터 준비한 거야."

"괜찮은데……."

"괜찮기는. 그런데 혼자 와서 저건 들고 가지도 못하겠네."

"뭐요?"

"네 짐들. 짐이라고 할 건 없고, 어렸을 때 네 일기장인데 버리긴 그렇잖아. 할아버지가 쓰던 창고 수리해서 밖 쪽으로 문 내놓고 수선 가게 차리려고 하거든."

"기다려 봐. 네 엄마가 이것저것 다 맡겨놔서. 네가 보고 버릴 건 버려."

아버지는 다시 나가더니 끈으로 묶은 종이 뭉치를 들고 왔다.

"여기 1학년 6반 임우진! 아침에 복실이하고 놀았다! 복실이? 복실이가 누구야?"

"자기는 참. 옆집 관형이 할머니가 키우던 개 이름이 복실이잖아. 우진이가 엄청 좋아하던 강아지."

"아, 그렇지. 하하, 아무튼 한번 봐봐."

우진은 피식 웃고는 현관문에 쪼그려 앉았다. 전부 일기장들로, 대부분 초등학교 때 썼던 일기들이었다. 맞춤법도 틀리고 글씨도 삐뚤빼뚤한 전형적인 초등학생 일기였지만, 그림일기만은 나이 먹은 자신이 봐도 놀라웠다.

"내가 어렸을 때부터 그림을 잘 그렸구나."

"하하, 그랬지."

그러다가 공책이 아닌 끈으로 묶어놓은 종이 뭉치가 보였다. 종이도 얼마나 오래됐는지 색이 바래 있었다. 우진은 그 종이를 한 장씩 들쳐 봤다.

"그건 우진이 너 초등학교 들어가기 전일걸? 네가 매일 여기저기 낙서해서 아줌마들이 만들어준 걸 거야."

우진은 피식 웃고는 종이를 스르륵 넘겼다. 별의별 그림이 다 있었다. 이면지다 보니 뒷면에 비치는 도형을 따라 그린 것들도 있었고, 숫자, 기호들이 상당히 많았다. 그리고 유독 많이 그린 그림도 보였다.

"제가 어렸을 때 동물 좋아했어요?"

"그럼! 막 비둘기, 물고기 종류도 안 가리고 좋아했어. 비둘기 떼만 보면 뛰어들려고 해서 네 엄마랑 아빠가 얼마나 고생했다고, 하하."

"아빠 말이 맞아. 그중에서도 아까 말한 복실이 엄청 좋아했지. 복실이 새끼 낳았을 때 맨날 복실이 새끼들만 그렸거든. 복실이 귀도 맨날 그려주고. 복실이 새끼들 옷도 맨날 맞춰서 그려주고. 호호호."

"귀요?"

"그렇게 좋아하더니 하나도 기억을 못 하네. 복실이 귀 한쪽이 없었어. 그래서 맨날 아들이 복실이 그릴 때 모자 씌워서 그렸거든. 옆집 할머니가 그거 때문에 우진이 너 얼마나 귀여워했다고."

그러고 보니 강아지 그림이 전부 모자를 쓰고 있었다. 게다가 복실이뿐만이 아니었다. 무슨 종인지 모를 새들부터 어항에 담긴 물고기 그림까지 그 수가 어마어마했다.

그런데 대부분 조금씩 이상했다.

"이건 뭐지?"

"하하하, 아빠도 이거 기억난다. 너 때문에 네 엄마가 비둘기 엄청 싫어하거든."

"뭔데요?"

"그거 비둘기 양말일걸? 네가 비둘기 왜 발가락 없냐고 막 물어봤거든. 무슨 소리인가 했는데, 진짜 발가락이 없는 비둘기가 엄청 많더라고. 그때부터 네 엄마가 비둘기 싫어했는데, 아무튼 그래서 우진이 네가 양말 그려준 걸 거야. 그것뿐이게?"

"또 있어요?"

"예전에 금붕어 키울 때, 지들끼리 꼬리 갉아먹는 거 그거 보더니 꼬리도 그려주고 막 그랬는데. 하하."

그러자 부엌에서 대화 중이던 엄마가 어째서인지 굳은 목소리로 말했다.

"우진이 너, 눈 아프고 그러진 않지?"

"네?"

"아니야. 밥 먹어."

그러자 뒤에 서 있던 아버지가 우진의 어깨를 주무르면서 조용하게 말했다.

"네가 어렸을 때 눈 다치기 전에는 멀쩡한 그림도 많았는데, 그 뒤로 그린 그림들이 전부 저랬거든. 어디 아프거나 없고, 그런 그림들. 그래서 엄마가 별로 안 좋아해."

"아… 괜찮은데."

"그럼 괜찮지! 지금은 세계에서 유명한 디자이너인데. 하하."

우진은 멋쩍게 웃고는 연습장을 봤다. 복실이가 그려진 그림을 보다가, 문득 지금과 어쩐지 비슷하다는 걸 깨달았다.

왼쪽 눈으로 보이는 모습.

어딘가 부족하거나 체형을 가려주는 디자인.

어렸을 때 그렸던 그림과 다르지 않았다.

왼쪽 눈으로 보이는 것들은 무의식적으로 어린 시절 느꼈던 것들이 투영된 게 아닐까 하는 생각이 들었다.

부모님 두 분만 하더라도 통통한 다리를 커버해 주는 바지와 짧은 목을 커버해 주는 셔츠였다. 그밖에도 뱃살을 가리기 위해 새긴 무늬와 주름, 평평한 가슴을 돋보이게 만들어주는 무늬의 위치까지.

"무슨 생각을 그렇게 해?"

"아, 아니에요."

"네 엄마는 싫어해도 아빠는 좋기만 하더라. 그림만 보더라도 보이잖아. 네가 느꼈던 것들을 다른 사람들이 느끼지 않았으면 하는 마음들이. 아빠는 네가 그런 마음으로 잘 커서 고맙기만 해."

우진은 자신이 만든 옷을 입었던 사람들을 떠올렸다.

비록 돈 받고 만들긴 했지만, 옷을 받을 땐 모두 똑같은 얼굴이었다. 숨기고 싶던 부분들을 만지며 기뻐했다.

정성 들여 옷을 만들기는 했지만, 자신은 그저 보이는 대로 만들었을 뿐이었다. 아직 입는 사람의 마음까지 배려할 여유가 없었기도 했지만, 생각하지 못한 부분이기도 했다.

'그러고 보니 데이비드 씨도 그랬네. 반팔 입을 땐 장갑이 이상하다고 그랬는데……'

우진은 뜻밖에 자신에게 부족한 부분을 찾은 것만 같았다. 눈에 보이는 대로 혼자 생각하지 말고 입을 대상과 대화를 좀 더 나눠보면 어땠을까 하는 아쉬움에 가벼운 한숨을 뱉었다. 며칠 전 어린 커플만 하더라도 그저 보이는 대로 그렸을 뿐이고, 그들에게 어떤 이유가 있었다는 건 다른 사람을 통해 들었다.

사람이 옷을 입는 것인데, 어느 순간부터 입는 사람을 배제하고 완성품만 보며 스스로 만족 중이었다.

그렇다고 고객이 다짜고짜 자기 얘길 꺼내는 것도 이상했고, 처음 보는 사람에게 이것저것 묻는 것도 우스웠다. 정말 어렵다는 생각에 우진은 깊은 한숨을 뱉었다.

'조금 더 대화를 해볼걸……'

"아침부터 웬 한숨이야. 밥 다 됐네, 엄마가 찾는다. 밥 먹자."

* * *

서울로 올라온 우진은 대구에 갈 때와 마찬가지로 올 때도 사람들에게 시달렸다. 가뜩이나 머리가 복잡해 피곤함이 배로 느꺼졌다. 그래도 매튜가 보낸 메일을 확인해야 했기에 가게로 향했다. 그런데 일요일임에도 가게에 불이 켜져 있었다.

딸랑.

"뭐 하세요?"

"이제 온 게냐?"

"이것들은 다 뭐예요?"

테이블에 놓인 원단을 보며 우진이 묻자, 장 노인은 대답 대신 영수증을 대뜸 내밀었다.

"와, 이거 실크인데 엄청 싸네요! 이거 이 정도면 남자 재킷도 가능할 거 같아요."

"껄껄, 그렇지? 내가 임 선생이라면 그럴 줄 알았지. 그럼 내가 남자 원단도 나머지 가격 선에서 구해다 주마."

"아! 그래도 돼요?"

"안 될 게 뭐 있다고. 임 선생이 고생하는 건데. 그나저나 그건 뭔데 들고 있는 게야?"

"아, 별거 아니에요. 어렸을 때 일기장이에요."

"집에 가더니 이상한 거 들고 왔고만? 2층에 올라가 보게. 마 실장도 젊은 부부 가방 만들 시간 낸다고 나머지 작업하고 있으니까."

역시 도움이 되는 사람들이었다. 우진은 기분 좋은 미소를 지으며 일기장부터 사무실에 놓아두고 나왔다.

"신부 치수 측정하러 올 때, 신랑도 같이 오라고 해야겠어요."

"그러시게."

"일단 전화부터 하고 올라가 볼게요."

장 노인은 자신들과 같은 생각을 한 것처럼 밝게 웃는 우진을 보며 피식 웃었다.

우진은 새 소식을 알려주기 위해 전화를 꺼내 들었다.

"안녕하세요. I.J입니다. 옷 때문에 연락드렸어요."

―아! 네, 안녕하세요. 무슨 문제라도… 혹시 가격이 더 나가는 건가요?

우진은 가격부터 묻는 질문에 멋쩍은 웃음만 지었다.

*　　　*　　　*

다음 날.

남들이 출근하는 시간에 우진은 김포에 위치한 커피숍에 자리했다. 운전할 줄도 모르면서 도움이 되고 싶다며 이른 아침부터 출근한 홍단아와 운전기사 역할을 한 성훈까지 총 세 명이 이종도를 기다렸다.

7시가 조금 넘었을 때 이종도가 커피숍에 들어왔다.

"기다리셨네요. 죄송해요. 8시 출근이라 지금밖에 시간이 안 되네요. 하암. 아, 죄송합니다."

"아니에요. 원래 지방엔 출장도 가는걸요. 괜찮아요."

이종도는 성훈과 홍단아에게도 인사하고선 우진이 시키는 대로 일어섰다. 그는 잠을 설쳤는지 계속 하품을 해댔고, 우진은 한 시간 뒤에 출근을 한다는 말에 서둘러 치수를 재기 시작했다.

"그런데 선생님. 제가 알아보니까… 맞춤옷 만들려면 최소

150만 원은 줘야 한다던데……."

"보통 그럴 거예요. 저희는 상무님이 원단을 좀 싸게 구해 오셨어요. 나중에 옷 완성될 때 전부 드리거든요. 그때 보시면 아실 거예요."

"네, 네. 감사합니다. 잘 부탁드려요. 제 건 좀 이상해도 되는데, 가을이 옷은 여기 그대로만 부탁드려요."

이종도는 디자인이 담긴 태블릿 PC를 보며 부탁했고, 우진은 여전히 이종도의 치수를 재며 대답했다.

"전체적인 디자인은 변하지 않을 거예요."

우진은 막상 대화를 하다 보니 안에 있는 말을 끄집어내기가 너무 어렵다는 걸 몸소 느끼는 중이었다. 자신이 상담사도 아니고, 그렇다고 그냥 만들자니 예전과 다를 게 없다는 생각에 찜찜했다.

그러다 결국 우진은 대놓고 말을 꺼냈다. 옆에 있던 성훈이 깜짝 놀라 헛기침까지 할 정도였다.

"결혼사진 찍으시려는 거죠? 사실 저희 직원분들이 커피숍에 갔다가 두 분 대화를 들었나 보더라고요."

"네? 아, 그 할아버님하고 아가씨……."

"그분들이 저희 상무님하고 수습 디자이너예요. 여기 계신 분이 지금 말씀하신 그 아가씨예요."

"아… 안녕하세요."

이종도는 잠이 확 깨는지 어정쩡한 자세로 또 인사를 했고, 홍단아 역시 어색한 미소로 인사했다.

"들으려고 한 건 아니고… 우연치 않게 듣게 됐어요."

"그렇군요······."

이종도는 그때 나눈 대화를 떠올리는지 잠시 말이 없었다. 그러고는 기억이 났는지 붉어진 얼굴로 우진에게 물었다.

"그럼 저희 사정을 알고 도와주시는 건가요······?"

"그런 건 아니에요. 어떻게 하다 보니까 원단이 싸게 구해졌고요, 두 분이 서로를 생각하는 마음이 너무 예뻐셔서 직원분들이 나섰어요."

"······."

우진은 막상 말을 꺼내긴 했는데 치수도 재고 말도 생각하다 보니 뭐 하나 제대로 되는 게 없는 것 같았다.

점점 말도 없어졌고, 그러다 보니 말과 함께 분위기도 어색해졌다.

"그런데 두 분은 오래 만나셨어요? 완전 달달하시던데."

옆에 있던 홍단아가 질문을 했고, 이종도는 부끄러운지 수줍게 웃었다.

"학교에서 만났어요."

"대학교에서요?"

"네, 같은 과였거든요. 저는 복학생이고··· 가을이는 신입생이었는데 어떻게 하다 보니까··· 하하."

"완전 도둑인데요?"

우진은 깜짝 놀라 홍단아를 봤다. 항상 울먹거리기만 하던 홍단아가 연애에 대해 물을 땐 눈을 반짝거렸다. 이종도 역시 기분 좋게 웃고 있었다.

"그때 보니까 신부님이 똑 부러지신 거 같아요."

"그런 면이 있죠. 착하기도 하고… 미안하게 괜히 저 만나서 고생하고 있죠……."

"안 그러신 거 같던데. 얼굴에 행! 복! 하다고 쓰여 있던데요?"

"그랬나요? 그저 고맙죠. 고아나 다름없는 저한테 인생을 맡긴 거나 다름없는데."

성훈 역시 놀랐는지 우진과 마찬가지로 홍단아를 보며 눈을 껌뻑였다.

홍단아의 활약으로 여러 가지 몰랐던 것들을 알 수 있었다. 그때 들었던 대로 남자의 부모님이 없다는 말과, 그로 인해 여자의 부모님이 두 사람을 인정하지 않는다는 말.

"그래서 이번에 맞춤옷을 입고 다시 처갓집… 아니, 가을이 집에 인사드리러 갈 생각이었어요. 결혼식은 못 하더라도 아기가 태어나기 전에 인사는 드려야 할 것 같아서요."

"그러시구나. 그래서 결혼식은 왜 안 하시려는 거예요?"

"앞서 말씀드린, 그런 것도 있고요. 제가 가족도 없고… 직장도 없어서 올 사람도 없더라고요. 그래서 결혼식도 안 하니까 가을이만이라도 좋은 옷을 입혀주고 싶었거든요. 저야 사실… 죄송하게도 일을 하다 보니까 이런 옷 입을 일이 없거든요."

"왜요? 선생님이 스케치한 거 보면 엄청 잘 어울리시는데."

"하하… 일하는 곳하고 어울리지도 않고요. 셔츠도 불편하고… 제가 땀이 많아서, 하하. 그래도 이 옷은 정말 마음에 들어요. 어차피 예복이라고 생각하고 있습니다, 하하."

이종도는 미안한 듯 씁쓸한 미소를 지었고, 우진은 귀 기울여 들었다.

'아… 언제 입을지 생각해 본 적이 없었구나…….'

때에 따라서 한 번만 입는 옷도 있었다. 왼쪽 눈으로 보이는 옷들은 그 사람에게 필요한 옷들만 보이는 것이라고 느끼고 있었기에, 이번 역시 단순히 예식복이라고만 생각했다.

하지만 이종도의 사정을 들어보니 사치라는 생각을 지울 수 없었다.

우진은 태블릿 PC를 가만히 들여다봤다.

$$* \qquad * \qquad *$$

늦은 밤. 매튜가 한국에 왔다는 연락을 받았다.

그래서 모두 퇴근할 시간이 지났음에도 전부 응접실에 자리했다.

"홍 인턴은 처음 보겠네?"

"네, 좀 긴장돼요."

"깐깐하긴 해도 괜찮은 사람이니까 그렇게 걱정 안 해도 돼. 나가라고 하면 내가 막아줄게. 아, 내가 나설 필요 없나? 성훈이한테 들으니까 말 잘한다던데? 하하."

"아니에요……."

"아니긴. 오전에 고객 만나서 대화도 다 이끌고 그랬다던데."

"그냥 연애하는 게 부러워서 물어본 건데……."

저녁에 도착한다던 매튜가 조금 늦다 보니 각자 대화를 하고 있었다.

우진은 매튜를 기다리는 중에도 조금도 쉬지 않았다. 아침에 가게로 돌아오자마자 지금까지 신부 옷을 만들더니, 이제는 신랑 패턴을 그리는 중이었다. 장 노인은 그런 우진을 보며 입을 열었다.

"여름이라 쿨맥스 재고가 없어서 내일까지 공수해서 보내준다고 했으니까 내일이나 도착할 게다. 그리고 네 말대로 재고용으로 좀 더 주문했으니 그리 알거라."

우진은 고개를 끄덕였다. 이종도의 얘기를 듣자 바로 생각난 원단이 쿨맥스였다.

쿨맥스. 땀 흡수도 빠르고 땀이 마르는 것도 빨랐다. 게다가 냉감 처리를 한 원단이라 다른 원단에 비해 시원함이 느껴졌다. 가격 또한 기존에 사용하려던 원단보다 훨씬 저렴했다.

기존 시장에 쿨맥스 혼방 원단으로 만든 셔츠가 있어서 특별하진 않지만, 그만큼 쓰임새가 많은 원단이었다. 다만 값싸고 특별하지 않다는 이유 때문에, 맞춤옷을 하는 숍에서는 자주 사용하는 원단이 아니었다. 그러다 보니 쿨맥스 셔츠 대부분은 대량생산하는 경우가 많았다.

하지만 우진에게 그런 이유는 중요하지 않았다.

장 노인 역시 그걸 알고 있었기에, 열심히 패턴을 그리고 있는 우진을 물끄러미 바라봤다. 처음에 봤을 땐 그저 디자인을 잘하는 줄만 알았다. 그런데 디자인뿐만 아니라 다른 작업도 잘하는 데다, 고객 한 명, 한 명 받을수록 눈에 보일 정도로 변해갔다.

처음엔 옷을 만들고 만족하더니 이제는 옷을 입는 사람까지 생각해서 만들었다. 그러다 보니 옆에서 지켜보는 재미가 쏠쏠했다. 지금만 하더라도 패턴을 그리는 데 열정을 쏟아붓고 있었다.

그때, 가게 문이 열리면서 기다리던 매튜가 들어왔다.

"매튜 실장! 아니, 미국 가서 밥도 잘 못 먹었어요? 왜 그렇게 말랐어!"

세운의 농담에 매튜가 피식 웃고는 인사를 건넸다. 다른 사람들은 영어 문제로 기다리던 것과 다르게 어색한 인사를 건넸지만, 얼굴 표정만은 반가워했다. 매튜도 환영이 기분 좋은지 일일이 인사를 하고선 우진 앞에 섰다.

"다녀왔습니다. 선생님."

"……."

"…선생님?"

"고객 옷 준비하느라 정신 팔렸네, 또."

다들 우진을 두드리려 할 때, 매튜가 서둘러 제지했다.

"괜찮습니다. 작업 중에 방해하지 마십쇼."

매튜는 개의치 않고 자리에 앉았다. 상당히 어색한 분위기가 흘렀다. 그러다 보니 그나마 말이 통하는 세운이 대화를 했다. 하지만 그것도 잠깐뿐이었다.

"우진 씨는 진짜 옆에 불이 나도 모를 거야."

"바쁘시다는 얘기는 들었습니다. 무슨 작업 하시는 겁니까?"

"이번 건 별로 돈은 안 되는 일인데……."

세운은 이번 일에 대해 설명을 해줬고, 그 얘기를 들은 매튜는 고개를 끄덕였다. 그러고는 고개를 숙인 채 열심히 패턴을 그리는 우진을 보며 활짝 웃었다.

"역시 대단하십니다. 이 일을 기회로 삼으시는군요. 저도 미국 일만 집중하느라 조금 죄송했는데 그럴 필요가 없었나 봅니다."

"그게 무슨 말이야."

매튜는 세운을 보며 피식 웃었고, 세운은 오랜만에 보는 웃음에 얼굴을 찌푸렸다.

"모르실 만도 합니다. 워낙 말씀을 안 하시니까."

"둘이 무슨 얘기라도 했어?"

"안 해도 전 선생님이 생각하시는 거 다 압니다."

"당신이 그걸 어떻게 알아! 뭔데, 그게!"

"I.J가 그동안 쌓아온 이미지를 생각해 보면 됩니다. 알게 모르게 명품 계열에 들어섰지만, 빨리 오른 만큼 탄탄한 기반은 아닙니다. 선생님은 젊은 부부를 통해 소비자에게 친근함을 주며 사회적 약자를 도움으로써 기업의 책임을 보여주려고 하시는 겁니다. 노블리스 오블리제를 몸소 실천하시려는 거죠. 당연히 지금 선생님 행보로 보면 언론에서 다룰 것은 분명합니다."

세운은 눈만 껌뻑거리며 매튜를 봤다. 그러고는 자신도 모르게 한숨을 뱉더니 천천히 고개를 돌렸다. 그가 우진의 모든 행동에 의미를 두는 사람이라는 게 이제야 생각났다. 세운은 옆에서 박수까지 치는 매튜의 모습에 진저리가 난다는 듯 몸을 떨었다.

정말로 돌아왔다는 것이 실감되었다.

제2장
커플Ⅱ

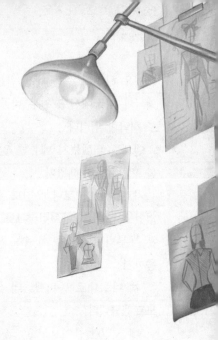

다음 날.

우진은 앞에 있는 매튜가 무슨 말을 하는지 이해하지 못했다.

"그러니까… 제프 우드에서 온 촬영 팀더러 결혼식 사진을 찍어달라는 말이에요?"

"맞습니다."

"왜요?"

"숨기실 필요 없습니다. 전부 얘기 들었습니다."

우진은 눈만 껌벅거렸다.

"이건 뭔데요? 촬영장 촬영을 가능하게 해주는 대신 식사를 제공받는다는 건… 이래도 돼요?"

"됩니다. 이미 촬영 팀에게 물어봤고, 촬영 팀도 허락했습니다. 미스터 장이 Moon 매거진이 좋겠다고 하셨습니다. 비공개 촬영을 허락해 주는 대신 받는 비용이라고 생각하시면 됩니다. 영국과 미국에서도 전부 비공개 촬영이어서 Moon 매거진에서도 허락할 겁니다."

언제 준비했는지 매튜는 일정부터 참여할 곳을 정리한 자료를 프린트까지 해왔다.

자료를 보다 보니 우진도 혹하긴 했다. 직접 들어가는 돈도 없었고, 매튜의 말처럼 홍보도 할 수 있는 데다가, 작게나마 젊은 부부의 결혼식을 할 수도 있었다. 게다가 Moon 매거진의 특종까지.

"제 나름대로 준비했는데 선생님께서 생각하신 것과 맞는지 모르겠습니다."

"네… 일단 물어보고요. 그런데 촬영 장소가 이렇게 많아요?"

"서울 시청에서도 환영한다는 대답을 받았고, 오늘 장소 미팅에 나간다고 했습니다. 그중에 마음에 드는 곳이 어디십니까?"

매튜가 무슨 얘기를 들었길래 이런 오해를 하고 있는지 모르겠지만, 일단 당사자인 이종도에게 말이라도 해보는 게 좋을 것 같았다. 우진은 곧바로 휴대폰을 꺼냈다.

―선생님, 제가 금방 다시 전화드릴게요.

일을 하고 있던 모양이었는지 전화가 바로 끊겼다가, 잠시 뒤 전화가 걸려왔다.

우진은 매튜가 준 자료를 보며 설명을 했고, 그 중간중간 전화를 끊고 다시 거는 일이 계속되었다.

"신경 쓰이시면 촬영 안 하셔도 괜찮아요."

―아닙니다! 아니에요. 정말 감사해요. 감사한데 그런 특혜를

저희가 받아도 될지 모르겠네요…….

"특혜는 아니고요. 그러니까 음… 상부상조? 저희도 도움을 받는 거예요."

—감사합니다… 정말 감사합니다.

이종도는 계속 감사 인사를 했다. 우진은 뿌듯한 마음 한편, 이 정도 일에 울먹일 정도로 고마워하는 모습이 짠하기도 했다.

"그럼 쉬는 날이 월요일 맞으시죠? 마침 다음 주 월요일에 가 빛섬? 세빛섬 중 한 곳이라고 하더라고요. 괜찮으세요?"

—어디든 괜찮습니다…….

"그럼 신부님께는 저희가 따로 연락드릴까요?"

—아…….

이종도가 무슨 이유인지 질문에 대답하지 못하고 머뭇거렸다.

*　　　　*　　　　*

Moon 매거진 장 기자는 부장이 돌아오기만을 기다렸다.

갑작스럽게 I.J에서 먼저 연락을 해왔고, 잡지사인 Moon 매거진으로서는 거절하기 힘든 제안을 했다. 다만 자신이 임의로 결정할 수 없는 문제였기에 위에 보고를 했다.

"선배, 잘되겠죠? 잘돼서 우리도 인센티브 같은 것 좀 받았으면 좋겠다."

"우리가 따온 것도 아닌데 그걸 우리가 왜 받아. 정신 사나우니까 가만히 있어."

"췌! 그런데 대표님이 거절하진 않겠죠?"

"왜 거절해?"

"밥값 때문에요! 촬영 팀이 얼마나 많은지 100인분이래요."

"야, 고홍주. 쓸데없는 걱정 좀 하지 마라. 우리가 단독 기사 내놓으면 붙는 광고가 엄청날 텐데. 해외에서도 우리한테 광고 수주할걸? 얼마 전에 LJ 기사 내보냈을 때도 광고 엄청 늘었잖아. 광고만 생겨? 우리 취재 환경이 달라질 거다. 가만히 있어도 서로 취재 요청하고 그럴 거라고."

"그런데 선배는 왜 그렇게 초조해요!"

"난 취재 내가 간다고 말하려고 서 있는 건데?"

"저도요! 저도 같이 가요! 선배님, 존경합니다!"

"하하, 생각해 보고! 하하."

고홍주는 말없이 장 기자 옆에 바짝 붙었다. 그때, 대표실에 올라갔던 부장이 내려왔다. 그러자 장 기자가 부장 옆에 바짝 붙었다.

"부장님! 어떻게 됐어요?"

"잘됐어. 아제슬에서 비밀 촬영이라고 했으니까 우리가 기사 내보내면 일주일 이상 단독 유지되는 거라 조건이 엄청 좋아. 매번 뭐 받고 촬영하기만 했지, 이렇게 뭐 주고 촬영하긴 또 첨이네. 참, 고홍주, 너 SNS 보니까 여기저기 밥 잘 먹고 다니던데 네가 좀 알아봐. 경리 팀 도움 받아서 처리하고."

잠깐 고민하는 듯하던 고홍주의 얼굴에 이내 미소가 생겼다.

"그럼 취재도 제가 담당이에요?"

"그래. 영상 촬영은 안 된다고 했으니까 중식이만 데려가. 사진 촬영만 하면 된다고 했어. 사람 필요하면 더 요청하고."

"히히! 네! 열심히 인터뷰할게요!"

장 기자는 얼이 나간 얼굴로 부장의 뒷모습만 보고 있었다. 그러자 고홍주가 장 기자의 어깨를 쿡쿡 찔렀다.

"그러니까 나한테 잘 붙어 있으라니까요."

"존경한다. 고홍주!"

*   *   *

다음 날.

우진은 매튜와 함께 촬영 팀이 사전 답사 중인 가빛섬을 방문했다. 혹시라도 촬영 팀의 일을 방해할 수도 있기에 인사만 나눈 뒤 구석에 자리 잡았다.

"야경이 굉장하네요."

"네, 아름다운 도시입니다."

건물 자체에서 내뿜는 빛만으로도 충분히 예뻤지만, 한강 건너편에서 불빛을 내뿜고 있는 건물들까지 더해지자 지금까지 봤던 서울이 아닌 것처럼 느껴졌다.

"그럼 그날 하루 전부 빌리는 거예요?"

"제가 듣기로는 오후부터 여기 전체를 사용할 거라고 했습니다. 촬영 전까지 세팅 준비하고 지금처럼 밤에 촬영할 예정입니다."

"결혼식보다 예쁠 거 같아요."

"네, 자연스럽게 촬영하고 조그맣게 축하하는 자리가 될 것 같습니다. Moon 매거진에서도 긍정적인 대답이 왔습니다. 이 건물 밑이 유명한 뷔페인데 따로 주문을 한 모양이더군요. 이곳 옥상에서 조용하게 식사하실 수 있을 것 같습니다."

우진은 가볍게 웃었다. 역시 매튜가 오면 적당히 하는 법이 없었다. 돈이 되는 일은 아니지만, 젊은 부부가 자신이 만든 옷을 입고 저곳에서 즐거워할 것을 상상하니 벌써부터 뿌듯했다.

하지만 그것도 잠시, 이종도가 했던 말이 떠올랐다.

반대하고 있는 신부 부모님을 모시고 싶다는 말. 결혼식은 아니었지만, 두 사람에게는 우진이 만들어준 옷을 입고 촬영하는 것 자체가 결혼식이나 다름없었다. 그것도 자신들끼리 찍으려 했는데, 전문가의 도움까지 받게 되니 마음에 걸린 모양이었다.

우진도 얼마 전 친척 결혼식에서 부모들이 신경 쓰는 것을 직접 봤기에 이종도가 하는 말을 이해했다.

촬영 팀은 자신들은 사진 촬영 몇 컷만 해주면 되기에 신경 쓰지 않겠다고 했다. 하지만 정작 당사자인 부모님들이 문제였다. 오늘 이종도와 통화했을 때까지만 하더라도 부모님들과 연락이 되지 않는다고 했다.

*　　　　*　　　　*

다음 날.

젊은 부부의 옷을 완성한 우진은 구두와 가방을 확인하기 위해서 2층으로 향했다.

작업실에 들어가자마자 세운과 홍단아가 작업은 하지 않고 작은 의자에 앉아 대화 중이었다.

"벌써 다 만드신 거예요?"

"어! 우진 씨, 잘 왔어. 이것 좀 봐봐."

우진은 세운이 내민 종이를 봤다. 패턴을 그려놓은 것처럼 보이는데 정확히 무슨 패턴인지 눈에 들어오지 않았다.

그런데 이런 패턴을 한 번 본 적이 있었다.

홍단아가 그렸던 패턴들.

아주 쓸모없는 패턴들이었기에 우진은 피식 웃으며 종이를 내려놨다.

"그게……."

홍단아가 머뭇거리자, 세운이 대신 입을 열었다.

"그거 뭐 같아?"

"음, 무슨 주머니 같은데요? 칸을 나눠놓은 거 같은데. 이건 뭐 꽂아두는 용도 같고요."

"참 나. 그래도 알아보네. 난 하나도 모르겠던데. 그거 홍 인턴이 그린 거야. 혼자 여기 앉아서 뭐 끄적거리길래 뭐 하나 봤더니 이걸 그렸더라고. 가방 내부 디자인이야."

우진은 다시 그림을 봤다. 가방 내부치고는 칸이 너무 번잡스러울 정도로 나뉘어 있었다.

"홍단아 씨가 설명 좀 해주세요."

"그게… 아직 안 그린 부분이 있긴 한데… 그 왼쪽에 칸들이 많은 부분에 덮개가 달릴 거예요."

"왜요?"

"아기용품이라서요. 신부가 임신 중이라고 해서……."

"아……."

"엄마들이 아이가 생기면 대부분 가방을 큼지막한 걸로 들고 다니잖아요. 선생님이 디자인하신 게 토트백이라고 해도 좀 작아 보여서, 이렇게 칸에 맞춰 정리하면 많이 들어갈 것 같더라고요. 이쪽이 기저귀 넣을 곳, 그리고 그 옆에는 젖병들하고 이유식 넣을 자리. 안에서 흘리면 안 되니까 밴딩으로 고정시켜 주는 끈을 넣은 거고요. 그리고 밑에 가장 큰 자리는 담요 자리에요. 찾아보니까 아기들은 담요 같은 거 넣어 가지고 다니더라고요. 그리고 덮개가 없는 오른쪽은 좀 좁긴 하지만 꼭 필요할 거라고 생각했어요. 신부가 아직 어리다 보니까… 화장품 같은 것도 필요할 것 같아서……."

옷 패턴을 그렸을 때와 다르게 상당히 그럴듯하게 들려 우진은 상상하며 설명을 들었다.

미처 가방 내부까진 구상하지 못했기에 전적으로 세운에게 맡겼던 것이다. 그런데 홍단아는 다른 사람의 얘기도 잘 이끌어내 듣고, 작은 부분까지도 캐치해 디자인에 접목했다.

"원래 내부 디자인 같은 거 했어요?"

"아니요… 백이 조금 크더라고요… 그래서 신부님이 말한 게 생각나서… 죄송해요."

"왜 죄송해요? 잘했어요. 그리고 고마워요."

"네?"

"제가 거기까진 생각하지 못했는데, 신부님이 좋아하실 것 같아요."

홍단아는 어리둥절한지 세운과 우진을 번갈아 봤다. 우진은 피식 웃으며 세운에게 물었다.

"다른 건 어때요?"

"다른 거 뭐? 바느질도 손힘이 좋아서 잘하고, 가죽도 좀 만져봤는지 기본도 잡혀 있고. 그냥 전체적으로 괜찮은데? 게다가 꼼꼼해서 실수도 없고. 실수 없는 게 제일 중요하지."

"대학교를 신발 만드는 학과 나왔다고 그랬는데, 그래서 그런가?"

"그래? 난 괜찮은 거 같아. 시너지도 괜찮을 거 같고. 우진 씨가 디자인 주는 거 홍단아 씨가 내부 디자인하고 넘겨주면 내가 만들고. 내가 고민할 필요도 없어서 일도 빨라질 거야."

그러고 보니 다들 홍단아를 피하는 중에도 세운만은 달랐다. 홍단아와 대화도 줄곧 나누고, 같이 있으면서 다른 사람들처럼 답답하다고 한 적이 한 번도 없었다.

우진은 두 사람을 물끄러미 봤다.

'이렇게 같이 일하게 되네……'

자신을 칭찬하는 말을 듣던 홍단아는 어색한 미소를 짓고 있었다.

"홍단아 씨, 가방 그렇게 완성하고 나면, 3가지 정도 더 내부 디자인 해보실래요?"

"어떤 걸……"

"어떤 거라도 상관없어요. 가방, 신발 아무거나 상관없어요. 기존에 생각하던 것도 괜찮고요."

홍단아는 이유도 모른 채 고개만 끄덕였다. 그 모습에 우진이 피식 웃고 작업실을 나가자 세운이 활짝 웃으며 입을 열었다.

"홍 인턴, 잘해! 우진 씨가 좋게 봤나 보다. 잘하면 곧 인턴 딱지 떼겠는데?"

＊　　　　＊　　　　＊

촬영 전날. I.J 숍 직원들은 짐을 다 싣고 응접실에 모였다.

"이거 트럭 타고 다니려니까 영 폼이……."

매튜가 미국에 갈 때 미리 마음먹고 갔던 건지 스타렉스까지 처분했기에, 남아 있는 차는 하얀색 트럭뿐이었다. 우진은 크게 개의치 않았지만, 아무래도 차가 필요할 것 같았다.

"나는 그럼 내일 성훈이랑 매튜 실장하고 먼저 가서 준비할 테니까 우진 씨랑 다른 분들은 택시 타고 와야겠다. 유 실장은 장비 챙겨서 집에서 곧바로 온다고 했지?"

세운은 다시 빠진 게 없는지 확인을 하고서야 준비를 마쳤다.

"그런데 신부 부모님은 아직도 연락 안 된대?"

"네, 이종도 씨 할머님만 모시고 하게 될 거 같아요."

다들 안타까운지 씁쓸해했다.

"아까 유 실장이 몇 번 걸었는데도 딸 얘기 나오자마자 끊더라고요."

"쯧쯧, 어차피 이기지도 못할 거, 눈 딱 감고 들어주지. 독하고 만……."

"부모 마음도 이해되고, 그 자식 마음도 이해되고. 어렵네요."

우진은 객관적으로 볼 수 있는 입장이다 보니 양쪽 모두가 이해되었다. 이미 장문의 문자까지 남겼기에 지금 자신들로서는 할 수 있는 최선을 다한 입장이었다.

[이종도 씨와 한가을 씨 두 분의 옷을 만들게 된 I.J 디자이너 임우진입니다. 두 분과 함께 I.J에서 준비한 작은 피로연이 있을 예정입니다. 부모님 두 분이 어떤 마음이실지 모두 이해할 수는 없습니다. 다만, 한가을 씨를 아끼는 마음은 변치 않으시다는 걸 알고 있습니다. 그 어느 때보다 최선을 다해 만들었으니 두 분 모두 아름다울 거라고 자신합니다. 비록 허락하진 않으시더라도, 먼발치에서라도 한가을 씨의 모습을 기억하셨으면 하는 바람에 이렇게 메시지를 남깁니다.]

*   *   *

촬영 당일. 해가 지기 전 우진은 장 노인, 홍단아와 함께 가빛섬에 도착했다. 미자는 이미 도착했다는 연락을 받아 서둘러 가빛섬으로 올라가려 할 때, 익숙한 얼굴이 보였다.

Moon 매거진 팀이 언제부터 와 있었는지 촬영 준비를 마친 상황이었다. 장 기자는 우진을 보자 바로 달려왔다.

"대박! 대박! 아제슬 한국 모델이 누군지 알고 계셨어요?"

"아제슬요?"

"네! 아이 제이, 제프 우드, 헤슬! 합쳐서 아제슬이라고 불러요. 우리나라만 그렇게 부르는 거 아닌데. 아무튼 누군지 아세요?"

"네, 루아 씨요."

"알고 계셨구나. 우린 꿈에도 몰랐는데. 미리 말씀 좀 해주시지. 그럼 혹시! I.J에서 촬영하신다는 모델도 루아?"

"아니에요. 그냥 일반인이세요."

루아는 한국을 대표하는 여가수였다. 아담한 키에 다소 마른 듯한 몸매였지만, 루아 특유의 분위기가 있었다. 게다가 아시아를 포함한 해외에서도 상당히 유명했기에 인지도 면으로는 적당한 편이었다.

"하긴. 하하, 전부 다 일반인이셨죠. 그런데 어떤 건지 살짝 귀띔만이라도 좀 해주세요. 하하."

"오늘은 신혼부부 고객 옷 촬영이에요."

"와! 그럼 그것도 저희가 단독이죠?"

"그렇게 됐네요. 저기 오네요."

우진은 피식 웃으며 고개를 끄덕였다. 그리고 그때 마침 이종도와 한가을이 도착했다.

"할머님은 같이 안 오셨어요?"

"아, 준비하는 데 시간이 좀 걸릴 거 같다고 하셔서 친구한테 부탁했어요."

우진도 걱정하던 부분이었기에 잘됐다고 생각했다.

"그럼 바로 올라가실까요? 홍단아 씨, 유 실장님 계신 곳으로 두 분 안내 좀 해주세요."

*　　　　*　　　　*

젊은 부부는 약간 떨리는지 서로 찰싹 붙어 있었다. 그러면서도 사진 찍을 곳의 배경이 궁금했는지, 걸음을 옮기면서 연신 주위를 둘러보았다.

"조금 휑한 거 같은데. 안 그래?"

"선생님이 신경 써주셨으니까 괜찮을 거야."

낮과 밤의 풍경이 완전 달랐기에 우진은 신부가 걱정하는 것을 이해했다.

"해 지고 조명 켜지면 예쁠 거예요."

"그럼 올라가실까요?"

우진은 미소를 지으며 홍단아에게 미자가 있는 3층으로 안내를 부탁했다. 제프 우드에서 3층 펍을 대여했고, 우진도 그 일부분을 사용하게 되었다.

아직 모델이 도착하지 않아서, 3층에서는 스태프들만 바쁘게 움직이는 중이었다. 그런데 아무리 찾아봐도 미자가 보이지 않아 우진은 주위를 기웃거렸다. 잠시 뒤 구석에 칸막이 커튼을 쳐놓은 곳에서 미자 얼굴이 나왔다.

"오셨어요? 들어오세요."

장소가 좁다 보니 모두 들어갈 수가 없었다. 홍단아는 미자의 조수 역할로 남았고, 장 노인은 옥상에 올라가 본다며 가버렸다.

혼자 남은 우진은 창가 쪽으로 이동한 뒤, I.J라고 적힌 팻말이 놓인 곳에 자리 잡았다. 전에 봤던 스태프들이 오고 가면서 인사를 하는 통에, 우진은 자신이 방해를 하는 것 같아 불편함을 느꼈다.

그때 커튼을 열고 미자가 고개를 내밀었다.

"선생님, 실장님들 어디 가셨어요?"

"왜요?"

"할머님이 오셨다는데 저는 지금 나갈 수가 없어서요."

"제가 나갈게요."

우진은 마침 잘되었다고 생각하며 계단을 내려갔다.

건물 앞에 도착한 우진은 예기치 못한 상황에 이마를 긁적였다.

*   *   *

사람 무리가 떼를 지어 이동하듯 움직였다. 우진은 혹시 자신을 알아보고 그런 건가 하는 생각에 손을 올려 입이라도 가리려했다.

그때, 무리를 뚫고 나오는 사람들이 보였다. 스태프들에게 둘러싸여 제대로 보이진 않았지만, 근처에서 환호성을 지르는 통에 누군지 알 수 있었다.

"루아! 루아!"

"언니! 손 한 번만!"

오늘 촬영 모델인 루아였다. 대스타답게 상당수의 스태프들을 대동했다.

하지만 우진은 루아에게 신경 쓸 겨를이 없었다. 이종도 할머니가 왔다고 하는데 도무지 보이지 않았다.

"큰일이네. 할머님이 어디 계실까……."

우진은 일단 루아가 건물로 들어가면 사람들도 빠질 거라고 생각하고 한쪽에 서서 루아가 올라가길 기다렸다. 그런데 루아가 건물로 들어왔음에도 사람들이 물러날 기미가 보이지 않았다.

그때, 루아에게 바짝 붙어 사진을 찍는 고홍주가 보였다.

"저기요, 고 기자님! 고 기자님!"

"아, 선생님!"

"혹시 할머님 한 분 못 보셨어요? 오늘 저희가 초대한 분인데."

"할머님을 초대하셨어요? 왜요?"

"이따 보시면 알아요. 아니에요. 하던 거 하세요."

고홍주는 고개를 갸웃거리더니 다시 질문을 했다.

"제가 찾아드릴게요. 할머님 성함이 어떻게 되세요?"

"음… 이종도 손자 할머님……."

"아, 알았어요. 잠시만요."

고홍주는 엄지까지 척 내밀더니 몰려 있는 사람들에게 다가
갔다. 그러고는 양손을 모으더니 입에 대고 크게 외쳤다.

"이종도 할머님! 이종도 씨 할머님 계세요?"

그러자 남자 세 명이 번쩍 손을 들었다.

"이종도 씨?"

"저희는 종도 친구고요. 할머님 여기 계세요."

그러자 사람들 때문에 놀란 표정의 할머니가 얼굴을 내밀었다.

우진은 곧바로 달려가 인사를 건넸다.

"안녕하세요. I.J 숍 디자이너 임우진입니다."

"아이고, 선생님. 감사합니다. 감사해요."

할머니는 대화도 없이 곧바로 감사하다는 말부터 건넸다.

우진의 인사 때문인지 모여 있던 사람들이 웅성거리기 시작했
다.

"I.J래. 임우진이면 이번에 아제슬 디자이너 맞지?"

"맞는 거 같은데?"

"대박이다. 루아 촬영하는 거 직접 보러 왔나 봐."

"저기요! 사진 촬영 한 번만 해주세요!"

사람들이 몰려 있었기에 웅성거림이 순식간에 퍼졌고, 사람들은 루아 못지않게 우진을 찍어댔다.

사람들에게 붙잡혀 본 적이 있던 우진은 인사만 대충 건네고 할머니를 모셨다. 다행히 건물 입구에 있던 스태프들이 밖으로 나와 사람들을 진정시켰다.

그때, 한쪽 무리에서 또 크게 외치는 소리가 들렸다.

"저기요! 저기요! 저희도 들어가게 해주세요. 가을이 친구예요! 아, 어떡해! 이러다 못 보는 거 아니야?"

우진은 걸음을 멈추고 소리가 들리는 곳을 보니 네 명 정도의 여성이 손을 들고 팔짝팔짝 뛰고 있었다. 우진은 혹시 몰라 미자에게 전화를 걸어 물어봤고, 맞다는 답을 들었다.

"가을 씨 친구분들이세요?"

"네! 네! 맞아요!"

"들어오세요."

우진은 한가을 친구들까지 데리고 가려 하자, 밖에 있는 사람들이 난리가 났다.

"우리도 가을이 친군데!"

"가을 언니 동생이에요! 오빠인가?"

"이봐요, 이봐요! 가을이 부모입니다. 이보세요!"

들어오고 싶어서 거짓으로 소리치는 통에 우진은 고개를 저었다. 혹시나 싶어 부모라는 사람의 얼굴을 힐끔 봤다. 남자는 나이가 좀 있는 반면 여자는 너무 어려 보였다. 누가 보더라도 부녀처럼 보이는 모습에, 우진은 고개를 젓고는 사람들을 끌고 안으로 들어갔다.

우진은 일행을 3층으로 안내했다. 그런 뒤에 한가을이 친구들은 물론이고 할머니와 인사를 나누는 모습을 보고선 약간 안도했다. 한가을이 혼자라서 걱정했는데 친구라도 있어서 다행이었다.

아직 행사 준비가 덜 되었기에 우진은 일행을 따로 마련한 자리로 안내했다.

그때 갑자기 휴대폰이 울렸다. 발신자를 보니 자신이 메시지를 보냈던 신부 어머니였다.

*　　　　*　　　　*

한가을의 부모는 딸 이름으로 울리는 휴대폰을 들여다봤다. 문자, 카톡 등 수없이 메시지가 도착했지만, 어느 것에도 답장하지 않았다. 빤히 눈에 보이는 불행을 부모 입장에서 허락할 수 없었다.

"여보, 그만 허락해 주자."

"어떻게 그래요! 지금 친딸 아니라고 그러는 거예요?"

"무슨 그런 서운한 말을 해. 내가 가을이 얼마나 아끼는 줄 알면서."

한가을의 엄마는 대꾸도 하지 않았다. 지금 딸이 하려는 게 어떤 일인지 너무나도 잘 알고 있었다.

자신의 나이 20살에 생긴 가을이. 지금 남편을 만나기 전, 책임감 없고 어린 남편으로 인해 온갖 고초를 겪어봤기에 지금 가을이가 하려는 일이 얼마나 힘든지 누구보다 잘 알고 있었다.

자신과 똑같은 길을 가려는 딸을 말리지 않을 수 없었다. 그때는 부모님이 왜 그렇게 반대했는지 이해할 수 없었지만, 같은 입장이 되니 그분들이 반대하던 것이 이해되었다.

"I.J라는 곳이 유명한 곳인가 봐. 뉴스에도 나오고. 그런 곳에서 촬영까지 해준다는데 얼마나 예쁘겠어."

"예쁘긴 뭐가 예뻐! 배도 나왔을 텐데!"

"그래도 사위 할머님이 옷도 맞춰주셨다잖아."

"사위는 누가 사위예요! 왜 골라도 하필이면 고아에 가난한 집이냐고!"

"우리도 잘사는 건 아니잖아. 정말 안 가볼 거야?"

"안 가요."

가을의 아버지는 아내가 어떻게 생활했는지 알기에, 평소엔 착하기만 한 사람이 심한 말까지 하는 게 이해되었다. 얼마나 딸을 아끼고 애지중지 키웠는지 옆에서 보고 있던 사람으로서, 이 상황이 너무나도 안타까웠다.

"그럼 가을이 배 속에 있는 애라도 뗐으면 좋겠어?"

"그래야죠!"

"그럼… 당신도 가을이 가졌을 때 후회했어?"

"그거랑 다르잖아요!"

"다르긴 뭐가 달라. 가을이도 자기 배 속에 있는 아이가 얼마나 소중하겠어. 당신이 가을이 생각했던 거하고 가을이가 우리 손주 생각하는 거하고 다르지 않을 거야. 어떻게 됐든 축하해 주자. 응?"

가을이 엄마도 경험해 봤기에 가을이 쉽게 포기하지 않을 것이란 걸 알고 있었다.

"그렇게 싫으면 그 디자이너가 보낸 문자처럼 멀리서라도 보고만 오든가. 얼마나 예쁘게 만들었으면 그 유명한 사람이 자신만만하게 문자까지 보냈겠어."

"……."

"멀리서라도 보고 오자. 응? 한강이라고 했으니까 갔다가 정 안 내키면 산책이라도 하고 오든가. 빨리 준비해."

가을 아빠는 흔들리는 아내의 눈빛을 보고 더욱 재촉했다.

결국 아내가 일어났다. 그러고는 단장을 시작했다. 산책 가는 사람치고는 과한 단장이었다.

한참을 이동해 반포한강공원 주차장에 차를 세우자, 바로 앞에 가빛섬이 보였다.

"여보, 저기야. 저기가 밤이 되면 LED 조명이 켜져서 엄청 예쁘거든. 나가서 좀 걸을까?"

가을 아빠는 아무 말도 없이 내리는 아내를 따라 내렸다. 그러고는 자연스럽게 가빛섬 주변을 산책하듯 걸었다.

"보이지도 않겠네……."

"왜, 올라가서 보면 되잖아. 올라갈까?"

그때 갑자기 사람들이 누군가를 쫓아 이곳으로 이동했다. 거기에 산책하던 사람들이 조금씩 더해져 순식간에 거대한 무리를 만들었다.

"저기 가을이 촬영하는 덴데… 왜 저기로 가지? 여보, 우리도 가보자."

가을 엄마는 혹시 딸에게 무슨 일이 생긴 건 아닐까 걱정스러운 마음에 빠르게 걸음을 옮겼다. 옆에서 남편이 천천히 가자고 했지만, 마음이 급해 아무것도 들리지 않았다. 그저 무슨 일인지만 알아보고 싶었다.

그때 갑자기 건물에서 사람들이 나오더니 사람들을 막고 바리케이드를 쳤다.

"뭐야. 무슨 일이야! 여보, 우리 들어가 보자."

마음과 달리 막아서는 사람 때문에 들어갈 수가 없었다. 그때 앞쪽에서 크게 소리치는 목소리가 들렸다.

"이종도 할머님! 이종도 씨 할머님 계세요?"

가을 엄마도 이종도라는 이름을 알고 있었다. 몇 번이나 집에 찾아왔었기에 모를 수가 없었다. 그래서 앞에 나오는 할머니를 유심히 지켜봤다.

그사이 또 다른 쪽에서 딸의 친구들이라는 외침이 들렸다.

"여보! 이거 우리도 가을이 아빠, 엄마라고 말해야 하는 거 아니야? 그래야 들어갈 수 있나 봐."

가을 엄마는 잠시 고민을 했다. 들어가면 결혼을 허락하는 것 같고, 안 들어가자니 딸에게 무슨 일이 있는지 궁금하고. 게다가 이종도 가족만 있으면 딸이 위축되진 않을까 여러 가지 걱정이 됐다.

그녀는 결국 눈을 질끈 감더니 손을 올렸다.

"여기! 가을이 엄마, 아빠 있어요!"

그러자 디자이너란 사람이 자신들을 힐끔 보더니 고개를 젓고는 다시 걸음을 옮겼다. 마음이 조급해진 가을 엄마는 발을 동동 굴렀고, 가을 아빠는 다시 크게 소리쳤다.

"이봐요, 이봐요! 가을이 부모입니다. 이보세요!"

디자이너는 아예 듣지도 않고 올라가 버렸다. 그러자 주변에 있던 사람들도 하나둘씩 흩어져 갈 길을 갔다. 어느덧 해가 지면서 가빛섬에 LED 조명이 켜졌다. 그럼에도 끝까지 남아 있던 두 사람은 한참을 같은 자리에 서 있었다.

"아! 여보, 그 디자이너 전화번호 알지? 전화해 보자."

가을 엄마는 곧장 전화를 걸었고, 몇 마디 하기도 전에 내려온다는 말을 들었다. 그러더니 정말 누군가가 건물에서 뛰어나오는 모습이 보였다.

"어? 정말 한가을 씨 부모님이셨네요."

"네."

"정말 죄송합니다. 너무 동안이셔서."

"아니에요. 그런데… 사람들이 계속 왔다 갔다 하던데… 외국인도 많고… 혹시 가을이한테 무슨 일 있는 건 아니죠?"

사과하던 우진은 한가을 부모를 가만히 들여다봤다. 아까부터 기다리고 있었다면 꽤 오랜 시간 서 있었을 것이다. 그럼에도 힘들어하는 모습이 아니었다. 반대한다고 들었는데, 지금 건물을 보고 있는 눈에는 걱정스러움이 가득했다.

"올라가셔서 직접 보세요."

한가을의 부모를 데리고 3층으로 올라왔다. 그사이 촬영 스태프와 루아는 옥상에 올라갔는지, 3층에는 젊은 부부의 지인들만 조용히 대화를 나누는 중이었다.

"사람이… 이게 뭐야……."

가을 어머니는 들어가지도 않고 입구에 서서 인상을 찡그렸다. 축하해 주러 온 사람들치고는 너무 적다고 느끼는 듯했다.

마침 커튼을 열고 이종도가 나오자, 부부는 몸을 더 숨긴 채 안을 지켜봤다.

"와! 이종도! 너 뭐야, 하하하, 개사기네!"

"크크크, 말도 안 돼. 너 목 왜 그렇게 길어졌냐? 기린 다 됐네."

"소름. 화장도 했어. 연예인이냐? 하하하."

"종도 오빠 멋있어요! 완전 멋있어요!"

이종도는 친구들의 장난스러운 반응에 맞춰 정말 연예인이라도 되는 듯 포즈를 취했다. 그러고는 밝은 얼굴로 할머니 옆에 다가갔다.

"할머니 고마워. 할머니 덕분에 이렇게 멋진 옷도 입게 됐네. 멋있지?"

"그럼, 그럼, 우리 손주… 너무 멋있네. 신사네, 신사야. 네 애비가 이걸 봤어야 하는데."

"에이, 괜찮아. 또 울려고 그러네. 야, 너희들 그만 놀리고 나 할머니랑 사진 한 장만 찍어주라."

"하하, 제가 찍어드리겠습니다."

사진을 찍어주는 사람은 친구들이 아니라 장 기자였다. 그 덕분에 할머니를 비롯해 친구들과도 사진을 찍었다.

그사이 또 커튼이 열리면서 홍단아가 나왔다. 마치 자신이 촬영이라도 하는지 엄청 밝은 얼굴로 사람들을 보더니 크게 소리쳤다.

"이제 신부님 나오세요!"

그 말에 우진은 옆에 숨어서 머리만 살짝 내밀고 있는 한가을 부모를 보며 말했다.

"나와서 보세요."

"아니에요… 그냥 보고만 갈 거예요."

우진은 여기까지 와서 고집부리는 모습을 이해할 수 없었지만, 자신이 강요할 문제는 아니었다.

그 순간 커튼이 열리면서 한가을이 등장했다.

"와……."

이종도가 나왔을 때와 다르게, 감탄사 말고는 아무 소리도 들리지 않았다. 다들 한가을에게서 눈을 떼지 못한 채 침만 삼켰다.

"야! 야! 이상한 눈으로 보지 마라, 내 와이프다!"

"아… 너 가을이세요?"

"가을이세요는 뭐야. 나 엄청 예쁘지?"

"하, 그렇긴 한데… 이거 부부한테 쌍으로 사기당한 기분이네……."

다들 정신을 차렸는지 한가을 옆으로 다가갔다. 남자 친구들과 다르게 여자 친구들은 조심스럽게 옷을 만져보기도 하며 예쁘다는 말을 끊임없이 뱉었다.

"대박… 가을이 너 진짜 예쁘다. 웨딩드레스보다 더 예쁜 거 같아."

"맞아. 아… 조금 부러워지려고 그러네!"

한가을은 친구들을 잠시 물리더니 이종도와 마찬가지로 할머니 앞으로 이동했다.

"할머니! 감사해요!"

"아이고, 이렇게 안으면 어떡해. 옷 망가지게."

"안 그래요. 막 움직여도 된다고 그랬어요."

"그래? 우리 손주 며느리 공주 같네. 공주 같아."

할머니는 그제야 품에 안긴 가을을 토닥여 주었다. 한참을 안아주던 할머니는 가을을 떼어놓더니 장 기자를 보며 말했다.

"미안하지만, 우리 손주 며느리 사진 한 장만 찍어주시겠어요?"

"당연하죠. 너무 예쁘시네요. 그럼 며느님하고 같이 찍을게요."

"아니요, 아니요. 우리 손주 며느리 독사진으로 부탁드려요."

그러자 가을이 고개를 갸웃거리며 할머니를 봤다.

"예쁘게 환하게 웃어. 지금처럼."

할머니의 말에 가을은 미소를 짓더니 자세를 취한 뒤 촬영을 했다. 그러자 할머니가 장 기자에게 다시 부탁을 했다.

"그 사진 핸드폰으로 보낼 수 있나요?"

"물론이죠. 그런데 어차피 잡지에도 실릴 거라, 저희가 아주 예쁘게 보정해서 따로 보내 드릴게요."

"지금 보내줄 순 없나요?"

"가능은 한데… 보내 드릴게요. 어디로 보내 드릴까요?"

"우리 손주한테 좀 부탁해요."

장 기자는 고개를 갸웃거리고선 노트북으로 사진을 전송했다. 그러고는 다시 이종도 휴대폰으로 사진을 전송했다.

"종도야, 그 사진 사돈께 보내 드려."

"네? 아…….."

"할머니가 사돈이라도 화났을 거야. 우리 가을이가 워낙 예뻐야지. 그런 딸을 허락도 안 받고 데려가려고 하는데 화나는 게 당연한 거야. 그래도 지금쯤 많이 궁금하실 거다. 혼날 때 혼나더라도 가을이 지금 예쁜 모습 보여 드려라."

"네…….."

한가을은 아예 고개를 돌리고 있었고, 이종도는 곧바로 휴대폰을 꺼냈다. 그리고 그 얘기를 숨어서 듣던 가을 엄마는 인상을 쓰더니 조그맣게 속삭였다.

"저 독한 년. 아예 고개 돌리고 못 들은 척하는 거 봐."

"다 당신 닮아서 그렇지. 지금도 우리 가을이 당신 닮아서 정말 예쁘잖아. 공주님이 따로 없네."

"독한 년! 내가 지를 어떻게 키웠는데!"

그때, 주머니에 있던 휴대폰이 울렸다.

띠링띠링.

복도에 서서 지켜보느라 대화도 속삭였는데 부부의 휴대폰 소리가 동시에 울렸다. 깜짝 놀란 부부는 몸을 일으켜 세우더니 입구에 서 있던 우진까지 끌어당겼다.

그때 누군가 복도를 걸어오는 소리가 들렸다.

"선생님, 뭐 하세요?"

"별일 아니에요. 고 기자님은 왜 내려오셨어요?"

"벌써 촬영 마무리라 음식도 세팅해야 하고, 선배도 찾을 겸 내려왔죠. 선배! 장 선배!"

갑자기 소리치는 모습에 가을 엄마 얼굴은 사색이 됐고, 고홍 주의 부름에 장 기자가 입구로 나왔다. 그러다 우진을 발견하고 선 조금 전에 봤음에도 아주 반갑게 맞이했다.

"아, 선생님. 정말 존경합니다."

"네?"

"옷 말입니다. 아까 루아 씨 촬영하다가 커튼 안에서 하는 대화가 들리더라고요. 그저 신제품인 줄 알았는데 대학생 부부를 위해서 이렇게까지 하시다니. 정말 멋지시네요."

"그런 건……."

"옷도 선생님 명성에 맞게 아름답습니다. 아제슬에서 나온 옷보다 오히려 더 아름답더군요. 특히 신부의 그 실크로 된 원피스. 주름으로 레이어드를 만들어 고귀해 보이면서도 길이를 통해 활동적으로 보이게 한 작품. 공주처럼 보이면서 발랄해 보이기도 하고. 정말 예술입니다, 예술. 특히 조금 어려 보이는 신부하고 어떻게 그렇게… 어?"

가을 엄마는 딸을 칭찬하는 말에 귀를 기울이다가 실수로 장 기자와 눈이 마주쳐 버렸다.

"혹시 신부 어머님? 와, 신부님이 어머님을 빼다……."

"쉿! 쉿!"

"하하, 부끄러워하지 않으셔도 됩니다. 미인 어머님 덕분에 따님이 저렇게 예쁜걸요."

장 기자는 마구 칭찬을 했고, 우진은 차라리 잘됐다고 생각하며 피식 웃었다.

아니나 다를까, 안에 있던 사람들이 전부 입구 쪽을 보는 중이었다. 다른 곳을 보던 한가을도 입구를 보더니 천천히 걸어 나왔다. 우진은 어깨를 으쓱하고선 한 걸음 옆으로 비켜줬다.

"엄마……?"

숨어 있던 가을 엄마는 흠칫 놀랐다. 덤덤하던 모습과 다르게 울먹거리는 목소리였다.

"엄마 왔어……?"

"가을아, 하하…….."

"아빠? 아빠… 흐……."

친아빠가 아님에도 살갑게 굴었던 가을은 아빠를 보자 눈물을 글썽이기 시작했다. 그런 가을의 모습 때문인지 가을 아빠도 눈시울이 빨개지더니 고개만 끄덕거렸다. 그러고선 다가가 가을을 안아주려 할 때였다.

"울지 마! 울긴 왜 울어!"

"엄마……? 엄마!"

"울지 말래도! 화장 지워지잖아! 울지 마!"

"엄마 미안해… 흑."

차라리 아까처럼 독했으면 하는 생각이 들 정도로 가을이 서럽게 울었다. 그리고 어느새 눈가가 촉촉해진 가을 엄마는 그제야 자신에게 안겨 있는 딸의 등에 손을 올렸다.

"그만 울어. 예쁘게 나와야 할 거 아니야."

*   *   *

가을 부모는 어떻게 촬영하게 된 건지 전해 듣고선 우진에게 감사를 표했다. 우진도 나름 보람을 느끼고 있던 참에 감사 인사까지 받게 되니 촬영이 잘될 것 같은 느낌이 들었다.

마침 촬영 준비가 마무리되어 가니 올라오란 말에 다 같이 옥상으로 향했다.

"엄마, 나 예쁘지."

"시끄러, 이 원수야. 네 고생길이 훤한데 예뻐봤자지. 네 시할머니나 챙겨."

우진은 엄마에게 바짝 붙어 있는 가을이나, 그런 가을에게 모질게 말하면서도 옷매무새를 챙겨주는 부모나 한결 편안해진 표정이었다.

옥상에 올라가니 아까 보지 못한 천막도 설치되어 있었고, 간이 식탁도 준비되어 있었다. 그리고 테이블 바깥으로 뷔페식으로 준비한 음식이 주욱 나열되어 있었다.

"하하, 스몰 웨딩 같은 느낌이 물씬 나죠?"

"그러네요. 준비해 주셔서 감사해요."

"감사는 저희가 드려야죠. 하하. 그럼 신랑 신부는 촬영하고 나서 드시고, 다른 분들은 식사부터 하실까요?"

장 기자의 말에 한쪽에 앉아 있던 루아가 일어났다. 그러고는 우진을 지나쳐 가며 고개를 꾸벅 숙였다.

"잘 먹겠습니다."

이종도 부부만을 위해 준비한 음식이 아니었기에 우진은 고개를 끄덕였다. 그 모습을 보고, 옆에 있던 매니저가 루아에게 말했다.

"월매나 먹으려고 인사꺼정 하는겨. 남들헌티 피해 주지 말고 적당히 묵어. 알겄어?"

루아는 매니저로 보이는 사람의 말에도 신경 쓰지 않고 곧바로 음식들로 향했다. 촬영이 끝났음에도 식사하기 위해 기다린 모양이었다.

스태프들도 나눠가며 식사를 했고, 젊은 부부의 지인들도 식사를 시작했다.

"대박. 호텔 뷔페 같다……."

"야, 우리 저기 루아 옆 테이블로 가자."

우진과 I.J 식구들은 사람들이 식사하는 모습을 확인하고 나서야 이종도에게 향했다. 그러고는 옷매무새를 가다듬어 줌과 동시에 촬영이 시작되었다.

사진을 찍는 포토그래퍼는 물론이고 촬영 팀들은 감탄하기 바빴다.

"굉장하네. 괜히 아제슬 중 한 곳이 아니구나. 느낌이 헤슬이나 제프 우드보다 좋다."

"저도요. 정말 사고 싶어요. 특히 저 백!"

"솔직히 저 가방을 왜 들고 촬영하는지 이해가 안 됐는데, 지금 보니까 큰 백이 옷이 주는 무거움을 조금 가볍게 해주는 느껴이야."

사진이 예쁘게 담기자 촬영 팀은 신나서 촬영했고, 그 덕분에
촬영 시간이 꽤 오래 지났다. 단벌 촬영임에도 배경을 바꿔가며
촬영이 이어졌고, 배경에 따라 느낌이 달라졌다. 발밑에 하얀 조
명이 켜질 때는 장 기자의 말대로 왕자와 왕세자빈처럼 품위 있
게 느껴졌다.

조명에 따라 어떨 때는 발랄해 보이기도 했고, 빨간 조명일 때
는 야릇한 분위기도 연출되었다.

각 조명과 세트에 따라 분위기는 변했지만, 두 사람의 얼굴은
변하지 않았다. 서로 보고만 있어도 행복한지 미소가 사라지질
않았다.

우진은 물론이고 함께 있던 I.J 식구들의 얼굴에는 뿌듯한 미
소가 걸려 있었다.

그때, 우진의 뒤에서 식사도 하지 않고 보고 있던 가을 엄마
가 툴툴거리는 말이 들려왔다. 다들 귀를 가을 엄마 쪽으로 향
했다.

"저렇게도 좋을까. 그나저나 큰일이네……."

"뭐가 큰일이야. 예쁘기만 한데."

"그래서 큰일이라고요."

"예쁘면 좋지. 참, 기왕 허락해 준 거, 기분 좋게 허락해 줘."

"누가 뭐래요? 결혼식 해야 할 거 아니에요! 그런데 웨딩드레
스 입어도 지금처럼 안 예쁠 거 같아서 걱정이란 말이야."

"뭐? 하하, 하긴 지금 완전 공주 같긴 해."

직접 와서 보니 마음이 바뀌었는지, 결혼식까지 올려줄 모양

이었다. 그에 I.J 식구들 입가엔 미소가 지어졌다.

드디어 마지막 촬영까지 끝이 났다. 그러자 이종도와 한가을은 말도 통하지 않는데도 촬영 팀을 향해 연신 고개를 숙여가며 인사한 뒤, 우진에게로 왔다.

"선생님, 정말 너무 감사해요. 오빠 정말 선생님이 말한 대로지?"

"뭐가?"

"오빠 안았을 때 말이야. 슈트 안에 또 땀범벅일 줄 알았는데 뽀송뽀송해!"

"어, 진짜 너무 좋다! 정말 감사합니다."

우진은 너무 많이 받는 감사 인사에 이제는 조금 멋쩍어지기까지 했다.

"저 그런데, 사진은 언제 나오는 거예요? 아까 봤던 기자분 잡지에 실리고 나서 주시는 거예요?"

"같이 가서 확인해 봐요."

우진은 두 사람을 데리고 촬영 팀에게 향했다.

질문을 들은 촬영 팀은 사진이 무척 마음에 들었는지 직접 앨범을 만들어주고 싶다며 제의했다. 우진은 자신이 들은 대로 이종도에게 통역해 주었다.

"미국으로 초대하고 싶대요."

"저희를요?"

"네, 스튜디오 홍보용으로 촬영하고 싶은데, 다른 옷 입고 비슷한 느낌으로 촬영하고 싶다네요. 비용도 저쪽에서 부담한다고 하니까 신혼여행이라고 생각하고 다녀오시는 것도 괜찮을 거 같아요."

"아······."

다만 촬영 팀에서 내건 조건이 있었다. 이번에 촬영한 사진도 자신들 스튜디오 작품이라고 홍보하고 싶다는 것이었다. 그 이유 때문에 이종도 부부를 초대한 게 크다는 걸 느꼈지만, 우진으로서는 손해 볼 게 없는 조건이었다. 어차피 I.J 이미지를 좀 더 긍정적으로 보이게 하려고 한 일이었기에, 소개가 된다면 더 이득이었다.

하지만 다른 사람의 생각도 중요했다. 그래서 매튜를 찾았다.

한데 다른 때 같았으면 직접 마무리했을 매튜가 오늘은 어째서인지 루아가 있는 테이블에 앉아 움직이질 않았다.

*   *   *

시간이 늦어 슬슬 정리하는 와중에도 테이블에 끝까지 남아 있는 사람이 있었다.

"계속 먹어! 저, 저 봐, 또 먹어!"

테이블에 남아 마치 첫 접시라도 되는 듯 음미하며 식사 중인 루아였다.

"야, 고만 좀 묵어! 미쳐불겠네."

"알았어요. 과일 말고 아이스크림은 없나 보네. 아쉽네."

"아쉽기는 개뿔. 저 사람들 표정 안 좋은 거 안 뵈는 겨?"

"아까 그 사람이 많이 먹으랬어요."

"예의상 한 말이여. 예의상! 넌 지금 예의가 지나쳐도 한참 지나친 겨."

루아는 마지막 남은 과일 하나까지 집어 먹더니 빈 접시를 보며 고개를 끄덕였다. 그러고는 의자를 밀고 일어났다.

"또 먹으러 가는 겨? 안댜, 고만 묵어."

"아니에요. 인사하러 가는 거예요."

매니저도 루아를 따라 일어났다. 그런데 방향이 이상했다. 디자이너나 촬영 팀이 있는 테이블이 아닌 젊은 사람들이 모여 있는 곳으로 향했다.

매니저가 급하게 따라붙었을 때, 루아가 하는 말이 들렸다.

"잘 먹었어요."

"네……? 저희가 준비한 게 아닌데……."

"부부시라면서요. 그래서 파티처럼 준비한 거라고, 저기 마른 외국인이 말해주던데."

한가을의 가족들과 친구들은 갑작스러운 대스타의 인사에 서로를 보며 멍한 얼굴이 되었다.

"들으려고 한 건 아닌데 아까 커튼 안에서 하는 대화 들었거든요. 축하해요."

"아! 감사합니다."

"그럼 밥 맛있게 먹은 답례로 축하곡 불러 드릴게요."

그러자 매니저가 급하게 나섰다.

"왜 불러달라고 허지도 않았는디 나서는 겨."

그러자 루아가 테이블을 보며 고개를 갸웃거렸다.

"싫으면 안 부르고요."

"아니에요! 불러주세요! 루아! 루아!"

"알겠어요. 그럼 최근 발표한 후아유 미니 앨범 수록곡 '그대여서' 불러 드릴게요. 저 혼자 있으니까 그냥 혼자 부를게요."

"와! 그대여서! 좋아해요!"

루아는 가볍게 고개를 숙이더니 테이블에 있던 수저 하나를 들어 올렸다. 그러고는 마이크도 반주도 없이 완전 생으로 노래를 시작했다.

눈 뜨면 보이는 그대 모습이 어쩜 그리 잘생겼나요
보고 또 봐도 질리지 않아. 내가 마법이라도 걸린 걸까
그대의 눈빛

"얼굴!"

그대의 턱선

"아야!"

상당히 유명한 곡이었다. 그에 한가을은 물론이고 친구들까지 휴대폰으로 촬영하며 즐겼다. 마치 콘서트장이라도 된 것처럼 분위기가 달아올랐고, 루아는 그냥 갈 수 없었는지 한 곡을 더 부르고 나서야 자리를 떴다.

"대박! 대박! 아, 완전 부럽다! 루아가 축가 불러준 거나 다름없잖아!"

"아, 짱 예쁘다."

"아까 오빠들, 엄청 먹는다고 웃었잖아요."

"그거랑 다르지. 저렇게 먹어야 저런 노래가 나오나 봐."

아직 어린 한가을과 이종도도 흥분이 채 가시지 않았는지 친구들과 함께 즐겼다.

그 모습을 보던 한가을 엄마는 남편을 보며 씁쓸하게 웃었다.

"왜 그래?"

"다들 축하해 주는데 나만 반대한 거 같아서 미안해지네."

"지금이라도 축하해 주잖아."

"그래도… 가을이가 저렇게 행복해하는 것도 모르고."

가을 엄마는 고개를 돌려 앞에 있는 이종도 할머니를 봤다. 인사는 나눴지만 그동안 반대하던 것이 미안해서 무슨 말을 하기가 어려웠기에 대화가 없었다.

"저, 할머님, 아니, 사돈 어르신."

이종도 할머니는 흠칫 놀라더니 이내 온화한 미소를 보이며 대답했다.

"그게… 그동안 죄송했어요."

"아이고, 아닙니다. 아니에요. 제가 죄송하죠. 저렇게 착하고 예쁜데 얼마나 속상하셨겠어요."

이래서 사람은 겪어봐야 안다고, 할머님의 모습만 봐도 사위 될 사람이 어떤 사람인지 보이는 듯했다. 가을 아빠는 기분 좋은 미소만 지을 뿐 대화에 끼진 않았다.

"그래서 말인데… 가을이가 아이 낳고 몸 좀 추스르면 제대로 결혼식을 올려줬으면 하거든요. 아! 물론 이번엔 어르신이 아이들에게 이렇게 해주셨으니까 결혼식은 저희가 준비했으면 하고요. 그죠, 당신?"

"하하, 물론이지. 어르신, 저희가 그렇게 해도 되겠습니까?"

"아이고……."

가을 부모가 반대하는 것을 알고 있던 할머니는 자신 때문에 손주를 더 안 좋게 보진 않을까 하는 마음에 식사 내내 조심스러웠다. 그런데 지금 가을 부모가 하는 말을 듣자 모든 걱정이 눈 녹듯이 사라졌고, 그와 동시에 안도감에 눈물이 흘렀다.

"고맙습니다. 고마워요. 정말 손녀라고 생각하고 아낄게요."

"저희도 아들이라고 생각할게요. 그래도! 결혼식까지만 딱 해 주고 알아서 하라고 해야죠. 이제 자기들도 부모니까 알아서 하게 지켜보기만 하려고요."

"암요. 암요. 부모가 된다는 게 얼마나 어려운지 알아야죠."

그리고 어느새 가을 엄마는 할머니의 손을 쓰다듬으며 미소 짓고 있었다.

"엄마, 엄마. 이 가방 봐! 여기 우리 건강이 기저귀 자리인데 완전 특이해."

"시끄러, 이녀… 아, 가을아? 아이 안 놀라게 조신해야지?"

*　　　*　　　*

뒤늦게 I.J 식구들과 함께 식사 중이던 우진은 스튜디오가 한 제안을 꺼냈다. 예상하던 대로 반대하는 사람이 없었다.

"와, 우리도 저기 가서 들으면 안 돼요? 후아유 노랜데 저거! 완전 좋아!"

"홍 인턴, 분위기 파악 좀 해. 저기 가서 훼방 놓고 싶어?"

"아… 저 후 팬인데. 같은 소속사면 같이 와서 좀 부르지……."

우진도 루아에 대해선 그다지 알고 있는 편은 아니었지만, 후라는 가수에 대해선 잘 알고 있었다. 자신의 뉴스가 점점 조용해진 이유 중 하나가 바로 후라는 가수 때문이었다. 빌보드를 점령했다느니, TV만 틀면 후에 대한 얘기로 시끄러웠다.

"같은 소속사였어요?"

"그럼요. 모르셨어요? 후아유! 후, 루아, 제이 세 사람이 만든 프로젝트 그룹인데! 엄청나게 좋아요!"

듣고 있던 매튜도 알고 있던 모양인지 입을 열었다.

"후라는 사람은 세계적으로 유명합니다. 이번 뉴욕에 갔을 때도 타임스퀘어에 아직도 후가 걸려 있더군요."

"후? 지금 후 얘기하는 거예요? 혹시 알고 계세요?"

갑작스럽게 홍단아가 난입하자, 세운은 홍단아를 구박하며 조용히 통역해 주었다.

우진은 피식 웃고는 고개를 끄덕거렸다. 아무래도 대중들을 상대로 하는 제프 우드에 있었던 매튜이기에 유명한 사람들을 잘 알고 있었을 것이다. 후도 그런 사람들 중 한 명이라고 생각했다.

"제프 우드에서 모델을 제의했지만, 생각하지도 않고 거절하더군요. 그래서 골치 좀 썩었습니다."

"정말요?"

"왜 거절했는지 이유도 모릅니다. 미국에서 가장 큰 에이전시인 MfB가 후와 함께하다 보니, 그쪽에서 거절한 건지 다른 이유가 있는 건지⋯ 제가 알기로는 아직까지 제의하고 있는 걸로 알고 있습니다."

"아⋯ 그래서 그렇게 루아하고 대화했던 거구나. 그런데 우리하고는 안 어울릴 것 같아요. 게다가 그렇게 유명하면 모델료도 비싸잖아요."

같은 대중들을 상대로 하는 건 맞지만, 제프 우드 같은 경우는 대량생산이었고 I.J는 맞춤옷이었다. 그러다 보니 유명한 사람이 꼭 필요한 건 아니었다. 차라리 바비나 미자 같은 사람을 모델로 쓰는 게 더 나았다.

"그런 이유로 대화를 한 건 아닙니다."

"그러면요?"

"다음 고객 때문에 얘기를 해봤는데, 저쪽도 잘 모르고 있더군요."

"다음 고객이요?"

"네. 제가 예약 명단을 확인해 보니까 익숙한 주소가 보이더군요. 라온 엔터테인먼트. 조금 전 보셨던 루아와 후의 매니지먼트사입니다."

"그래요?"

"김진주라는 이름으로 예약되어 있습니다. 당분간 움직이기힘드실 테니 주말 정도에 예약 확인을 해보려던 참이었습니다."

"그냥 그분이 예약하셨을 수도 있잖아요."

그러자 매튜가 확신에 찬 얼굴로 웃으며 말했다.

"김진주라는 사람이 좀 유명하더군요. 세계에서 가장 많은 팬을 가지고 있는 사람이 후입니다. 그런데 김진주라는 사람이 아시아 팬을 담당하고 있더군요. 인터넷만 검색해도 나옵니다. '직원의 미친 일탈'이라는 제목들은 대부분 그 사람입니다."

매튜의 말에 우진은 고개를 끄덕였고, 세운에게 졸라서 얘기를 전해 듣던 홍단아는 우진과 다르게 양손을 모으며 눈을 반짝였다.

"진주 언니 엄청 유명해요! 후의 일상 사진 엄청 많이 뿌리거든요!"

"그래요?"

"네! 선생님, 가실 때 저도 같이 가면 안 돼요?"

"가방 다 만드셨어요?"

"아니요……."

그 옆에 있던 미자도 마찬가지였다. 내색을 크게 하지 않는 미자까지 기대하는 반응을 보였다. 그 모습에 우진은 피식 웃음이 나왔다.

미자가 민망할까 고개를 돌리고 미소를 짓는데, 테이블에서 백을 살피는 사람들이 보였다. 우진은 백에 대해 설명해 줄 겸 자리에서 일어났다.

"홍단아 씨, 잠시만요. 저기 같이 가서 백에 대해 설명 좀 해줘요."

"네? 아! 네!"

우진이 홍단아를 데리고 젊은 부부의 테이블로 가자 세운이 고개를 저었다.

"홍 인턴 쟤는 감정을 숨기는 걸 못 하나 봐."

"데리고 있으면 골치깨나 썩을 게야. 그리고 보면 우리 임 선생이 난 게지. 저 이상한 여자가 내부 디자인을 잘할지 어떻게 알고 뽑았을까."

"알고 뽑았겠어요? 어라? 유 실장! 유 실장도 후 좋아해? 왜 그렇게 실실 웃고 있어!"

"아닌데요?"

"아니긴 웃고 있잖아. 후가 대단하긴 대단한가 보네."

"아니라고요. 전 선생님이 제프 우드도 거절한 사람 옷 만들 수 있을 거 같아서 기쁜 건데요!"

미자는 여전히 활짝 웃으며 가방을 설명하는 우진을 바라봤다.

＊　　　　＊　　　　＊

다음 날.

Moon 매거진에 기사가 올라왔다. 아직 이종도 부부의 기사는 올라오지 않았지만, 아제슬의 화보 촬영에 대한 기사는 어젯밤에 바로 올라왔다.

어젯밤만 하더라도 사무실에 많은 전화가 걸려오지 않았는데, 오늘은 마치 제프 우드, 헤슬과 합작한다는 기사가 처음 나갔을 때와 비슷할 정도로 울렸다.

아직 매튜가 신경 쓰던 기사가 나온 것도 아니었다. 어제 이종도와 한가을의 친구들이 SNS에 올린 루아의 영상 때문이었다.

"예약 안 받으니까 전화 꺼두세요. 전화 때문에 너무 고생하시네요. 할아버지, 유 실장님도 퇴근하세요."

사무실을 담당하던 두 사람은 하루 종일 시달린 모양이었다.

"우리가 웨딩숍도 아닌데 뭘 그렇게 예약을 하겠다는 겐지. 고객한테 차분하게 설명하는 우리 유 실장이 얼마나 화가 났는지 한숨까지 쉬더만."

"화나서 그런 거 아니에요. 루아가 축가 불러주는 거 맞냐고 물어보는 전화 때문에 그랬어요."

"하하, 그랬어요?"

"네. 숍에 전화해서 그런 거 묻는 건 예의가 아니잖아요."

"괜찮아요. 화내지 마세요."

미자는 그제야 미소 지었고, 우진도 그런 미자를 보며 웃었다. 그리고 그때, 장 기자에게 전화가 걸려왔다.

─지금 기사 올라갑니다! 지금 루아 영상 때문에 편집부에서 신혼부부 기사 빨리 올리라고 난리도 아니에요. 어제 올라온 아제슬 기사는 보셨죠? 괜히 사족 들어갈까 봐 기사 내용은 최대한 줄였습니다, 하하.

"네, 봤어요. 감사해요."

─저희가 더 감사하죠! 지금 특종을 두 개나 물어왔다고 난리도 아닙니다. 하하, 선생님! 이런 기회를 주셔서 정말 감사합니다!

우진은 전화를 끊고선 곧바로 Moon 매거진 SNS에 접속했다. 그러자 메인 화면에 기사가 떠 있었다. 사진을 클릭하자 이종도와 한가을이 환하게 웃고 있는 사진이 걸려 있었다.

"잘 어울리네요."

기사가 아예 스토리 중심으로 되어 있었다. 학교에서 만난 젊은 부부는 부모님의 반대로 결혼식을 올리진 못했지만, 그 덕분에 오히려 세상에서 가장 특별한 웨딩 촬영을 하게 되었다는 내용이었다.

물론 그 특별한 웨딩 촬영을 하게 만들어준 I.J의 소개가 빠질수 없었다.

게다가 패션 잡지답게 옷에 대한 소개도 잊지 않았다. 우진이 얘기했던 대로 하나하나 설명되어 있었다. 언제 촬영했는지 팔짱 끼고 신혼부부를 바라보는 자신의 모습도 찍혀 있었다.

"잘 나왔어요!"

"껄껄, 그렇고만. 장 기자가 신경 좀 썼나 보이. 폼에서부터 이제 디자이너 냄새가 나기 시작했네."

우진은 쑥스러움에 살짝 웃고는 기사를 마저 읽었다. 아는 내용임에도 기사로 보니 새로운 한편, 제대로 뭔가 끝난 느낌이었다. 밑에 사람들이 남긴 댓글도 예전과 다르게 안 좋은 말이 많진 않았다.

―광고 오지고요. 광고충ㅅ二

―곧 아제슬 나오는데 이걸로 광고할 필요 있겠냐? 생각하고는.

어제 올라온 아제슬 기사 덕분에 광고라기보다는 좋은 일을 했다는 댓글이 다수였다. 그렇게 하나씩 읽어 내려가다가, 우진은 그중 마음에 드는 댓글들을 보고 활짝 웃었다.

―옷 대박이다. 저 옷 입는데 어떻게 안 좋아함.

―강제로 행복을 만들어주네. 강제행복캐리ㅋㅋㅋ

―행복을 만들어 주는 I.J.

우진은 활짝 미소를 보이며 장 노인과 미자를 보고 크게 말했
다.

"행복을 만들어주는 I.J래요."

제3장
라온 엔터

　며칠 뒤. 아침부터 뉴욕 소식이 한국을 강타했다. 주말을 시작으로 뉴욕 아제슬이 오픈을 한다는 소식이었다. 한국보다 시간이 늦은 미국이었기에 아직 오픈하지 않은 상태였다. 그럼에도 벌써부터 대기하는 줄이 끝이 보이지 않을 정도였다.

　"진짜 부자들 많구나. 800만 원짜리 옷을 사려는 사람이 저렇게 많다니… 보고도 안 믿기네. 난 줘도 못 입을 거 같다."

　"하하, 우리가 옷값을 싸게 책정해서 그러지, 성훈이 네가 입고 있는 옷 중고로 팔아도 백만 원은 받을걸?"

　성훈은 혀를 내두르며 화면을 봤다. 인터넷이나 전화 예약 없이 오로지 방문 예약으로만 주문이 가능했기에 벌어진 일이었다.

　800만 원이나 되는 옷을 구매할 정도면 어느 정도 사는 사람

일 텐데, 그런 사람들이 줄까지 서가며 기다렸다. 맞춤옷이기에 리셀러가 등장할 수도 없었다. 상당히 특이한 경우여서 뉴스까지 나오는 것이었다.

성훈은 현재 몸담고 있는 I.J가 얼마나 대단한 곳인지 새삼 느꼈다. 옆에서 매튜와 대화 중인 우진이 오늘 갈 곳만 하더라도 한국에서 가장 유명한 가수가 있는 곳이었다.

둘이서 무슨 얘기를 하는지는 모르겠지만, 진지한 얼굴로 보아 분명 일에 대해 얘기하는 것 같았다. 그런 진지한 모습을 보자, 처음 어리게 봤던 우진이 이제는 정말 믿음직스러워 보였다.

하지만 정작 우진의 상황은 달랐다. 매튜가 돌아왔다는 걸 물씬 느끼고 있는 중이었다.

"택시 타고 가시죠."

"그냥 마 실장님 차 타고 가도 된다니까요."

"폼이 안 삽니다! 연예인은 아니지만, 저희도 보여주는 것이 중요한 직업입니다. 차를 구매할 때까지만 택시 타고 가시죠."

"알았어요. 알았으니까 저 신경 쓰지 말고 다녀오세요. 비행기 놓치겠어요."

매튜는 뉴욕에 다녀와야 하기 때문에 함께하지 못한다는 이유로, 차부터 시작해서 행동까지 일일이 잔소리를 늘어놓았다. 그 뒤로도 한참이나 잔소리를 했다. 우진은 그에 맞춰 고개를 끄덕거렸다.

그때 세운이 피식 웃으며 입을 열었다.

"그렇게 떠들 시간 없을 텐데? 이따가 홍 인턴 오면 자기도 가고 싶다고 또 질질 짠다!"

　　　　*　　　　　*　　　　　*

　우진은 홍대에 위치한 라온 엔터테인먼트 앞에 도착했다.

　택시를 타고 주차장까지 들어갈 수 없어 근처에 내렸는데, 그
것이 실수인 것 같았다. 라온 엔터테인먼트 주변에 학생들부터
외국인, 심지어는 기자로 보이는 사람들이 가득했다.

　우진은 왠지 붙잡힐 것 같은 기분에 최대한 얼굴을 숙이고 걸
음을 옮겼다. 그리고 그때, 오늘 일을 도와주러 함께 온 미자가
고개를 갸웃거렸다.

　"하늘에 뭐 있나? 전부 위만 보고 있네요."

　우진이 주변을 둘러보자 미자의 말대로 근처에 있던 사람들
이 전부 하늘을 보고 있었다.

　우진도 고개를 올려 위를 바라보니 옥상 난간에 사람들이 바
쁘게 움직이는 것이 보였다.

　"누구야 누구? 제이다!"

　"대식 매니저다! 그럼 후 오빠 있을 거 같은데!"

　"천막 펼치는 거 보니까 회식하나 봐! 완전 부럽다!"

　옆에서 들리는 소리에 우진도 옥상을 한 번 보고선 바로 미자
를 잡아끌었다. 안으로 들어가야 했기에 마침 잘됐다고 생각하
고선, 옥상에 누가 보이든 말든 신경 쓰지 않고 빠르게 걸음을
옮겼다. 그리고 라온 엔터 건물에 들어섰다.

　"어디서 오셨나요?"

　"아, I.J에서 왔어요. 김진주 씨하고 약속이 잡혀 있어요."

"진주 양 손님이시군요. 들어오시죠."

우진은 나이가 들어 보이는 경비원의 안내를 받아 걸음을 옮겼다. 한국에서 제일 잘나가는 기획사라고 들었는데 명성에 비해 규모가 너무 작은 것 같아 의아했다.

그렇게 몇 걸음 걷다 말고 경비실을 지나쳐 갈 때, 안에 있던 사람이 대뜸 인사를 건넸다. 우진도 어색하게나마 목 인사를 대신하고 사무실로 안내를 받았다.

"진주 양, I.J에서 손님 오셨네요."

"아! 네!"

시끌벅적한 사무실 직원들은 커다란 목소리와 다르게 얼굴은 당장 죽어도 이상할 것 같지 않을 정도로 피곤해 보였다. 그런 얼굴들로 목을 끄덕여 인사했고, 우진은 어색하게 그 인사를 받았다.

곧 당사자인 김진주가 앞으로 다가왔다.

"안녕하세요. 일단 올라가세요."

우진이 오면서 봤던 경비실을 지나쳐 갈 때, 계단에서 사람들이 내려왔다.

"두식 오빠! 왜 오늘이 회식이에요! 우리 다이어트 중인데! 너무한다, 진짜!"

"내가 준비한 거 아녀."

"또 후 오빠예요? 우리 언니가 말려도 이번에 나 못 참아! 이 사람이 진짜!"

상당히 시끄럽게 떠들면서 내려왔다. 그리고 우진은 며칠 전 봤던 매니저를 보고선 뒤에 있는 사람들도 가수라는 걸 알았다.

"안녕하셔유. 또 뵙네유."

"어? 어디서 봤는데. 아! 디자이너 선생님이다!"

"시끄럽고 언능 연습실이나 내려가."

"사진 한 번만 찍어주시면 안 돼요?"

우진은 정신이 없었다. 항상 조용하던 숍과 다르게 어떻게 한 발, 한 발 움직일 때마다 정신없는 사람들 투성이었다. 게다가 정작 연예인은 자신들이면서 사진 찍자고 이쪽으로 다가오니 당황스러웠다.

사람들은 달라붙어 촬영까지 한 뒤에 또 신나게 떠들면서 계단을 내려갔다. 우진이 작게 한숨을 뱉자 미자가 조용히 속삭였다.

"F.I.F인데 요즘 인기 있는 그룹이에요."

"그래요? 요즘 TV라고는 뉴스만 봐서……."

작게 말한 대화를 김진주가 들었는지 미소 띤 얼굴로 설명했다.

"아이들이 요즘 인기가 많아져서 기분이 좋아지고 그래요. 죄송해요."

"아니에요."

죄송하다는 말과는 다르게 얼굴에는 뿌듯함이 묻어 있었다.

계단을 조금 오르자 3층 문이 보였다. 마치 가정집 현관 같은 모습이었다.

김진주가 문을 열자 내부가 보였다. 내부를 본 우진은 혀를 내밀었다. 전에 가봤던 호텔 스위트룸과 비교해도 손색이 없을 정도로 잘 꾸며져 있었다.

그때, 머리카락이 없는 남자가 반갑게 웃으며 다가왔다.

"하하, 이거 엄청 유명하신 선생님을 누추한 곳까지 모셔서 송구스럽습니다. 전 이곳 대표 김기상이라고 합니다. 하하."

"아, 네. I.J 디자이너 임우진이에요. 아, 그리고 여긴 저희 헤어 실장님이시고요."

"안녕하세요. 유미자입니다."

"하하. 네, 반갑습니다. 이리 앉으시지요. 마침 미국에서 가져온 아주 좋은 커피가 있는데 그걸로 드릴까요? 커피 하면 미국 아니겠습니까, 하하."

미국에 있었지만 그런 소리는 처음 들었다. 커피 하면 콜롬비아지, 무슨 미국인지.

우진은 왠지 대표라는 사람이 사기꾼 같다는 느낌을 받았고, 그에 약간 조심스러워졌다.

직접 커피를 가지고 온 대표는 가면이라도 쓴 것처럼 미소가 사라지질 않았다.

"하하, 드시지요. 저희는 선생님의 옷을 딱 본 순간 이렇게 유명해지실 걸 알았습니다. 하하, 그래도 라온 이름으로 예약하면 선생님이 신경 쓰실까 봐 저희 직원 이름으로 예약을 했습니다. 하하."

옆에 앉아 있는 김진주의 표정만으로도 이 말이 사실이 아니란 게 느껴졌다. 대표의 말을 계속 듣다가는 말릴 것 같은 느낌에 우진은 먼저 입을 열었다.

"그럼 후 씨 옷을 부탁하시는 건가요?"

"어? 하하! 어떻게 아셨습니까! 아, 역시 최고는 최고를 알아본다고! 그 말이 사실이었군요!"

"아… 네. 일단 만나 뵙고 얘기해요."

그러자 대표라는 사람은 박수까지 치더니 자리에서 일어났다. 그러고는 'Who'라고 쓰인 방문을 열더니 약간 당황하는 얼굴을 보였다. 그러고는 김진주에게 어색한 미소로 손가락질했다.

"뭐요! 말로 하세요!"

"하하, 윤후가 어디 갔지?"

"…찾아올게요. 죄송합니다. 죄송해요."

김진주가 사과를 하고선 급하게 나갔다. 그리고 또다시 대표의 말이 시작되었다.

우진은 쉴 새 없이 나오는 말을 들으며 귀에 딱지가 앉는다는 말이 뭔지 알 것 같았다. 미자도 마찬가지였는지 표정이 그다지 좋아 보이지 않았다. 잠깐 동안인데도 피곤함을 느낀 우진은 정신을 차리고선 입을 열었다.

"화장실 좀 쓸 수 있을까요?"

"물론이죠. 뜨듯한 물 좋아하십니까? 하하, 얼마 전에 비데를 달았는데 엄청 좋더군요. 하하."

우진은 급하게 화장실로 향했다. 그나마 정신이 있을 때 렌즈를 빼놓는 게 나을 것 같았다.

거실로 나온 우진은 일단 김 대표부터 봤다. 죄수복이 어울릴 것 같은 느낌이었지만, 왼쪽으로 보이는 모습은 평범한 정장이었다.

'후라는 사람은 분명 멋있게 보이겠지?'

바비나 옆에 있는 미자처럼. 그는 어떤 멋진 옷이 가슴을 두근거리게 만들지 내심 기대되었다.

잠시 뒤 김진주가 돌아왔다.

"야, 너 어디 있었어!"

"경비실에 있었어요."

"이… 하하, 그으래! 인사부터 해야지?"

"안녕하세요. 가수 'Who'예요. 아까 올라가시는 거 봤는데."

"야야, 말 조금만 해. 얘가 요즘 말문이 트여서. 하하하."

아까 경비실을 지나칠 때 안에서 인사하던 사람이 바로 후였던 것이다.

쾌활한 목소리로 말을 건네는 후의 모습에, 우진도 서둘러 인사를 했다. 그러면서 어떤 옷이 보이는지 확인하는 순간, 우진은 눈을 크게 껌뻑였다.

"선생님, 눈 불편하세요?"

"아, 아니에요."

우진은 눈을 비비기까지 하고서 다시 후를 봤다.

'뭐야. 옷이 왜 저렇게 많이 겹쳐 보이는 거지?'

멋있는 옷도 아닌데 상당히 많은 옷이 겹쳐 보였다. 이런 경우는 처음이었기에 당황스러웠지만, 우진은 애써 표정 관리를 했다. 그러고는 앉아서 대화를 시작했지만, 김 대표가 무슨 얘기를 하는지 귀에 들어오지 않았다.

'청바지인가? 저 체크 남방은 너무 올드해 보이는데… 뭐야, 저건 추리닝인 거야?'

겹쳐 있는 옷이 뭔지 알아보는 것도 어려웠다. 마치 여러 사람을 한꺼번에 겹쳐놓고 보는 것 같았다.

혹시 눈이 이상해진 건가 싶어 좌우를 둘러봤다. 그런데 옆에 있던 미자나 김진주, 김 대표는 전과 동일하게 하나의 옷만 보였다.

"아!"

"선생님, 죄송해요. 갑자기 대답이 없으셔서."

우진은 미자가 왜 옆구리를 찔렀는지 알았다. 앞에 있는 사람이 신기한 듯 보고 있었다.

"혹시 누구랑 얘기했어요?"

"네?"

"아니에요. 갑자기 말이 없으시길래요."

아무래도 후라는 사람도 제정신 같아 보이진 않았다.

"야이! 이상한 소리 하지 말고. 하하, 선생님, 어떻게 멋있게 좀 부탁드리겠습니다. 우리 후가 IJ 옷을 입어서 멋있어지면 서로가 윈윈 아니겠습니까, 하하."

우진은 대답하지 못했다. 매튜도 당부를 했기에 어떻게든 그려보려 했지만, 지금 상태로는 스케치조차 곤란했다. 우진도 아쉬웠지만, 이상한 옷을 스케치할 수 없었다.

"예약하시고 오래 기다리셨을 텐데 죄송해요. 아무래도 후 씨옷을 제작하는 건 곤란할 거 같아요."

"네? 그게 무슨……."

"아, 그게… 지금도 멋있으셔서, 제가 손대는 것보다는 스타일리스트분에게 맡기는 게 더 좋을 것 같아요."

"음… 그럼 우리 윤후의 기본 슈트만이라도 부탁드립니다."

"죄송해요."

예약하고 한 달이나 기다려 줬는데 해줄 수 있는 대답은 아무것도 못 해준단 말뿐이었다.

우진은 진심으로 사과했다. 그러자 사과를 받던 윤후가 별일
아니라는 듯 대뜸 입을 열었다.

"괜찮아요. 어차피 그렇게 신경 쓰는 편이 아니라. 그런데 루
아 누나 말로는 정말 맛있다고 하더라고요."

"네?"

"옥상에서 파티하셨다고 들었어요. 그래서 저희도 오늘 파티
하거든요."

"아… 그렇군요."

아까 옥상에서 천막 치던 걸 봤기에 무슨 말을 하는지 단번에
알아들었다. 그런데 그 얘기를 왜 자신에게 마치 자랑이라도 하
려는 듯 신난 얼굴로 말하는지는 이해할 수 없었다.

디자이너들만 특이한 사람이 많은 줄 알았는데, 연예계에는
특이한 사람이 더 많은 것 같았다.

윤후가 씨익 웃으며 말했다.

"오신 김에 같이 올라가서 식사하세요."

그러자 김 대표도 거들었다. 아까처럼 큰 웃음은 없었지만.

"그러시죠. 루아 촬영할 때하고 같은 뷔페에서 준비했으니 먹
을 만할 겁니다."

"괜찮은데."

"옷이야 또 기회가 되면 만들어주시면 되고 그런 거 아니겠습
니까?"

우진은 잠시 고민을 했지만, 이내 고개를 끄덕였다. 매튜가 라
온과 친분을 맺는다면 반드시 도움이 될 거라는 말을 했기에 승

낙은 했지만, 자신은 없었다.

*　　　　*　　　　*

옥상에 자리하게 된 우진은 테이블에 앉아 주변을 살폈다.

옥상에 어울리지 않는 주황색 포장마차 천막도 이상했고, 그 천막 밑에 준비된 고급 뷔페가 분위기를 더 이상하게 만들었다. 무엇보다, 분명 이상하다는 걸 알 텐데 옥상에 있는 사람들 중 누구 하나 지적하는 사람이 없었다.

"원래 옥상에 이런 게 있는 건가?"

"아닐걸요. 전부 정신 놓고 있는 사람들 같아요. 특히 저기 후라는 사람."

세계적으로 엄청나게 유명한 가수인데도 방송엔 노출이 적었다. 그나마 나온 방송에서도 말수가 적은 편으로 봤는데, 지금은 갑자기 마이크까지 연결하더니 쉴 새 없이 말하는 중이었다.

"TV에서 보는 거랑 다르다고 하더니 완전 다른 사람 같네요."

미자도 동의한다는 듯 고개를 끄덕였다. 게다가 오면서 봤던 경비원까지 가장 좋은 자리에 떡하니 앉아 있었다.

"예전에 방송에서 가족이라고 그랬어요."

"아, 그래요?"

우진은 그제야 이해했는지 고개를 끄덕이며 윤후를 봤다.

마이크를 잡고 있던 후가 한참을 얘기하더니 이번엔 갑자기 노래를 부르겠다고 했다. 함께 있던 사람들은 익숙한지 신경 쓰는 모습이 아니었다. 우진은 분위기가 어색했지만, 손님으로 온 이상 어색하게 박수를 보내고는 다른 곳으로 시선을 돌렸다.

옥상에 있던 사람들은 확실히 연예인이라서 그런지 왼쪽 눈으로 보이는 모습이 일반인과는 달랐다. 지금 입고 있는 옷에서 조금 바뀐 사람도 있었고, 스타일을 완전히 탈바꿈한 사람들도 있었다. 그 사람들 중 오로지 후만 이상하게 보였다.

그때, 노래가 들려왔다.

"엄청 잘 부르네… 완전 다른 사람 같아요. 선생님?"

우진은 노래를 부르는 후를 보며 눈을 깜빡였다.

여러 개의 옷이 겹쳐 보이던 것과 다르게 노래 부를 때는 하나의 옷만 보였다.

그것도 트레이닝복. 그렇다고 멋지지도 않았다. 오히려 직원이라는 사람들 옷보다 못했다. 우진이 보기에도 후와 어울리는 옷이 아니었다.

그리고 노래가 끝나자 또다시 옷들이 겹쳐 보였다.

'진짜 이상한 사람이네……'

보면 볼수록 알 수 없는 사람이었다. 그때 아까 인사했던 사람이랑 쌍둥이라는 사람이 크게 소리 질렀다.

"그만허고 어여 먹어! 떠들고 싶어서 파티허자고 한 거여?"

그러자 후가 마이크를 내려놓더니 테이블로 갔다. 신기하게 쌍둥이 매니저 말은 잘 들었다. 아까 계단에서 봤던 사람과 똑같은 검정색 라운드 티를 입고 있지만, 왼쪽 눈으로 보이는 모습은 카라가 달린 하얀 반팔 티에 검은색 바지로 상당히 깔끔한 모습이었다. 특별한 것은 없었지만 상당히 잘 어울렸다.

그리고 그때, 쌍둥이와 함께 아까 계단에서 마주쳤던 F.I.F라는 그룹이 올라왔다. 쌍둥이를 보는 것은 처음이었기에 우진은 쌍둥이 매니저부터 살피고는 피식 웃었다.

쌍둥이라고 해도 보이는 게 완전 달랐다. 티셔츠를 입고 있던 매니저와 달리 걸 그룹과 함께 온 매니저는 마치 회사원처럼 보였다. 하얀색 와이셔츠에 남색 넥타이, 그리고 검정색 정장 바지. 재킷만 없는, 셔츠 소매를 접어 올린 모습이었다.

"선생님, 쌍둥이라고 해도 정말 똑같이 생기지 않았어요?"

"네. 저쪽이 대식, 저쪽이 두식 씨라고 했을 거예요."

"역시 눈썰미가… 대단하세요."

우진은 멋쩍게 웃고는, 기왕 온 김에 사람 구경이라도 하고 가려는 마음으로 다른 사람들도 살폈다.

그때, 우진의 눈에 배고프다고 투정하는 F.I.F가 눈에 들어왔다. 투정하는 멤버들을 달래는 사람이었다.

"실장님, 실장님, 저 사람 이름이 뭐예요?"

"누구요?"

"저기 뒤에서 등을 토닥거리는 사람이요."

"채우리일걸요. 메인 보컬인데 가장 인기 없어요."

"왜요? 저렇게 예쁜데."

"예전에 후랑 스캔들이 났었거든요."

미자는 검색해 가며 채우리에 대해 설명해 주었고, 우진은 채우리에게서 눈을 떼지 못했다.

"사람이 저렇게 예쁠 수가 있구나… 그런데 왜 저렇게 슬퍼 보이지?"

"네……?"

"아니에요. 실장님 저 스케치북 좀 주세요."

"별론 거 같은데……."

미자는 스케치북을 건네주고는 채우리를 뚫어져라 봤고, 우진은 눈에 보이는 대로 채우리를 그렸다.

검정색 드레스. 마치 시상식장에 가는 사람 같았다. 원단 자체는 얼마 전에 만들었던 한가을의 옷과 비슷해 보였고, 전체적인 디자인도 크게 다르지 않았다.

다만 일부러 주름을 만들었던 한가을의 옷과 다르게 채우리는 허리 라인에 끈을 묶음으로써 자연스럽게 주름을 연출했다. 거의 명치까지 파여 V라인으로 된 넥홀 때문에 가슴골이 살짝 보였고, V라인을 따라 가슴까지 물결처럼 만든 천이 달려 있었다.

머리색도 옷과 마찬가지로 검은색이었고, 앞머리가 없는 지금과 달리 왼쪽 눈 쪽에 눈썹 밑까지 동글게 만 앞머리가 있었다. 뒷머리는 꾸민 듯 안 꾸민 듯 하나로 묶어 특이하진 않았지만, 얼굴과 정말 잘 어울렸다. 피부 자체가 하얀 편이었고, 거기에 빨간 립스틱을 칠하자 더욱 하얗게 보였다.

그리고 가장 중요한 건 귀걸이였다. 금인지 아닌지는 알진 못했지만, 금색으로 된 귀걸이였다.

잘 살펴보니 귓불에 살짝 찌그러진 원 형태였는데, 마치 만화에서 눈물을 표현할 때 같은 모양이었다. 그 밑으로 가는 줄이 두 가닥 있었다. 귀부터 목 중간까지 길게 늘어트려 마치 바람에 날리는 것처럼 느껴졌다.

마지막으로 그 모든 비율을 아름답게 만드는 스틸레토 힐까지. 모든 것이 어울렸다.

지금까지 본 여자들 중에는 미자가 가장 예뻤다. 그런 미자와 비견할 만큼 채우리는 정말 아름다웠다.

스케치를 끝낸 우진은 얼마나 집중했는지 머리가 살짝 어지러웠다. 숨을 크게 한 번 들이마시고 스케치를 다시 확인하는데, 그제야 옆에서 떠드는 소리가 들렸다.

"대박……."

"이거 채우리 같은디?"

"말도 안 댜. 이게 우리라고? 눈깔 교체혀야겠네."

어느새 모여든 쌍둥이의 반응에 하나둘씩 다른 사람들이 몰려들었다. 그러고는 스케치를 보더니 자기들끼리 채우리가 맞냐 아니냐로 다투기 시작했다.

"채우리 씨 맞아요."

"거봐! 내 말이 맞잖여! 내가 쟈들 담당인디 모를 거 가터?"

"이상허네……."

어느새 윤후까지 테이블로 왔다. 그러고는 스케치를 한 번 보더니 고개를 끄덕거렸다.

우진은 정작 당사자인 윤후가 아니라 채우리를 그린 것이 미안하던 참에 약간 껄끄러웠다. 이상해진 상황에 우진이 머리를 긁적일 때 앞에 있던 윤후가 씨익 웃었다.

"저기요."

"네?"

"두 사람 중에 누가 옥상에 있던 사람이게요?"

"네……?"

"또 뭔 짓거리여."

윤후가 갑자기 쌍둥이 매니저를 가리키며 질문을 했다.

"이쪽분이 옥상에 계시던 대식 매니저님이시네요."

"허?"

"우와! 후 님 말고 찾는 사람 처음 봤다."

"옷도 똑같이 입고 있는데 어떻게 알았지?"

주변에 있던 사람들은 우진의 대답에 스케치를 볼 때보다 오히려 더 놀랐다. 그러다 자기들끼리 쑥덕거리며 분주하게 움직이더니 다시 질문을 했다.

"이쪽이… 대식 매니저님……."

"와… 어떻게 알았지?"

윤후는 몇 번이나 더 질문을 하고는 크게 웃더니 가버렸다. 아무리 봐도 보통 미친놈이 아닌 것 같았다.

*   *   *

우진은 스케치를 본 김 대표의 부탁에, 다시 3층에 자리했다.

"선생님, 하하, 우리 윤후 옷 대신 아까 보여주신 걸로 안 되겠습니까?"

다시 크게 웃는 김 대표의 모습에 우진은 생각할 것도 없이 승낙했다. 어차피 예약도 있는 데다, 채우리 옷을 만들면 매튜가 말했던 인연이란 것을 이어둘 수도 있었다.

"그럼 아까 그리신 그림대로 나오는 거 맞는 거죠? 하하, 물론 선생님을 믿지만 그림이 너무 아름답다 보니. 하하하."

"네, 스케치대로 나오는 건 맞는데요. 세부적으로 만들려면 채우리 씨하고 대화를 좀 나눠봐야 해요."

"물론이죠, 하하. 그런데 얼마 정도나 할까요? 하하, 물론 저 아름다운 옷에 가격을 매기는 짓이 불경스럽다는 걸 알지만 그 냥 궁금해서, 하하."

"저도 정확히는 모르겠어요. 얘기를 해보고 원단도 정하고 하 다 보면 비싸질 수도 있고 싸질 수도 있고 그러거든요."

"하하, 그럼 싸게… 아닙니다. 하하."

우진은 김 대표와 조금만 더 있으면 공짜로 만들어야 할 것 같은 기분에 서둘러 입을 열었다.

"그럼 말 나온 김에 채우리 씨를 뵙고 갈 수 있을까요?"

"물론이죠. 하하, 잠시만요."

대표는 어디론가 전화를 하더니 잠시 얼굴을 씰룩거렸다. 그 러고는 금세 표정이 바뀌더니 우진에게 미소를 지으며 말했다.

"하하, 2층에 있는 모양이네요. 제가 내려갔다 오겠습니다. 아 니다, 회사 구경하실 겸 같이 가실까요?"

김 대표는 곧바로 일어나더니 우진을 안내했다. 도어록을 열 고 2층에 들어가니 3층과는 또 달랐다. 노래방이라도 되는 것처 럼 여러 개의 방이 보였다. 김 대표는 그중 가장 큰 연습실로 우 진을 안내했다.

"우리가 이번에 솔로 앨범을 준비 중입니다, 하하."

그러더니 들어가지는 않고 작은 창을 통해 안을 살폈다. 우진 도 힐끔 창을 보니 안에는 어느새 내려왔는지 채우리와 함께, 별 로 마주하고 싶지 않은 윤후가 있었다.

똑똑.

"조금 쉬다 해."

"지금까지 쉬다 왔는데요?"

"너 말고, 우리한테 하는 말이다."

"알았어요. 여기 앉으세요."

"넌 경비실 가서 어르신하고 놀고 있어."

"할아버지 피곤해하세요. 그냥 여기 있을게요. 괜찮죠?"

윤후가 우진에게 물어봤는데 대답은 채우리에게서 나왔다. 고개를 빠르게 끄덕이며 괜찮다고 하는 통에 우진은 어쩔 수 없이 연습실에 자리했다.

"저를 왜 보자고 하셨는지."

채우리는 나긋나긋한 목소리로 질문을 했다. 그런데 우진은 그 질문이 그렇게 어려울 수가 없었다. 막상 마주하고 있으니 어디서부터 시작해야 할지 난감하기만 했다.

"스케치부터 한번 보세요."

채우리는 이미 스케치를 봤음에도 여전히 마음에 드는지 조그맣게 감탄사를 뱉었다. 우진이 이제 어떻게 말을 꺼내야 할까 고민할 때, 같이 스케치를 보던 윤후가 입을 열었다.

"앞머리 있는 게 훨씬 예쁜데요?"

"안 그래도… 자르려고 했어요."

"웃기고들 있네. 너 내가 앞머리 자르는 게 어떠냐고 물어봤을 때 뭐라고 그랬어. 죽어도 싫다고 그랬잖아."

"아니에요. 생각해 보니 대표님 말씀이 맞는 거 같아서 자르려고 했어요."

옆에서 툭 던진 윤후의 한마디에 앞머리가 해결되었다. 스캔들이 사실이 아닐까, 란 생각이 절로 들었다.

"그럼 앞머리는 자르시는 걸로 하고요. 혹시 땀이 많거나… 그러시진 않나요?"

"아니요. 무대가 덥긴 한데, 이번에 부를 노래가 발라드라서 괜찮아요."

지금 우진은 홍단아가 그렇게 아쉬울 수 없었다. 아쉬움에 미자를 한 번 봤지만, 별생각이 없는 얼굴이었다. 우진은 질문을 해야 한다는 마음에 머리를 굴리느라 진땀을 뺐다.

그러다가 전에 만들었던 옷을 떠올리게 되었고, 이번에 채우리의 옷이 보인 이유 역시 그녀에게 필요하기 때문이란 것을 깨달았다. 그리고 그 이유는 무대일 것이었다.

거기에 생각이 미치자, 옥상에서 윤후가 노래 부르던 모습이 떠올랐다. 윤후라는 사람은 특이하게도 겹쳐 보이는 여러 옷 중에 트레이닝복이 있었다. 노래 가사가 이상하게 누워서 아무것도 안 하고 싶다는 내용이었기에 그런 옷이 보인 건 아닐까 하는 생각이 들었다.

"혹시 노래를 들어볼 수 있나요?"

"노래요? 아직 녹음도 안 하고 연습 중인데."

그러자 옆에 있던 미자가 우진의 귀에 속삭였다.

"가수들은 자기 노래에 민감할 거예요. 아마도 선생님이 준비 중인 스케치를 보여달라는 말하고 같지 않을까요?"

"난 별로 상관없는데."

"역시 자신감. 선생님 멋있으세요."

미자까지 이상한 것에 물든 건 아닐까 싶었다. 그리고 그때, 윤후가 갑자기 일어나더니 기타를 들고 왔다.

"야야, 너 뭐 하려고!"

"괜찮아요. 어차피 저작권 등록도 다 해놨는데요."

"아… 참, 난감하네."

"우리 씨, 준비해요. 참, 제목은 '눈물'이에요."

우진은 갑자기 노래를 들려주려는 모습에 잘됐다 생각하며 의자를 당겨 앉았다.

기타 연주가 시작되었다. 이상한 사람이라고 생각하던 게 단숨에 날아갈 정도로 충격적이었다. 고작 연주만 들었을 뿐인데 굉장히 가슴이 아파왔다.

그리고 그 연주 위에 채우리의 목소리가 얹혀 들리기 시작했다.

몰랐었네. 너와 함께한 추억이 이렇게 많은 곳에 스며 있을 줄은

"잠깐만요. '줄은'에서 바이브레이션 넣지 말고 끊으라고 했잖아요. 담담하게 다시 해봐요."

후의 딴지는 그게 끝이 아니었다. 들을 만하면 '다시! 다시!'를 계속 외치는 통에 노래를 제대로 들을 수 없었다. 하지만 우진은 별로 상관없다는 듯 윤후에게서 눈을 떼지 못했다.

*　　　　*　　　　*

후는 다른 사람들과는 확연히 달랐다.

지금까지 봤던 사람들은 하나의 옷을 완성해야 빛이 나며 다른 옷이 보였건만, 후라는 가수는 부르는 노래에 따라 옷이 달라 보였다. 심지어 지금은 겹쳐 보이는 옷도 아니었다. 상당히 큰 키에 모델 같은 몸매 덕에 하얀색 와이셔츠와 정장 바지만 입었을 뿐인데도 멋있었다.

그런데 어디서 저 옷을 본 듯한 느낌을 받은 우진은 고개를 갸웃거렸다.

"아, 두식 매니저님이구나."

우진은 똑같은 옷을 어디서 봤는지 생각났다는 기쁨에 혼잣말을 뱉었고, 그 순간 연주가 끊겼다. 연주를 하던 윤후나 옆에 서 있던 김 대표까지 놀란 얼굴을 하고 물었다.

"어떻게 알았어요?"

"진짜 신기하네. 아까 두식이랑 대식이 맞추는 것도 그렇고."

오히려 우진은 갑자기 받은 질문에 고개를 들어 올렸다.

"네?"

"이 노래가 두식이 형 얘기인 거 어떻게 아셨냐고요. 두식이 형 얼굴 보면 실연당한 게 보이는 건가?"

"참 신기하네……."

정작 당사자인 우진은 깜짝 놀랐다. 알고 한 얘기도 아니었고, 그저 같은 옷이 보여서 뱉었을 뿐이었다.

"그냥 느낌인데……."

"오늘 처음 본 거 아니에요? 신기하네. 그럼 이 노래는 누구 얘기로 만들었는지 맞춰봐요."

윤후는 다시 연주를 시작했고, 우진은 눈만 껌뻑거렸다. 그리고 노래를 부르는 순간 윤후의 옷이 바뀌었다. 이번 역시 본 적 있는 옷이었다. 어디서 봤는지 찾을 필요도 없었다. 바로 옆에 있었다.

"대표님인 거 같은데요······."

"허······."

"우와, 엄청 신기하네. 그럼 이건요?"

우진이 윤후의 주변 사람들을 전부 알 리가 없었기에 처음 보는 옷도 있었다.

윤후는 자신이 왜 이런 이상한 퀴즈를 내고 있는지 의아함을 느낄 새도 없이 끝없이 질문했고, 그 덕분에 우진도 조금은 알게 되었다.

왼쪽 눈으로 보인 것이 잘못된 게 아니라, 윤후라는 사람이 특별했다. 노래를 부를 때는 아예 노래 속 주인공, 노랫말의 당사자인 사람이 되어버렸다.

그러자 이상한 사람이라 생각했던 처음과 달리, 대단한 사람이라는 생각이 절로 떠올랐다. 자신의 얘기가 아님에도 모든 감정을 쏟아부을 수 있구나 하는 생각에 존경스럽기까지 했다.

비록 다른 분야이지만, 윤후를 보면 배울 것이 많았다.

윤후가 노래를 즐기듯 우진도 옷 만드는 걸 즐기고 있다는 점은 같았다. 하지만 윤후처럼 다른 사람의 얘기에 완전히 빠져드는 것은 아직 어려웠다.

다른 사람의 얘기를 들으며 그 사람에게 맞추기 위해 노력하고 있긴 했다. 다만 어느 순간부터 자신의 생각을 배제하고 철저히 고객이 원하는 것에 중점을 두고 있었다.

왼쪽 눈으로 디자인이 보이고 있지만, 언제까지 눈에만 의존할 생각은 없었다. 그래서 틈날 때마다 연습했고, 그 결과물을 홍단아에게 칭찬받았을 때의 느낌은 잊을 수 없었다.

왼쪽 눈으로 보인 옷을 만들 때 느꼈던 보람보다 스스로 해냈을 때의 보람이 더 컸다.

우진은 윤후를 보며 방향성을 제시받은 느낌이었다.

고객의 니즈를 맞추면서 자신의 색을 보여주는 일.

아직 부족하기에 당장 결과물을 내놓기는 어렵겠지만, 그렇게 할 수 있도록 노력한다면 지금 겹쳐 보이는 윤후의 옷도 만들 수 있을 것이다.

우진은 자신도 모르게 씨익 웃었다.

"왜 웃기만 해요. 이건 누구 노래게요?"

"……."

너무 과하진 말아야겠다는 생각에 우진은 그냥 고개를 끄덕였다.

*   *   *

며칠 뒤. 우진은 사무실에 앉아 일정을 정리했다.

'채우리는 그냥 노래에 맞게 보이는 거고. 그분은… 대단하다.'

우진은 윤후에게서 느낀 여운이 쉽게 가시지 않는지 가게에 돌아와서도 생각에 잠겼다. 채우리와의 대화는 적었지만, 얘기를 하다 보니 직업 특성 때문에 그런 디자인이 보였다는 걸 알게 되었다. 노래에 맞춰 무대에서 입을 옷, 그 옷이 보인 것이었다.

때문에 만드는 것은 어렵지 않았다. 다만 그 옷을 입고 티저 영상을 촬영하고 싶다며 빨리 완성해 달라는 부탁을 해왔기에 서둘러야 했다.

이미 가봉을 완성해 놓은 상태였고, 채우리가 입어본 뒤 자잘한 부분만 체크하면 끝이었다. 그때 신발을 가져온 홍단아가 쭈뼛대며 입을 열었다.

"선생님… 오늘은 저도 가면 안 될까요? 저도 후 님이 부르는 노래 듣고 싶은데……."

"다음에요."

홍단아는 시무룩한 얼굴로 한참을 보더니 사무실을 나갔다. 그래도 어쩔 수 없었다. 자칫하면 밤새도록 노래를 들어야 할 수도 있었다.

그때, 장 노인이 마구 웃으며 들어왔다.

"난리도 아니네. 그때 그 양반들이 잘 배워갔고만. 오늘 1호 받은 사람이 인터뷰를 잘했어, 하하."

뉴욕 아제슬에서 3일 만에 첫 번째 완성품을 내놓았다. 그리고 옷 주인은 옷을 받음과 동시에 수많은 언론과 인터뷰를 해야 했다. 그 인터뷰로 인해 아제슬의 인기는 당분간 누구도 따라오지 못할 것이었다.

—지금 입고 계신 옷이 아제슬에서 주문한 옷입니까? 어떠십니까?

—휴, 8,000달러가 전혀 아깝지 않은 옷? 이건 입어봐야 알아요.

—뭐가 어떻게 다른가요? 보기에는 기존의 옷들과 큰 차이가 없어 보입니다.

—정말 입어봐야 알아요. 말로 어떻게 표현하기가 어려운데. 앞으로 다른 옷은 더 이상 못 입을 거 같아서 큰일이에요.

그 뒤로도 기자들은 옷을 받은 사람들과 차례대로 인터뷰를 했고, 전부 같은 내용을 내놓았다. 그러다 보니 사람들은 아제슬에 대해 궁금해했고, 늦게나마 주문을 하려는 사람이 줄을 이었다.

하지만 그럴 수 없었다. 오랜 준비 기간이 무색하게, 며칠 만에 2,000벌 한정이 완판되었다.

순식간에 160억이 넘는 돈을 벌어들인 것이었다. 제작을 하느라 아직 옷을 못 받은 사람들이 있었지만, 그것도 머지않아 완성될 것이었다.

당연히 한국에서도 아제슬 신드롬이라는 제목으로 집중적인 보도를 내보냈다.

그 결과로 I.J 숍은 전화를 또 내려놓았지만.

"그럼 이제 우리도 자금 사정 좀 풀리겠고만."

"좀 전에 매튜 씨가 세금하고 기타 비용 다 떼면 23억 정도 들어온대요."

"그렇게 적다고? 우리가 2할인데 너무 많이 떼가는 거 아닌가?"

"메일 보냈다니까 한번 보세요. 그냥 패턴만 넘겼으면 그렇게 크지 않았을 텐데, 뉴욕에 간판 내건 게 큰 거 같아요. 그래도 우리는 두 곳하고 다르게 주식회사가 아니라서 이 정도만 해도 굉장한 거 같은데. 매튜 씨 말로는 지금 두 곳은 밑지는 장사나 다름없대요."

"하긴 그렇지. 그래도 지들 이름은 완전 견고해졌으니 손해 보는 일은 아니었을 게다."

"아마 곧 다음 옷도 준비하게 될 거라고 했어요. 이번이 시험 시즌이었다면 다음엔 제대로 낼 거라고 하더라고요."

대수롭지 않게 말한 매튜의 탓도 있는 데다가 아직 실제로 받은 돈이 아니기에 23억이라는 돈이 얼마나 큰지 실감이 되지 않았다. 우진은 그저 돈 때문에 걱정하지 않아도 된다는 사실만 기뻤다.

띠리리리.

그때, 전화가 울렸고 번호를 보니 오늘 약속한 라온의 대표였다.

―안녕하십니까, 선생님! 하하하.

"네. 오늘 가기로 했는데 무슨 일 있으세요?"

―무슨 일은요. 아닙니다! 여기까지 오기 힘드실 거 같아서 우리더러 직접 가라고 했습니다, 하하.

"아… 숍 앞에 기자분들이 많아서 곤란하실 텐데."

―곤란하긴요. 어떻게 저희가 선생님을 오라 가라 할 수 있겠습니까. 하하하, 아까 출발했으니까 이제 곧 도착할 때 됐을 겁니다.

불편할 게 뻔한데도 굳이 온다고 했다. 하지만 벌써 출발했다는데 돌아가라고 하기도 애매했다. 전화를 끊은 우진은 언제 도착할지 모르기에 서둘러 준비를 하기 위해 자리에서 일어났다.

그때, 가게 밖에서 지금까지와 다르게 건물이 울릴 정도로 큰 소리가 들렸다.

사무실을 나가자, 건물 뒤 작업실에 있던 성훈도 놀랐는지 가게로 들어오고 있었다.

"뭐지? 또 무슨 일이야?"

"휴… 출발했다고 하더니 도착이네요. 채우리 씨예요."

"아, 그래? 인기가 엄청 많은가. 난리도 아니네. 연예인이 타는 차는 저렇구나. 엄청 크네. 자, 이거. 만들긴 했는데 처음이라 잘 만들었는지 모르겠네. 조금 고생했어. 하하, 일단 사무실에 둘게."

성훈에게 부탁한 귀걸이로, 임시로 느낌만 보려고 만든 것이었다. 귀걸이를 받아 든 우진은 밖의 상황이 궁금해 창문으로 가게 밖을 살폈다.

채우리가 생각보다 인기가 많았구나, 란 생각을 하며 가게 밖으로 나섰다. 그러자 기자들이 카메라를 우진에게로 돌렸고, 우진은 머리를 긁적이고선 차 문을 두드렸다. 곧 차 문이 열렸다.

"우진 선생님!"

"후 씨?"

"내가 찾아보니까 우리 동갑이던데! 친구 할래?"

그러자 차에서 두꺼운 손이 나오며 윤후를 가로막았다.

"나이만 같으면 죄다 친구 하자고 허네. 미쳐불겠네."

저번에 봤던 대식이라는 사람과 처음 보는 외국인까지 차에서 내렸다. 두 사람이 양쪽에 서서 기자들의 카메라를 가로막자 윤후와 채우리가 서둘러 내렸다. 가게 안으로 들어왔음에도 숍 유리창에는 기자들이 잔뜩 달라붙어 있었다.

"셔터 내려야겠지?"

성훈은 가게 밖으로 나가 기자들에게 꾸벅 인사를 하며 양해를 구하더니 셔터를 내렸다. 응접실에 자리한 우진은 왜 윤후까지 이곳에 따라왔는지 궁금했다.

"우진아, 친구 할 거지?"

이런 식으로 친구가 되는 건 처음이었다. 친구 한다고 해도 전혀 편할 것 같지 않았다. 대식은 고개를 젓고 있었고, 채우리는 피식피식 웃고 있었다.

"나 오늘 통역으로 왔어."

"통역 같은 소리 허네. 나도 있는디."

노래 부를 때만 존경스러운 사람. 말수가 적은 우진에게 윤후는 너무 말이 많은 부담스러운 상대였다. 옆에 있던 외국인이 인사를 건넸다.

"영어 가능하십니까?"

"네."

"다행이군요. MfB에이전시 앤드류 윌슨입니다. 세계적인 디자이너를 뵙게 되어 영광입니다."

"아, 네. 안녕하세요."

MfB라 하면 우진도 들어본 적 있었다. 미국에서 유명한 모델들도 MfB 소속이 상당했기에 못 들어본 게 이상했다. 그런 MfB에서 숍을 방문했다는 것이 의아했다.

"내 일을 봐주고 계시거든. 내가 양쪽 소속이라. 나뿐만이 아니라 여기 우리 씨 있는 F.I.F도 양다리야."

"양다… 리."

그사이 앤드류라는 사람이 가방을 열더니 서류철을 꺼냈다. 딱 풍기는 느낌만 놓고 보면 매튜와 비슷하거나 그 이상으로 차가워 보였다.

"저희 채우리 양이 이번에 아주 중요한 기로에 놓여 있습니다. 걸 그룹 수명은 상당히 짧습니다. 이번에 선발 주자인 우리 양이 잘되어야지 그 뒤에 나올 멤버들도 그 길을 따라올 수 있습니다."

자신과 전혀 상관없는 얘기였다. 연예계에 대해 잘 알지도 못했고, 궁금하지도 않았기에 저런 얘기를 왜 자신에게 하는지 의도만 파악하려 했다.

"그래서 저희가 선생님께 도움을 요청하려 합니다."

"도움이요?"

"네, 물론 후 씨가 곡을 만들었다는 점도 홍보할 예정입니다. 거기에 더해 선생님께서 만들어주신 옷을 밝힐 예정입니다."

밝히든 말든 상관없었다. 채우리가 인지도가 적다고 해도 분명 광고 효과도 있을 것이기에, 오히려 밝혀주면 이쪽이 고마웠다.

"그거야 옷이 완성되면 채우리 씨 옷이 되는 거니까 문제없을 거 같은데요."

"감사합니다. 일단 앞에 내용은 저희가 내보낼 보도 자료입니다."

〈I.J 임우진 디자이너의 드레스〉

"그 제목으로 달아오르게 한 뒤 다음 기사가 나올 겁니다."

〈드레스의 주인공. F.I.F의 채우리〉
〈티저 영상에서 여신을 보다〉
〈F.I.F 채우리 솔로로 컴백 D-3〉

차곡차곡 순서대로 준비된 자료였다. 기사는 기자만 쓰는 줄
알았는데 그런 것이 아니란 점도 놀라웠고, 빈틈없이 준비해서
온 모습도 대단해 보였다.

"이렇게 순서대로 기사가 나올 예정입니다. 좋은 쪽으로 생각
해 주셨으면 좋겠습니다."

우진은 장 노인에게도 보여주었다. 상의는 해봐야겠지만, 우진
으로서는 나쁠 게 없었다.

"그럼 옷은 어떻게 되는지."

"잠시만요. 가지고 나올게요."

우진은 서둘러 옷을 들고 나왔다. 원피스이다 보니 가봉이라
고 해도 어느 정도 완성한 상태였다.

"여기 커튼 안에서 입어보시겠어요?"

우진은 옷을 받아 든 채우리를 안으로 안내했다. 잠시 뒤 채
우리가 커튼을 열었다. 우진은 자연스럽게 채우리에게 다가가 허
리를 잡았다.

"스트랩으로 넓게 이 부분을 둘러쌀 거예요. 벨트처럼요. 아

마 이 정도인데 어떠세요?"

"괜찮은 거 같아요……."

"그럼 이대로 착용해 볼게요."

우진은 직접 눈으로 보이는 대로 허리끈을 최대한 타이트하게 맸다. 그러는 사이 성훈이 사무실에 있던 신발 박스를 가져왔다. 우진은 씨익 웃으며 신발마저 착용시켰다.

"흠… 워째 예쁘긴 헌 거 같은디. 그림으로 본 느낌은 아닌디? 우리 너 밤에 뭐 묵은 거 아니여?"

우진은 한발 떨어져 채우리를 보고선 씨익 웃었다. 옷은 이대로 완성하면 될 것 같았다. 이제 앞머리만 자르고 머리를 묶기만 하면 저번에 스케치한 그대로 느낌이 날 것 같았다.

*   *   *

우진이 설명을 해줬지만, 대식은 여전히 미심쩍은 듯 고개를 갸웃거렸다.

"우리야, 앞머리 대충 올리고 이런 표정 혀봐."

채우리도 스케치 속 모습이 훨씬 예쁘다고 생각했는지 어색한 표정이었다. 그리고 그때, 가게 옆문이 열리면서 미자가 등장했다.

"다녀왔… 안녕하세요."

"아, 실장님. 마침 잘 오셨어요."

우진은 미자가 숨 돌릴 시간도 주지 않고 곧바로 스케치부터 내밀었다. 그러자 장 노인이 눈치껏 미자의 짐을 건네받았다.

"이렇게 좀 부탁드릴게요."

그러자 미자가 채우리에게 양해를 구한 뒤 머릿결을 쓰다듬었다.

"잠깐만유. 저희 가는 미용실 있는디유. 거 가서 자름 되는디."

미자는 매니저 말에도 개의치 않고 머리를 만지더니 다시 스케치를 보며 말했다.

"그럼 그러세요. 설명해 드릴게요. 색은 미용실 가서 3.10으로 해달라고 하면 돼요. 커팅은 콧등에 맞춰주시는데 양쪽 머리는 남기셔야 해요. 머리숱이 좀 적은 편이셔서 윗머리를 많이 잡아달라고 하세요. 그럼 풍성해 보일 거예요. 그리고 머리 묶을 때는 양쪽에 남긴 머리까지 잡아서 묶으심 돼요."

우진은 당차게 할 말 하는 미자가 왠지 자랑스럽다는 느낌마저 들었다.

"실장님이 데이비드 선생님 머리도 만져주셨거든요."

그러자 다들 놀란 얼굴로 미자를 힐끔 훔쳐봤다. 말을 전해 들은 앤드류가 고개를 끄덕이며 말했다.

"지금 가능할까요?"

우진이 대답할 수 있는 게 아니기에 미자를 보자, 미자가 고개를 끄덕였다.

"염색은 여기서 하시면 불편하실 테니까 미용실 가서 하시고요. 컷은 지금 해드릴 수 있어요. 지금 컷 해드릴까요?"

미자는 곧바로 가위를 가져오더니 채우리의 목에 천을 둘렀다. 그러고는 앞머리를 한 움큼 쥐더니 물을 살짝 적셨다.

서걱서걱—

미자는 고민도 없이 거침없이 머리카락을 자르고 물기를 털었다. 그러고는 드라이를 가져와 머리를 세팅하기 시작했다. 그 모습을 보던 사람들은 조그맣게 신음을 뱉었다.

"저렇게 자르는 게 맞는 겨? 어찌 앞머리 넓이가 손가락 길이만치 잘라가지고 이빨이 빠진 거 같기도 허고."

걱정스러운 눈빛을 받으면서도 미자의 손은 거침없었다. 그리고 머리를 세팅하기 시작했다. 미자의 손이 왔다 갔다 할 때마다 채우리의 분위기가 변해갔다.

미자는 마지막으로 머리를 잡아끌어 묶었다.

"다 됐어요. 지금은 머리색이 밝아서 조금 발랄한 느낌인데, 어둡게 하면 스케치처럼 어두워 보일 거예요."

다른 사람들은 혀를 내두르며 채우리를 봤다. 상당히 만족한 우진은 곧바로 거울을 가져와 채우리에게 내밀었다.

"예쁘네요. 감사해요."

"워매, 다른 사람인 거 같은디. 감사혀유."

걱정하던 매니저까지 만족스러워했다. 우진이 미자에게 엄지를 내밀자 미자도 활짝 웃으며 고개를 가볍게 끄덕였다.

"그럼 전부 다… 아! 잠시만요. 귀걸이를 임시로 만들어봤거든요."

우진은 사무실에 놓아둔 귀걸이를 가져왔다. 아직 우진도 제대로 확인하지 못했다. 일단 전체적인 느낌을 보려고 가져왔기에 크게 기대하진 않았다.

우진은 비닐팩에 담겨 있던 귀걸이를 꺼냈다. 모양만으로는 상당히 그럴싸했다.

"한번 착용해 보시겠어요?"

"와, 실제로 보니까 엄청 특이해요. 너무 예쁜데요."

채우리는 액세서리를 좋아하는지 귀걸이를 보며 눈을 반짝거렸다. 곧바로 착용까지 해보고는 거울 속 자신의 모습이 만족스러운지 활짝 웃었다.

"이것도 저기 계시는 저희 실장님이 만드신 거예요."

"아… 하하. 처음 만들어본 거라 걱정했는데 마음에 드셔서 다행이네요."

"정말 예뻐요. 감사해요."

채우리의 인사에 성훈은 무척이나 기뻐했다.

숍에서 하는 일이 없다고 생각하던 차에 우진이 귀걸이를 부탁했다. 그래서 사비로 재료를 공수해 만들어본 첫 번째 귀걸이였다.

아주 값싼 귀걸이임에도 좋아하는 채우리를 보자, 우진이 옷을 만들며 좋아하는 것이 조금 이해되었다.

"잘 어울리세요. 귀걸이를 따로 만들 필요가 없겠네요."

"네, 너무 마음에 들어요. 감사합니다."

"하하, 그럼 이렇게 완성하는 걸로 해도 될까요?"

우진이 앤드류를 보며 물었고, 앤드류도 만족스러운지 고개를 끄덕거렸다.

우진은 옆에 있는 윤후의 반응도 궁금해 슬쩍 눈길을 돌렸다. 그런데 뭘 하는지 광장히 심각한 얼굴로 자신을 포함해 I.J 식구들을 바쁘게 살피는 중이었다. 정말 이상한 사람 같다는 생각이

다시 새겨지는 순간이었다.

잠시 후 다른 사람들이 자리에서 일어났다.

"그럼 저희는 이만 가보겠습니다."

"아, 네. 아직 밖에 기자들이 많을 텐데……."

"그 정도는 익숙합니다."

윤후까지 자리에서 일어나, 우진을 보며 씨익 웃으며 손을 흔들었다.

우진은 어색하게 웃으며 고개 숙여 인사를 했다. 성훈이 셔터를 열자 아직까지 기다리고 있던 기자들이 동시에 카메라를 들이밀었다. 손님들은 아까 했던 말을 증명하듯 그 많은 기자들을 순식간에 헤치며 차로 이동했다.

그때 소란스러움을 느꼈는지 2층에서 홍단아가 내려왔다.

"무슨 일 있어요? 유 실장님, 무슨 일이에요?"

"손님 왔다 갔어요."

"손님요?"

"네. 채우리 씨요."

"아… 저도 불러주시지… 궁금했는데. 나중에 혹시 후 님 오면 저도 꼭 불러주세요! 저 후 님 데뷔 때부터 팬이거든요! 히히."

우진은 밝은 홍단아의 해맑은 웃음에 미안함을 느꼈고, 다른 사람들도 마찬가지인지 서로를 보며 입을 다물자는 눈빛을 보냈다.

*　　　*　　　*

며칠 뒤.

뉴스는 여전히 I.J에 대해 떠들고 있었다. 옷을 받아 든 사람이 많아질수록 인증하는 글들이 많아졌다. 하나같이 찬양하듯 리뷰를 작성했기에 궁금증이 더해갔다.

그래서인지 인터넷상에서 I.J에 대한 글이 상당했다. 인터넷이 있는 말, 없는 말들의 온상지이다 보니 우진이 이미 갑부 계열에 올랐다는 말도 있었고, 한국에선 입어볼 수 없어 아쉽다는 글도 있었다. 하지만 이미 한 번 집단으로 고소를 한 경우를 봐서인지 악플도 상당히 조심스럽게 남겼다.

우진은 날이 더워 사무실로 피신한 성훈과 함께 글들을 보며 피식피식 웃었다. 그때, 미자가 의자를 돌리며 말했다.

"선생님, 라온에서 대금 보냈대요. 그리고 메일을 확인해 보라고 하던데요. 후 씨가 선생님께 무슨 선물을 보냈다고 하던데."

"선물이요? 잠시만요."

메일에 들어가자 첨부 파일이 상당했다. 그중 하나를 눌러보자 사진이었다.

"엄청 예쁘네. 확실히 사진작가가 찍어서 그런지 정말 예쁘네요."

"그러게. 이렇게 예뻐야지 연예인 하는구나."

우진은 선물이 이거였구나, 라는 생각에 피식 웃었다. 자신의 옷을 이렇게 아름답게 촬영해 줬는데 싫을 리가 없었다. 검은색으로 염색한 채우리는 스케치에서 본 것처럼 굉장히 아름다웠다. 다만 장소가 예전에 봤던 옥상이라는 점이 옥의 티였다.

우진은 제대로 꾸민 채우리를 실제로 보지 못했기에 약간 아쉬웠다. 그래도 촬영장에 초대를 받으니 그때 보면 된다는 생각에 고개를 끄덕였다.

"그런데… 왜 내가 만든 귀걸이는 안 했지?"

"그러게요."

"마음에 안 들었나……."

"엄청 마음에 들어 했잖아요. 아끼는 거 아닐까요?"

"하하, 그런가?"

우진은 피식 웃으며 나머지 파일도 살폈다. 하나같이 전문 사진작가가 찍은 듯 굉장히 아름답게 담겨 있었다. 그리고 마지막에 있는 파일을 누르자 사진이 아니라 미디어 프로그램이 떴다.

"뭐지? 영상 찍었나?"

우진이 고개를 갸웃거리며 재생 버튼을 누르자 영상 대신 기타 소리가 들렸다.

"잘못 보낸 거 아닐까?"

"그런 거 같은데요."

평소에 노래를 자주 듣는 편이 아니기에 크게 관심이 없었다.

노래를 끄려 할 때, 갑자기 클래식에서나 듣던 악기들 소리가 들려왔다.

"깜짝 놀랐네."

"아무래도 잘못 보냈나 봐."

우진은 노래를 멈추고선 휴대폰을 꺼냈다. 그리고 라온에 곧바로 전화를 했고, 처음에 예약을 했던 김진주와 연결되었다.

"메일을 잘못 보내신 거 같아서요. 노래가 있더라고요. 혹시 잘못 보내셨을까 봐 전화드렸어요."

—아, 그거요? 혹시 파일 이름이 선생님 성함으로 있는 거 아니에요?

우진은 그제야 파일명을 보자 '우진을 위하여'라고 적혀 있었다.

"맞네요… 이걸 왜 저한테……."

—그거 후 님이 선생님께 드리는 거예요. 홈페이지에 삽입하면 어울릴 곡이라고 만드셨어요. 한번 연락해 보세요. 아, 그리고 오늘 기사 나가는 거 아시죠? 선생님 드레스 정말 예쁘더라고요.

"감사해요."

우진은 이마를 긁적이고선 통화를 마쳤다. 그러고는 다시 노래를 재생시켰다. 오케스트라 악기들 덕에 굉장히 웅장하면서, 때로 가끔씩 튀어나오는 기타 사운드가 분위기를 가볍게 만들기도 했다. 음악에 문외한이지만 상당히 괜찮은 느낌이었다.

우진은 다시 전화를 할까 하다가 전화하면 어색할 것 같아 메시지를 남겼다.

[I.J를 위해 노래까지 만들어주셔서 정말 감사합니다. 마음에 쏙 드네요. 다음에 기회가 되면 꼭 보답하도록 할게요.]

문자를 보낸 뒤 한참이 지나서야 답장이 왔다.

[좋지? 도입부부터 첫 기타 솔로까지는 평소 네 모습이야. 그리

고 오케스트라가 나오는 부분은 네가 옷에 대해 열정적인 모습을 보고 만든 거고. 오케스트라 중간중간에 들어가는 기타는 네가 직원들을 보는 눈빛 보고 만든 거야. 마스터링까지 전부 마쳤고, 저작권은 내 이름으로 돼 있으니까 마음껏 써도 돼.]

우진은 메시지를 보며 혀를 내밀었다.

"그래서 그렇게 두리번거렸구나. 역시 대단한 사람이네. 삼촌, 이거 후 씨… 후가 I.J 노래 만들어준 거래요."

"정말?"

우진은 다시 노래를 재생하고, 메시지를 보며 노래를 듣기 시작했다. 하지만 음악에 문외한이다 보니 크게 느껴지는 건 없었다. 그냥 그런가 보다 정도가 다였다.

"좋긴 하네요."

"그런 거 같아. 유 실장은 어때?"

"저도 괜찮은 거 같아요. 숍에 손님 왔을 때 조그맣게 틀어놔도 괜찮을 거 같아요."

음악 자체는 좋았지만 부담스러운 마음도 있었다. 그래도 기왕 받은 거 다시 고맙다는 메시지를 보낸 뒤 미자에게 넘겼다.

그때, 김진주가 말한 기사가 올라왔다.

〈아제슬 성공의 일등 공신. I.J의 드레스〉

〈세상에 단 한 벌뿐인 I.J 드레스. 그 주인공은?〉

이미 들었던 대로, 마네킹에 걸린 드레스 사진이 들어간 기사가 올라왔다.

*   *   *

며칠 뒤.

채우리는 녹음을 마치고 뮤직비디오와 티저 영상을 촬영하기 위해 대기 중이었다.

"우리야, 너 어디 아파? 볼이 왜 이렇게 빨갛지?"

"아니에요. 괜찮아요."

"아닌 거 같은데 감기야? 열나나 보자."

스타일리스트는 채우리의 이마에 손을 대보더니 고개를 갸웃거렸다. 그러고는 채우리의 얼굴 이곳저곳을 만져보다 화들짝 놀랐다.

"야! 너 귀가 왜 이렇게 뜨거워, 완전 불덩이야! 왜 그래. 조금 전까지 멀쩡했는데!"

"괜찮아질 거예요."

"아프면 아프다고 해야지! 기다려 봐! 두식 오빠! 두식 오빠!"

스타일리스트가 대기실 밖으로 뛰어나가고, 잠시 뒤 두식과 함께 들어왔다.

"뭐여, 많이 아픈 겨?"

"괜찮다니까 언니도……."

"얼굴은 괜찮은 거 같은디. 귀가 왜 뜨거운 겨."

채우리의 귀를 살펴본 두식의 얼굴이 굳어졌다. 그러고는 잠시 고민을 하더니 채우리에게 말했다.

"엠블런스 올 때까정 저짝에 누워 있어. 미정이 너는 재 좀 눕혀."

"괜찮다니까요… 그냥 귀가 뜨거운 건데… 오늘 촬영이잖아요."

"미루면 댜. 너 지금 귀 탱탱한디? 터질 거 가텨. 게다가 뭐 울긋불긋헌 게 요상헌디. 뭐 잘못 먹은 거 있는 겨?"

"그런 거 없는데……."

"만약에 크게 아퍼불면 스케줄 취소허고 난리 나는 겨. 아무튼 내가 대표님헌티 지금 말헐 테니까 그렇게 알어. 일단 병원부터 가보고 판단허자고."

두식이 채우리를 한 번 보고선 곧바로 대기실을 나왔다. 그리고 김 대표에게 전화를 하려고 할 때, 대기실 쪽으로 오는 사람이 보였다.

"안녕하세요."

"아… 오셨어유. 그런데 어쩌쥬? 오늘 우리 상태가 안 좋아서 촬영 미뤄질 거 같아유."

"많이 아프세요?"

"네, 죄송해유. 선생님헌티 먼저 말했어야 허는디 저희도 지금 알았어유."

바쁜 가게 일 중에도 시간을 내 촬영장까지 온 우진은 이마를 긁적였다.

제4장

귀걸이

촬영이 어떻게 될지 알 수 없었다. 일단 기다려 보기로 한 우진은 구석에 자리한 채 연락을 기다렸다.

"사람들이 엄청 많구나. 이렇게 일하는 사람이 많은 줄 몰랐네."

함께 온 성훈은 촬영장을 보며 신기해했고, 우진은 렌즈를 뺀채 사람들을 살펴보며 공부 중이었다.

한참이 지나서 채우리가 돌아왔다. 그녀는 곧장 촬영 팀과 대화를 나눴고, 그 뒤 촬영 팀이 갑자기 소품들을 정리했다. 우진은 채우리의 몸 상태가 좋지 않아서 철수 결정이 내려진 거라고 생각하며 곧장 채우리에게 다가갔다.

"괜찮으세요?"

"네, 괜찮아요."

수줍게 웃는 채우리였다. 생각보다 괜찮아 보이는 모습에 우진은 안도의 한숨을 뱉었다.

그런데 우진이 채우리를 살피다 말고 고개를 갸웃거렸다. 신발과 옷, 그리고 머리까지 전부 스케치 모습 그대로인데 빛이 나지 않고 있었다.

'내가 뭘 잘못 만든 건가?'

다시 차근차근 살펴보고서야 귀걸이가 없다는 걸 깨달을 수 있었다.

"귀걸이는 빼셨네요."

그 질문에 채우리는 갑자기 곤란한 얼굴로 변했고, 매니저가 대신 입을 열었다.

"귀걸이는 곤란헐 거 같아유."

"네?"

직접 만든 성훈도 놀란 얼굴로 귀를 기울였다. 그러자 두식이 목을 긁적이더니 채우리 귀를 가리켰다.

"야가 그 니켈, 맞는가? 아무튼 그거 알레르기 있다고 허네요. 지금 귀 뻘겋게 피부 일어나고 탱탱 부은 거 보이시쥬?"

"아……."

"아무튼 그래서 이틀이면 가라앉는다고 허더라고요. CG로 가릴까 혔는데 그거보다 촬영을 미루는 게 더 편하다고 혀서 그렇게 허기로 혔네유."

"그럼 비용은……."

"아유, 그런 걱정 허지 마셔유. MfB랑 계약된 스튜디오라서 감독님이 먼저 그렇게 허자고 헌 거예유."

우진은 입술을 꽉 깨물었다. 귀걸이를 만들어본 적이 없다고 해도 일어나선 안 되는 일이었다. 옷만 잘 만들면 된다는 안일한 생각을 하고 있었다.

패션은 머리부터 발끝까지라고 그렇게 배워왔건만, 어느 순간 다른 부분은 다른 사람이 만들어주는 것에 익숙해져 있었다.

누가 만들더라도 끝까지 책임을 지고 확인을 했어야 했는데 지금처럼 스스로가 한심하게 느껴진 적이 없었다.

"죄송합니다……."

"죄송합니다! 정말 죄송합니다! 제가 처음 만들다보니까 그런 걸 고려하지 못했습니다. 괜찮으세요? 아… 정말 죄송해요. 병원비는 제가 전부 부담하겠습니다."

옆에 있던 성훈은 머리가 땅에 닿도록 숙여가며 사과했다.

"아녀유. 저희가 미리 말씀드려야 허는디. 미정이 넌 뭐 혔냐!"

"매번 금으로 된 것만 써서 당연히 그런 건 줄 알았죠……."

"휴, 약 먹고 허믄 이틀이면 가라앉는다고 허니까 너무 걱정 마셔유."

괜찮다는 말이 더 씁쓸하게 다가왔다. 자신들이 실수를 했음에도 오히려 상대방이 미안해하고 있었다.

"그나저나 귀걸이는 못 쓸 거 같은데 어쩌쥬? 괜찮으시면 저희가 같은 디자인으로 제작혀도 될까유?"

이미 '눈물'이란 이름으로 디자인 등록 신청을 해놓은 상태였기에 상업적으로 팔지만 않는다면 상관없었다.

그리고 우진은 지금 그걸 따지기도 미안했다. 다만 성훈이 상처 입었을까 걱정스러운 마음에 고개를 돌렸고, 애써 미소를 지으며 괜찮다는 듯 고개만 흔드는 성훈의 모습이 보였다.

*　　　　*　　　　*

숍으로 돌아온 우진은 굳은 얼굴로 사무실에 자리했다. 다들 우진의 눈치를 봤고, 처음 보는 모습 때문에 먼저 쉽사리 말을 걸지 못했다.

결국 사람들의 시선이 성훈에게 향하자 모든 얘기를 들을 수 있었다.

"그래서 어떡하고 싶은 게야."

우진은 한숨을 쉬고선 장 노인을 봤다.

"저희 때문에 그런 일을 겪었으니 당연히 환불해 드려야죠."

"흠… 원단값만 해도 이번엔 제값 다 주고 구매한 거라 전부 손해일 텐데."

"어쩔 수 없잖아요. 그렇게 해주세요."

장 노인은 이미 마음을 정한 우진의 모습에 다른 말을 하지 않고 고개를 끄덕였다.

"참, 삼촌한테도 뭐라고 하지 말아주세요. 애초에 제가 만들어 달라고 부탁한 건데, 아까 오는 내내 마음 쓰고 계시더라고요."

"뭐라고 하기는. 마음이 뒤숭숭한지 조금 전에 나갔어. 바람 좀 쐬다가 올 게다."

우진은 고개를 끄덕이고는 스케치북을 봤다.

만들면 만들수록, 알면 알수록 점점 어려웠다. 차라리 배울 때는 잘하지 못하더라도 시키는 것만 하면 됐는데 지금은 아니었다. 그러다 새삼 사람들이 자신을 보며 세계적인 디자이너의 등장이라고 떠드는 게 부끄러웠다.

왼쪽 눈에 보이는 모든 것을 만들고 싶은 욕심이 만든 결과가 아닐까 하는 생각도 들었다. 전문 주얼리 디자이너가 만들었다면 전부 고려하지 않았을까 싶은 생각에 또다시 한숨을 뱉었다.

우진은 그렇게 상당한 시간 동안 혼자 자책하고 반성하고 다짐하길 반복했다. 그리고 그때, 성훈이 사무실로 들어왔다.

"우진아, 미안해. 나 때문에 괜히……."

"아니에요. 제가 먼저 알아보고 얘기해 줬어야 되는 건데. 그만 미안해하셔도 돼요."

"환불해 줬다면서. 내 월급에서… 전부, 아니, 다달이 30만 원씩 까줘. 내가 책임지고 싶어."

성훈이 말은 하지 않았지만, 돈에 민감하다는 걸 알고 있었다. 그런 사람이 책임지겠다는 말에 우진은 급하게 막아섰다.

"괜찮다니까요. 제가 대표라면서요. 대표니까 제가 책임진 거니까 너무 신경 쓰지 마세요."

자신도 지금까지 신경 쓰고 있었으면서 그런 말을 하는 스스로가 멋쩍어 실소를 뱉었다.

우진은 성훈을 이대로 놓아두면 계속 사과를 할 것 같아 빠르게 말을 돌렸다.

"그런데 어디 다녀오셨어요?"

"그냥 좀 돌아다니다 왔어."

"시간도 늦었는데 바로 퇴근하시지."

그때, 우진의 휴대폰이 울렸다. 번호를 보니 라온 엔터였다.

아마 환불한 것 때문에 전화한 것 같았다.

―선생님! 그런 말을 뭐 하러 하셨어요!

"네?"

―아니, 귀걸이 알레르기 때문에 촬영 연기됐다고 그런 말 하셨던데.

"네? 전 안 했는데요?"

―어? I.J에서 직접 얘기 나왔다고 확인 전화 오고 지금 저희는 난리도 아니에요. 저희는 상관없는데 선생님이 꼬투리 잡힐 수도 있어요. 일단 아니라는 말이시죠?

"네……"

우진은 전화를 끊고선 여전히 쭈뼛대며 서 있는 성훈을 봤다. 그러다 혹시 성훈이 말한 건 아닐까 하는 생각이 들었다.

"삼촌, 혹시 기자들하고 무슨 얘기하셨어요?"

"아… 응. 아까 가게 나가다가 잠깐 마주쳤는데."

"그럼 귀걸이 때문에 촬영 연기됐다고도 말씀하셨어요?"

"응… 왜 연기됐냐고 그러더라고… 내가 미안해서."

전에 말했던 대로, 라온에선 우진의 새로운 드레스 주인공이 F.I.F 채우리라는 것을 마구 홍보하던 참이었다. 때문에 채우리와 우진의 드레스는 한창 뜨거운 관심을 받고 있었다. 기자들은 그저 촬영이 연기된 이유를 알아보려다 하필이면 죄책감에 빠져 있던 성훈에게 질문을 한 것이었고, 성훈은 죄책감에 전부 말해 버린 모양이었다.

우진은 사실이니 어쩔 수 없다는 생각에 작은 한숨을 뱉었다. 그러고는 얼마나 이상한 기사들이 나와 있을까 하는 생각이 들어 포털사이트에 접속했다.

〈알레르기 일으킨 귀걸이. 그 재료는?〉
〈800만 원짜리… 고작 니켈?〉

니켈 장신구는 길거리 좌판에서 3,000원이면 산다는 내용이었다. 틀린 말은 아니었다.

다만 드레스 가격을 빼고 마치 귀걸이값만 800만 원을 받은 것처럼 사실을 왜곡한 채 기사를 작성했다.

그리고 사실 드레스 가격도 800만 원이 아니었다. 원단 및 가죽들이 비싸서 다른 옷들보다 비쌌지만 200만 원 선이었는데, 아제슬에서 나온 옷 가격과 비교를 해놨다.

언론 매체에 워낙 많이 나오다 보니 사람들의 관심이 많았던 탓에 자극적인 기사들이 쏟아지고 있었다. 마치 지금까지 잘된 게 배 아팠는데 잘 걸렸다 싶은 감정이 느껴지는 기사였다.

옆에서 보고 있던 성훈의 표정이 일그러졌다. 단지 미안함에 꺼낸 말인데 이렇게 될 줄은 생각하지 못한 모양이었다. 화가 나는지 주먹을 꽉 쥔 성훈은 사무실 밖으로 나가려 했다.

"나가지 마세요. 기자분들하고 싸우면 안 돼요."

"내가 이런 식으로 말하진 않았어… 그냥 미안하다는 식으로 말했는데."

"네, 알아요."

유명해진 탓에 인터뷰를 많이 했던 우진은 성훈이 그랬을 리가 없다는 걸 알았다. 자신의 한마디에 일이 이렇게 커질 거란 생각 없이, 그저 사과하는 마음으로 한 말을 자극적으로 이용한 것이 분명했다.

＊　　　　＊　　　　＊

다음 날. 상황이 걷잡을 수 없을 정도로 나빠졌다. 예약이 많진 않았지만 아직 남아 있는 예약이 5개가 있었는데, 일방적으로 예약 취소를 알려왔다.

"언론이 대단하긴 대단하네. 참 나, 어이가 없네, 진짜."

"그래서 기업이 성공하려면 언론하고 카르텔이 필요한 게지."

"아, 저 쓰레기 같은 놈들. 저놈들 중 분명히 쓰레기 같은 기사 쓴 새끼들 있을 거야! 가서 물이라도 한 바가지 뿌리면 속이 시원하겠네."

상황을 들은 세운도 사무실로 내려와 화를 내고 있었고, 나머지 직원들도 해결 방법을 의논하려 모여 있었다.

"성훈이 그놈도 정말 어이가 없어! 그런 말은 뭐 하러 해. 그리고 그런 말을 했으면 책임을 지든가, 일은 왜 그만둔대! 우진 씨, 정말 성훈이 그만두게 할 거 아니지?"

성훈은 잠을 한숨도 못 잤는지 퀭한 얼굴로 출근했고, 우진을 보자마자 자신이 모든 책임을 지겠다는 말과 사직서를 내밀었다.

그는 억지로 우진의 손에 종이를 쥐여주고는 뒷마당 작업실로 가서 지금까지 나오지 않고 있었다.

"휴… 나락으로 떨어지는 건 한순간인데 진짜!"

다들 동의한다는 듯 고개를 끄덕였고, 우진은 성훈이 그린 도안을 바라봤다. 하나하나 얼마나 신경 써서 만들었는지 느껴지는 설계도였다. 귀걸이를 보고 만족해하는 채우리를 보며 기뻐하던 성훈의 모습을 잊을 수 없었다.

그때, 라온에서 또다시 전화가 걸려왔다.

—선생님, 큰일이에요.

"네?"

—그 귀걸이 누가 만든 거예요?

"저희 숍 실장님이 만드신 건데… 또 무슨 문제가 생겼나요?"

—아니요. 저희가 그거 맡겼는데 고리마다 무게가 다르다고 그러면서 오늘 내로 못 만든다고 그러더라고요. 게다가 그 가는 체인 고리가 체인이 아니라 연결된 곳에 구멍을 뚫은 거라서 수작업으로밖에 못 한대요. 최소 일주일은 달라고 하는데, 어떡하죠?

자신은 그저 보인 대로 그렸을 뿐이고 실제로 만든 이는 성훈이었기에, 귀걸이를 어떻게 만들었는지 정확히 알고 있지 않았다.

우진은 고개를 갸웃거리며 설계도를 봤다. 설계도에는 성훈이 얼마나 고민하고 만들었는지가 고스란히 담겨 있었다. 일단 우진은 자세히 알아보고 다시 연락을 주겠다고 하고서 자리에서 일어났다.

뒷마당으로 나가 작업실 문을 여니 한여름에도 에어컨을 끄고 있는지 열기가 후끈 느껴졌다. 그리고 작업대에 앉아 무언가 열심히 만드는 성훈이 보였다.

"어… 우진아. 여긴 왜 왔어. 더운데."

"왜 더운데 에어컨도 안 켜고 계세요."

"괜찮아. 더우면 문 좀 열어놓으면 되는데."

우진은 성훈이 있는 작업대로 걸음을 옮겼다. 그러자 작업대 위에 놓인 작은 버튼들이 보였다. 옷에 들어가는 작은 버튼에 I.J 로고가 새겨진 작은 버튼. 예전에 부탁했을 때 수작업으로 만들어야 한다는 말을 들었던 그 버튼이었다.

"아, 이거. 당분간 쓸 만큼 만들어놓고 가려고."

우진은 조그맣게 한숨을 뱉고선 성훈을 봤다. 그러고는 설계 도를 내밀었다.

"이거 어떻게 만드신 거예요?"

"그게 뭔… 아… 혹시 또 무슨 문제가 생겼어?"

"그런 건 아닌데, 이거 만들기가 어렵다고 하더라고요."

성훈은 걱정했는지 안도감에 크게 숨을 뱉었다. 그러고는 가 슴을 쓰다듬더니 설계도를 보며 설명했다.

"우진이 네가 이게 늘어뜨린 느낌에 흩날리는 것처럼 보이면 좋겠다고 했잖아."

"네."

"그런데 체인으로 하니까 축 늘어진 느낌은 드는데 너무 무겁 더라고. 가볍게 하니까 너무 촐랑촐랑 흔들리는 거 같고. 저기 처음에 만들던 거 있으니까 한번 볼래?"

성훈은 구석에 따로 놓아둔 플라스틱 상자를 끌고 왔다. 지금 까지 쓴 자재들을 모아둔 것인지 상당히 무거워 보였다. 성훈은 상자를 뒤적거리더니 귀걸이를 꺼냈다. 언뜻 보면 채우리에게 줬던 것과 똑같아 보였다.

"이건 고리로 만든 거야. 너무 촐싹거리지? 더 좋게는 안 나올 거 같아서 그만두고 단추 만들다가, 문득 전부 깎으면 되지 않을까 생각이 들더라고. 그래서 일단 한번 깎아봤지. 이게 고정이 안 돼서 기계로는 안 되거든."

"이걸요?"

"응. 될까 싶었는데 단추 만들면서 하도 구멍 뚫어봐서인지 생각보다 쉽더라고. 그래도 무게 조절할 때는 고생 좀 했지만."

성훈은 신나서 말을 하다 말고, 귀걸이 때문에 문제가 됐다는 게 떠올랐는지 씁쓸하게 웃었다.

문득 우진은 성훈의 옆에 놓인 상자를 보았다. 저 많은 것들이 전부 귀걸이 하나를 만들기 위해 직접 손으로 깎은 것들이었다. 보이지 않는 곳에서 각고의 노력으로 나온 귀걸이라는 것을 이제야 알게 된 것이다.

*　　　*　　　*

현재 성훈이 한 인터뷰 때문에 뭇매를 맞는 상황이었지만, 그는 기자들에게 흘리듯 말한 것 말고는 잘못한 게 없었다. 굳이 잘못을 따지자면 먼저 제대로 된 정보도 없이 만들어달라고만 한 자신이 더 문제였다. 그럼에도 성훈은 자신의 책임이라고 생각하고 사표까지 내려 했다.

우진은 그 이유도 어렴풋이 느끼고 있었다. 숍의 식구들이 각자 중요한 위치에 있는 데 반해, 성훈은 자신이 하는 일을 기계를 만져본 사람이라면 누구나 할 수 있는 일이라고 생각하고 있었다. 그래서 성훈은 숍에 있는 누구보다 열심히 일했고, 열정적이었다.

당장 지금도, 자신이 관두고 다른 사람을 구할 때까지 사용할 부자재를 제작하고 있었다. 그런 사람을 놓친다면 두고두고 후회할 것이 분명했기에 우진은 가만히 성훈을 바라봤다.

"삼촌, 책임지신다고 하셨죠?"

"그래… 그렇지. 나 때문에 예약도 전부 취소됐잖아……."

"그럼 책임지세요."

"그래… 기계는 바로 뺄게… 남겨두고 가고 싶은데 장미 엄마 때문에 미안하다, 우진아."

우진은 피식 웃으며 상자에 쌓인 귀걸이 하나를 들어 올렸다. 그러고는 좌우로 흔들면서 입을 열었다.

"삼촌, 금으로도 될까요?"

"될 거야. 이거 만들 때 찾아보니까 귀에 꽂는 핀은 좀 딱딱한 게 좋다고 하더라고. 18K 정도로 핀을 만들면 되겠지. 오히려 금이라서 구멍 파기도 쉬울 거야."

"그래요? 라온에서 전화가 왔는데, 만드는 데 오래 걸린다고 하던데요."

"그런가? 하루면 될 거 같은데……."

"그럼 만들어주세요."

"응?"

"책임지신다면서요. 다시 만드는 걸로 책임지세요."

"그거야 어렵지 않지……."

"그럼 다시 만드는 걸로 책임지는 걸로 해요. 저도 삼촌한테 제대로 알려주지 않았으니까 저도 책임질게요."

"우진이 네가 무슨 책임을 진다고 그래."

"당연하죠. 그리고 드라마 같은 거 보면 어떻게 됐든 대표가 책임지고 그러잖아요."

"그건 드라마고… 혼자 뒤집어쓴 홍 인턴만 봐도 알면서……."

우진은 씨익 웃었다.

"그런 기업은 되지 않으려고요."

*   *   *

그날 밤.

우진은 사무실에 앉아 귀걸이를 가만히 들여다봤다. 다른 곳엔 세공 전문가가 없는 것이 아닐까 하는 생각이 들 정도로 귀걸이를 빠르게 완성한 성훈은 또다시 작업실로 가버렸다.

우진은 마치 최면이라도 걸듯이 눈앞에서 귀걸이를 흔들며 생각에 잠겼다. 성훈의 마음을 가볍게 하려고 자신이 책임지겠다는 말은 뱉어놨는데, 어떤 식으로 해결해야 하는지 고민되었다. 지금 인터넷만 하더라도 아직까지 귀걸이에 대한 얘기가 뜨거웠다.

라온에서는 오히려 좋아했다. 본의 아니게 노이즈마케팅처럼 되어버렸지만, 앨범이 나오기 전부터 피해자 아닌 피해자처럼 기사가 나다 보니 대중들의 관심을 받았다.

그래서 우진은 직접 귀걸이에 대해 밝히고 제대로 된 해명을 해야겠다는 생각이 들어 라온의 의견을 구했다. 하지만 라온에서는 티저 영상이 나오기 전까진 모든 것들을 밝힐 수 없다고 했다. 그래도 우진의 부탁 때문인지 해프닝이라고 기사를 내보내주긴 했지만 그것만으로는 부족했다.

딸랑.

모두가 퇴근한 시간이기에 가게 문까지 닫아놨건만, 누가 문을 따고 들어왔다. 나가보니 미자가 손에 짐을 바리바리 싸들고 왔다.

"또 오셨어요? 미숙이도 오랜만이네."

"미용 장비들 좀 챙겨왔어요. 혼자 들고 오기 무거웠는데 미숙이가 도와준다고 하더라고요."

"차로 가져오면 되는데 아까 말씀하시지."

"괜찮아요. 바쁘시잖아요. 미숙이 너 인사해야지. 뭐 하고 있어."

우진은 미숙을 보며 피식 웃었다. 미숙은 그런 우진을 보고 입술을 빼죽거리더니 여기저기 기웃거렸다.

"뭐 찾아?"

"됐거든요? 오빠, 내 옷 만들어준다고 하더니 왜 안 만들어줘요?"

"하하, 지금은 바쁘네. 나중에 만들어줄게."

"됐거든요?"

숍에 와봤음에도 처음 온 사람처럼 이곳저곳을 기웃거리던 미숙은 입을 열었다.

"괜히 왔네. 옷은 됐고! 오빠! 나 다른 부탁 좀 들어줘요!"

"응?"

"후랑 친구라면서요? 아야! 아, 왜 때려! 네가 말했잖아! 너네 선생님이랑 후랑 친구라고 자랑했잖아!"

미자는 미숙의 옆구리를 찌르는 수준을 넘어 둔탁한 소리가 들릴 정도로 가격했다. 그러자 미숙이 옆구리를 부여잡으며 우진의 뒤로 숨더니 말을 이었다.

"우리 후 만날 때 나 한 번만 데리고 가줘! 조용히 가만히 있을 테니까! 제발! 평생 주인님으로 모실게!"

"하하, 그렇게까지. 후 씨 좋아했어?"

"후도 좋아하긴 하는데 후보다 'O.T.T'라고 있어. 그 그룹 팬이란 말이야. 후가 프로듀싱하는 우리 오티티! 만나면 빨리 곡 좀 주라고 그러려고."

그제야 미숙이 여기까지 찾아온 이유를 알 수 있었다. 우진은 정신없는 미숙 덕분에 조금은 마음이 가벼워졌다. 우진이 피식 웃자 미자의 얼굴도 조금은 풀렸다.

"쟤가 엄마 가게에서 알바하면서 받은 돈으로 전부 O.T.T 앨범 사고 선물 사고 그래요."

"그게 뭐! 한 장이라도 더 팔려야 다음 앨범 빨리 나오거든? 그리고 그게 어때서! 지는 맨날 포켓몬 빵 먹고 스티커 모으던 주제에! 어, 어! 오빠! 오빠! 막아줘!"

미자는 우진의 뒤에 숨어버린 미숙을 보더니 포기하고는 가지고 온 장비들을 정리했다. 우진은 그 모습을 보다가 피식 웃었다. 말없는 미자가 스티커를 모으려고 빵을 사는 모습이 상상돼 절로 웃음이 나왔다. 그때, 뒤에 있던 미숙이 하는 말이 들렸다.

"큭큭, 남들은 피카츄 같은 거 좋아하는데 지 혼자 이상한 거 좋아하고. 뭐더라? 똥냄새? 같은 건데."

"냄새꼬거든?"

"아무튼 참 취향이 독특하단 말이야. 언니 너 포켓몬 빵 끊게 한다고 엄마가 얼마나 고생했는데. 빵은 빵으로 끊어야 한다고 맨날 빵 사다 바쳤잖아. 크크크."

우진은 미자의 뒷모습이 부풀어 오르는 걸 보고는, 뒤에 있는 미숙에게 입을 가려 그만하라는 신호를 보냈다.

미숙은 그제야 눈치를 챘는지 슬그머니 사무실을 나갔고, 뒤이어 미자도 자리에서 일어났다. 그러고는 붉어진 얼굴로 우진에게 고개를 꾸벅 숙였다.

"내일 뵙겠습니다……"

"아… 네… 들어가세요……"

미자의 분위기를 봐서는 아무래도 미숙이 괜찮을 것 같진 않았다.

우진은 한바탕 소란스러웠던 사무실을 정리하고 다시 책상에 앉았다. 그러고는 미자에게 맞을 미숙을 생각하며 웃던 중 책상 위에 놓아둔 귀걸이가 보였다.

우진은 귀걸이를 들어 올리고선 한참을 보더니 무언가 적기 시작했다. 그러고는 또 인터넷도 뒤적거리길 한참 하더니 다시 휴대폰을 꺼냈다.

*　　　　　*　　　　　*

다음 날. 촬영장에 도착한 우진은 성훈의 소매를 잡아끌었다.

"같이 가요."

"응… 그래."

준비가 한창인 촬영장은 모두가 분주하게 움직이고 있었다. 멀리 스태프로부터 무언가 설명을 듣는 채우리와 채우리 스태프들이 보였다. 그 무리에 있던 두식이 우진을 발견하고 급하게 다가왔다.

"선생님, 오셨어유? 그 귀걸이는 우째 됐는지……."

"가져왔어요."

"휴, 다행이구먼유. 야, 미정아, 이거 받고."

스타일리스트는 귀걸이를 직접 확인한 뒤에야 채우리에게로 향했다.

"요즘 고생 많으시쥬? 원래 기자들이 그려유. 사실 몇 개 빠뜨려서 오해허게 만들고. 저희두 많이 당했어유. 그나저나 워떤 사람이 그런 그지 같은 인터뷰를 했는지, 참."

성훈은 흠칫 몸을 떨었다.

"제가 그랬네요… 죄송합니다."

"아……."

순식간에 분위기가 어색해졌다. 우진은 피식 웃고는 귀걸이를 착용한 채우리를 봤다. 차에서부터 렌즈를 빼고 왔기에 왼쪽 눈에 담긴 채우리는 환한 빛을 내뿜었다.

"예쁘네요."

"그러쥬? 저희 대표님도 이번에 우리 보고 예쁘다고 난리도 아녀유."

우진은 동의하는 듯 고개를 끄덕이더니 두식을 향해 입을 열었다.

"어젯밤에 제가 보낸 건 어떻게 되는 건가요?"

"아, 그거 안 그래도 대표님이 오신다고 그러셨어유. 오실 때 됐는디, 참 양반은 못 되겠네. 저짝에 오시네유."

촬영장에 김 대표가 들어오고 있었다. 그는 입구에서부터 박수를 쳐가며 분위기를 더 한껏 끌어 올리면서 걸어왔다.

"하하, 선생님. 오랜만에 뵙습니다."

"안 그려도 그 귀걸이 얘기하고 있었어유."

"그래? 하하, 앉아서 얘기할까요?"

두식이 의자를 가져왔고, 우진이 의자에 앉자 옆에 있던 성훈이 조그맣게 속삭였다.

"귀걸이가 무슨 얘기야……? 혹시 촬영 미뤄지고 그런 거 때문에 돈 물어주고 그래야 되는 건 아니지?"

"아니에요. 제가 책임질 부분을 책임지려고 하는 거예요."

성훈은 의아한 얼굴로 우진을 볼 때, 앞에 앉은 김 대표가 웃으며 입을 열었다.

"대단하십니다. 어떻게 그런 생각도 하시고. 하하."

"그냥 욕을 먹다 보니까 생각나게 되더라고요."

"하하, 그렇습니까? 저도 욕을 좀 먹어야겠네요. 하하, 그런데 정말 좋은 생각인 것 같습니다. 저희들도 정말 반성 많이 했습니다."

"아니에요."

"그룹이면 포토카드를 넣기라도 할 텐데 솔로로 나오면 그게 좀 한정되더라고요. 그런데 퀄리티가 좋은 귀걸이라면, 하하. 칠만 장 앨범 중에 백 개의 귀걸이! 그런데 시간 안에 제작 가능하십니까? 영상 편집하고 다음 주에 티저 공개하고 그러면, 한 3주 정도밖에 시간이 없거든요. 그때까지는 준비가 돼야 앨범에 넣을 수 있어요."

우진은 질문에 답을 하지 않고 성훈을 봤다. 그러고는 씨익 웃고 나서 말했다.

"제가 봤는데 100개 충분히 가능하실 거 같아요. 저기 채우리 씨 귀걸이도 몇 시간 만에 만드시더라고요."

"하하, 그렇습니까? 그럼 선생님 쪽 준비도 하셔야 할 텐데, 바쁘시겠습니다."

"저희는 앨범 나오고 나서부터니까요. 괜찮을 거 같아요."

"하하하, 그렇군요! 아, 이거 저희가 오히려 한 수 배운 거 같습니다. 하하, 한 7만 장 정도 예상했는데 잘하면 추가 제작까지 해야 할 수도 있을 거 같습니다. 하하, 저희 쪽 직원이 내일 오전에 서류를 준비해서 찾아가도록 하겠습니다."

"내일 오전이요. 알겠어요."

"하하, 그럼 오늘 얼굴 사진을 특히 많이 찍어야겠습니다. 하하하."

성훈은 도무지 모르겠다는 얼굴로 눈만 껌뻑거렸다.

*　　　　　*　　　　　*

우진은 촬영장 뒤편에 자리했다. 촬영도 지켜보고, 성훈의 질문에도 대답하는 중이었다.

"그러니까… 백 개를 만들어야 한다고… 저번에 만든 니켈도 금으로?"

"네. 하루에 5개씩 만들면 딱 3주 될 거 같은데. 가능하시죠?"

"가능은 한데, 그러다 또 문제 생기면 어떡하려고 그래."

"주의 사항도 같이 넣으면 돼요. 그땐 저희도 몰랐잖아요."

성훈은 많은 생각이 드는지 한참이나 아무런 말이 없었다. 그리고 그때, 우진의 휴대폰이 울렸다.

"정말요? 엄청 빠른데요? 알았어요. 그럼 한국에 언제 오세요?"

편안한 얼굴로 영어를 쓰며 통화하는 것을 보니 누군지 물어보지 않아도 알 수 있었다. 잠시 후 전화를 끊은 우진이 활짝 웃으며 성훈을 봤다.

"매튜 씨가 귀걸이 디자인 특허 등록했대요."

"그랬구나… 하긴 상무님이 그러시더라. 미국에서 LJ 이름이 높아서 금방 될 거라고."

"저희 이름 때문이 아니라 삼촌 덕분이에요. 그게 고리였으면 안 됐을 텐데, 고리 모양 세공이라 가능했대요."

성훈은 우진의 칭찬이 기분 좋은지 살짝 웃었다.

그때 우진의 휴대폰에 메시지가 도착했다. 메시지를 보던 우진은 화면을 손으로 만진 뒤 성훈에게 내밀었다.

"등록확인서거든요? 한번 보세요."

"영어로 되어 있어서 봐도 잘 모르지. 괜찮아."

"이름만이라도 좀 보세요."

성훈은 이름을 보더니 고개를 천천히 들어 우진을 봤다.

Lim woojin of I.J.
Han Sunghoon of I.J.
Ring connection method.

"이게 뭐야……?"

"전체적인 디자인은 제 이름인데 그것만으로는 힘들었을 거래요. 링 연결하는 기술 때문에 등록된 거예요. I.J 소속이시니까 당연히 I.J도 들어간 거고요. 그리고 삼촌만 등록되신 거 아니에요. 홍단아 씨가 만든 가방도 준비 중이고, 마 실장님도 당연히 있고요."

"아……."

성훈은 고개를 끄덕이면서도 휴대폰에서 눈을 떼지 못했다. 사업자 등록증에나 올려봤던 자신의 이름으로 미국에서 디자인 특허를 받게 될 줄은 꿈에도 생각하지 못했다.

우진은 휴대폰을 쓰다듬는 성훈을 보며 잘됐다는 생각에 안도감을 느꼈다. 그러다 문득 그렇게 시끄럽던 촬영장이 조용해졌다는 걸 알았다. 촬영장에는 적막만 가득한 중, 몇몇 사람들의 신음 섞인 탄성만이 들리고 있었다.

"우와……."

＊　　　　　＊　　　　　＊

다음 주.

예약이 전부 취소됐음에도 I.J 직원들은 하나같이 건물 뒤 작업실에 분주하게 들락거렸다.

"이번이 50개째죠……?"

"홍 인턴… 절삭유 지금 내 손에 뿌리는데……."

"아! 죄송해요."

일주일도 안 된 시간에 정해진 수량의 반을 완성했다. 손가락만 한 굵기의 금속을 기계로 더 얇게 깎은 뒤 하나하나 수작업으로 이뤄졌다. 성훈의 손이 움직일 때마다 딱딱하던 금속이 눈물 모양의 고리가 되었고, 처음에는 신기하게 보던 사람들도 반복 작업에 흥미를 잃고 기계처럼 시키는 일만 했다.

우진 역시 작업실에 자리했고, 세척과 검수 담당을 맡았다. 자신이 벌인 일에 성훈만 고생하는 게 미안했던 우진은, 성훈만큼 힘들진 않았지만 숍 직원들 중에서 유일하게 교대도 없이 일하는 중이었다.

"무게는?"

"7g씩 총 14g이요. 정확해요. 이제 조금 쉬다 하세요."

"휴, 그러자. 어깨도 아프고 난리도 아니다."

힘든 소리와 다르게 성훈의 얼굴은 밝아 보였다. 그때, 작업실 문이 열리면서 미자가 큰 소리로 말했다.

"식사하세요. 3층으로 오세요."

"3층이요?"

"네, 마 실장님이 식사하면서 큰 화면으로 티저 영상을 보자고 하셔서."

"벌써 나왔어요?"

우진은 시계를 한 번 보고선 고개를 끄덕였다. 하루 종일 일하다 보니 벌써 라온에서 알려준 티저 영상 공개 시간이었다.

작업실에 있던 사람들은 간단하게 손을 씻고 3층으로 올라갔다. 벌써 식사 준비를 끝내고 기다리는 중이었다.

"빨리빨리 안 오고 뭐 하나. 누가 보면 공장인 줄 알겠고만?"

우진은 앞치마까지 두르고 있는 장 노인을 보고선 피식 웃었다.

"할아버지가 하셨어요?"

"마 실장 저놈, 저거. 자기가 밥 먹자고 하더니 사발면에 물 부으려고 하더라. 쯧쯧."

"사발면이 어때서요!"

우진은 피식 웃고는 자리에 앉았다. 차린 건 정말 없었다. 김치찌개, 계란 후라이뿐이지만 다들 성훈을 생각해서 만든 자리임을 알기에 우진은 기분 좋게 웃었다.

"그런데 우진아, 이거 어떻게 하는 거냐."

"네?"

"아니, TV에서 Y튜브 영상 볼 수 있다고 하던데, 내 TV인데도 난 모르겠어."

세운은 리모컨을 우진에게 넘겨주었지만, TV를 즐겨 보지 않는 우진도 방법을 알지 못했다. 그러자 성훈이 리모컨으로 이리저리 만져보더니 입을 열었다.

"형님, 이 TV는 옛날 거라 그 기능이 없어요."

"어? 그래? 요즘 TV로 인터넷도 볼 수 있다고 해서 되는 줄 알

왔네."

당당한 세운의 모습에 우진은 헛웃음을 뱉었고, 역시나 세운은 장 노인에게 구박을 받아야 했다.

"그냥 휴대폰으로 봐요. 지금쯤 올라왔겠어요."

"그러자, 그럼. 근데 뭐라고 검색해야 해? 'I.J Tears'라고 검색하면 되나? 하하."

"그냥 채우리 검색하면 돼요."

"난 잘 모르겠고만. 그냥 같이 봐야겠네."

각자 휴대폰으로 봐도 될 텐데 굳이 우진의 작은 휴대폰으로 함께 보려고 다들 얼굴을 들이밀었다. 우진은 피식 웃고선 Y튜브에 채우리를 검색했다.

그러자 관련 영상이 주르륵 나왔고, 가장 위에 '눈물 Teaser 1'이라는 제목으로 된 영상이 보였다. 우진은 전체 화면으로 바꾸고선 상 위에 휴대폰을 고정한 채 재생시켰다.

─스며든… 주르륵… 아파요…….

노래를 이미 들어본 우진도 전혀 알아들을 수 없었다. 하지만 다들 노래는 신경도 쓰지 않는다는 듯 인상을 써가며 화면을 봤다.

"채우리가 저렇게 예뻤구나… 실장님, 저거 화장발, 화면발이죠?"

"아니에요. 실제로 봤을 때도 예뻤어요. 선생님이 만드신 옷 입으면 다들 예뻐요."

"아, 소름 돋게 예쁘네요."

15초 남짓한 짧은 영상이 어느새 끝나갔고, 노래가 멈추자 화면이 클로즈업되었다. 그렇게 화면이 점점 가까워지더니 채우리의 얼굴만 비췄다. 눈에는 눈물이 그렁그렁 맺혀 있었다. 이내 채우리의 눈에서 눈물이 한 방울 떨어짐과 동시에 고개가 돌려졌다. 그리고 화면에는 귀걸이가 흔들거리는 장면이 잡혔다.

一눈물, 채우리.

"와……."

영상이 끝났다. 그럼에도 LJ 식구들은 화면에서 눈을 떼지 않았다. 자신들이 몸담고 있는 숍의 제품을 봐서인지 채우리가 예뻐서인지 몇 번이나 돌려봤다.

"내 구두는 처음에 잠깐 보여주고 끝이네? 성훈이 네가 만든 귀걸이는 계속 나오고. 이거 차별이 너무 심한 거 같은데? 성훈이 너 막 촬영장 가서 돈 주고 그런 거 아니야?"

"하하, 형님도… 신발이 더 예쁘던데요. 저는 우진이가 만들라고 한 대로 만든 거잖아요."

"나도야."

좋은 분위기 속에서 대화가 이어졌다. 영상을 다 본 후에야 식사가 시작되었고, 우진은 사람들이 어떤 반응을 보일지 약간 기대됐다.

그때, 옆에 자리한 장 노인이 식사를 하며 우진에게 조용히 말했다.

"그래서 매튜 그 양반 오면 정말 네가 말한 대로 할 게냐?"

"그래야죠. 그런데 할아버지는 괜찮으세요?"

"나야 이 나이에도 월급 받고 일하는데 괜찮고 말고가 어디 있느냐. 난 됐고, 우진이 너나 잘 생각해 보거라. 귀걸이 같은 경우만 하더라도, 내가 보기엔 매튜가 100만 원은 넘게 책정할 게다. 금이라서 재료비가 비싸긴 해도 남는 게 많으니. 게다가 그 중에 10%씩 추가 인센티브를 주면 생각보다 클 게다. 다들 월급이 많아지면 좋긴 하겠지만."

"같이 만든 거잖아요. 그리고 다른 곳 같았으면 공임비 내야 하는데 우리는 그런 거 없잖아요."

장 노인은 피식 웃고는 식사 중인 I.J 직원들을 봤다. 무슨 얘기를 하는지도 모르는 듯 자기들끼리 신나서 대화 중이었다.

*　　　　*　　　　*

문제가 되었던 귀걸이다 보니, 티저 영상이 공개되자마자 인터넷은 귀걸이에 대한 얘기로 시끄러웠다. 심지어는 티저 영상에 달린 댓글도 대부분 음악에 대한 얘기보단 귀걸이 얘기와 채우리 미모에 대한 얘기가 다였다.

그에 라온 김 대표의 표정은 시시각각 변했다.

"대표님! 보도 자료를 바꿔야 할 거 같지 않아요? 이거 귀걸이에 대한 얘기밖에 없는데. 이러다가 윤후 곡 중에 처음으로 망하는 곡 나올 거 같은데요?"

"넌 인마! 무슨 그런 악담을!"

"그렇잖아요. 지금도 봐요. 별의별 댓글이 다 있어요."

—저게 800만 원짜리 귀걸이임?
—예쁘긴 한데 800은 오버인 듯.
—채우리 호구 인증 영상ㅋㅋㅋㅋㅋㅋ

"어우, 기레기들 때문에 열받네. 기사들을 아주 거지같이 써놔서 애들이 아직도 저러잖아. 거금 오백이나 썼는데!"
"사실 오백도 싼 거죠. 그러니까 진즉에 도와주라니까. 그래도 우리 예쁘다는 말 엄청 많아요."
"그 디자이너가 영상 공개하면 지들이 올리겠다잖아. 아무튼 채우리 정말 예쁘지? 나도 그렇게 많이 본 우리가 저렇게 예쁜 줄 몰랐는데. 하하."

—채우리 여신 등극 각.
—진심 티저 보고 지리긴 처음임.
—노래 빨리 들어보고 싶다.

"보는 눈들은 있어가지고. 하하. 참, 윤후한테 우리랑 같이 인터뷰하는 거 말해놨지? 그거 말 안 해놓으면 또 어디 숨어 있으니까 지금부터 미리 꼬셔둬."
"미리 말해뒀어요. 어쩐 일로 알았다고 하던데요?"
"그래? 잘됐네. 그리고 I.J에 전화해서 우리가 보도 자료 돌린다고 말하고. 거기도 우리 앨범 나가는 거에 맞춰서 자기네들 거

올린다고 했으니까."

*　　　　*　　　　*

다음 주.

전화로 숍에 생긴 일을 들었던 매튜는 한국에 돌아오자마자 곧바로 업무에 뛰어들었다. 그런데 한참 일하던 매튜가 계속 고개를 갸웃거렸다.

"왜 그러세요?"

"흠, 선생님. 지금 숍에 음악 틀어놓으신 거, 어떤 곡인지 알 수 있습니까? 고급스러우면서 열정적인 느낌이 저희 옷들하고 굉장히 잘 어울립니다."

"아, 이 곡 선물 받은 거예요. 후 씨가 선물로 만드셨다는데 듣다 보니까 마음도 평온해지는 거 같고 좋더라고요. 아, 맞다. 홈페이지에 올리려고 했는데, 유 실장님이 아직 거기까진 모른다고 그래서 못 올렸어요."

그러자 매튜가 우진을 가만히 봤다.

"후라면 제가 친해지라고 했던 후 씨 말씀하시는 겁니까?"

"네, 그 후 맞아요. 아직 친한 건 아닌데… 가게에 한 번 왔을 때 가게 살펴보고 만든 곡이래요."

"그렇군요……."

곡까지 받았을 줄 몰랐던 매튜는 자신도 모르게 피식 웃었다. 제프 우드에서 어떻게든 연락을 해보려고 했건만, 끝끝내 실패했던 사람이 후였다. 그런데 뭘 어떻게 했길래 홈페이지에 쓰라고 노래까지 받아놓고 있었다.

"잘하셨습니다. 그럼 제가 홈페이지 작업하면서 같이 올려놓겠습니다."

"그렇게 해주세요. 그런데 가격은 괜찮아요? 말씀이 없으셔서."

"적당하다고 봅니다. 120만 원이면 너무 비싸지도 않고, 너무 싸지도 않고. 많이 생각하신 걸 알 수 있는 가격입니다. 수량 10개면 적은 편이긴 해도 한정판이니 괜찮다고 생각합니다. 라온과 연계한 것도 정말 좋은 방법이었습니다. 다만 지금 I.J 이미지 때문에 초반에는 팔리지 않을 수도 있습니다. 그렇다고 선생님이 사과하실 필요는 없습니다."

매튜에게 받는 칭찬은 인정받는 느낌을 줘 언제 들어도 기분이 좋았지만, 뒷얘기에 약간은 걱정이 들었다.

"악의적인 기사들로 만들어진 얘기이니 사과하실 필요 없습니다. 그냥 이런 해프닝이 있었다 정도로 올리겠습니다. 아무것도 아닌 일인데 선생님이 너무 유명해지셔서 겪는 일이라고 생각하시고 넘기시면 됩니다. 오히려 그런 일에 고개 숙이고 사과하면 이미지만 깎이게 됩니다."

"네, 알겠어요."

역시 매튜가 있어야 마음이 편안하고 든든했다.

"내일 채우리 씨 곡 공개 전까지 올려놓겠습니다."

메튜는 곧바로 컴퓨터에 자리했다. 그런데, 다른 때 같았으면 키보드 두드리는 소리가 크게 들렸을 텐데 고개를 갸웃거리기만 했다.

"왜 그러세요?"

"방문자가 폭주입니다. 일단 닫아두긴 했는데 확인하려고 열었더니 그사이에 또 폭주네요. 크게 문제는 아닌데 이유가… 음… 혹시 내일이 아니라 오늘 공개 아닙니까?"

"공개해도 별로 크게 차이 안 나던데. 티저 영상 공개했을 때도 크게 차이 안 났거든요."

"그럼 갑자기 왜 그런 거지?"

우진이 인터넷으로 검색해 봐야겠다는 생각으로 자리로 돌아갈 때, 사무실 문이 열리더니 홍단아가 잔뜩 상기된 얼굴로 들어왔다.

"선생님!"

"네?"

"정말 후 님이 우리 숍에 테마곡 만들어줬어요? 정말요?"

"어? 홍단아 씨가 어떻게 알아요……? 아, 유 실장님이 말해줬구나."

홍단아에게 말해봤자 좋을 게 없을 것 같아 말하지 않았는데 미자에게 들은 모양이었다.

"유 실장님도 알고 계셨어요……? 나만 모르고……."

"그런 거 아니에요. 진짜 어떻게 아셨어요?"

"후 님이 직접 인터뷰했어요. 인터뷰에서 옷 가게 하는 친구한테 테마송 만들어줬는데 마음에 안 드는지 아직 사용 안 한다고, 그렇게 말했어요."

"옷 가게……."

우진은 고개를 갸웃거리고선 곧바로 인터넷에 접속했다. 그리

고 홍단아에게 들었던 대로 후를 검색하니 채우리와 함께 인터
뷰한 영상이 있었다.

　—채우리 씨의 이번 앨범 타이틀곡도 후 씨가 만드신 거라고 하
던데 맞나요?
　—네.
　—하하, 과묵한 모습 여전하시네요.

후의 본모습을 알고 있는 우진은 괜히 콧등을 긁더니 빠르게
넘겼다.

　—정말 기대됩니다. 지금까지 단 한 곡도 실패하지 않으셨는데
이번 곡도 자신 있으시죠?
　—한 곡 실패했어요.
　—네? 저희가 알기론 지금까지 후 씨가 만든 곡은 전부 1위 한
걸로 아는데. 여기 자료를 보시면……
　—음원은 아예 안 냈고요. 옷 가게 하는 친구가 있는데, 홈페이
지가 너무 적막하길래 테마송 만들어줬거든요.
　—와… 친구분이 정말 좋아하셨겠어요.
　—마음에 안 드나 봐요. 준 지 꽤 됐는데 아직 그대로더라고요.

우진은 피식 웃었다. 친구라고 해주는 게 고맙긴 한데, 그다지
친해지고 싶은 사람은 아니었다. 적당한 거리가 필요한 사람 같
았다.

그래도 후가 직접적으로 우진을 언급하진 않았기에 사람들이 어떻게 I.J인지 알았을까 궁금해하는데, 옆에 있던 채우리가 조용히 말했다.

─마음에 드셨을 거예요. 다만 지금 바쁘셔서 시간이 없을 거예요.

─어? 채우리 씨도 아시는 분인가 봐요.

─네, 지금 입고 있는 이 원피스를 만들어주신 분이거든요. 제 앨범에 깜짝 선물을 준비해 주기도 하셨고요.

─원피스요? 그럼… 친구라는 분이 한국의 제프 우드라고 불리는 I.J 임우진 씨인가요?

"컥… 한국의 제프 우드……."

언제 그런 별명이 생겼는지, 당사자인 우진도 처음 듣는 것이었다. 당황스러워 사레까지 들리자, 옆에 있던 매튜가 등을 두드려 줬다. 그러고는 우진에게 인터뷰 내용을 물었다.

내용을 다 들은 매튜는 고개를 끄덕였다.

"이래서 디자이너는 셀럽과의 친분이 중요한 겁니다. 더욱 친해지시길 바랍니다."

"여기서 더요……?"

저번 후와의 만남을 떠올린 우진은 머리가 지끈거렸다.

*　　　　*　　　　*

다음 날.

채우리의 '눈물'이 공개되었다. 그동안 인터넷을 뜨겁게 달궜던 덕에 자연스럽게 대중의 관심을 불러 모았다. 게다가 빌보드까지 점령했던 후가 만든 곡이라 언론들이 앞다퉈 '눈물'을 소개해 반응이 상당히 뜨거웠다.

하지만 음원 사이트들과 다르게 음반이 잘 팔리는 건 아니었다. 신인 걸 그룹 멤버이다 보니 마니아층 팬이 아니고선 음반까지 구매하지는 않았다.

음반은 라온에서 예상한 대로 천천히 나가고 있었다. 다만 김 대표는 윤후의 인터뷰로 채우리보다 더 조명을 받는 곳이 있어 배가 아팠다.

"종락아, 연락 좀 해봐. 거긴 왜 그렇게 연락이 안 돼!"

"지금 윤후 팬들 전부 거기 접속해서 난리도 아닐 거예요. 어제부터 우리도 그런데."

"게네들은 진짜 I.J 홈페이지 느린 걸 왜 우리한테 물어보는 거야. 미치겠네. 앨범 산 애들 중에 귀걸이 뽑은 애도 없고. 이럴 줄 알았으면 한 천 개는 넣어두는 건데."

"아직 첫날이잖아요."

"그래도! 귀걸이 딱 뽑았다고 시끄럽게 떠들어야지 우리도 짠하고 몰래 준비한 이벤트라고 밝히는데. 뭐 하러 이렇게 귀찮게 일을 해. 야, 김진주, 아직도야?"

그때, 라온의 직원 김진주가 벌떡 일어났다.

"뚫었다! 가만 보자. 백이십만 원! 열 개 한정이네!"

"너 뭐 하냐? 홈페이지 뚫으라고 했더니 지금 쇼핑하냐? 업무

중에? 당당한데?"

"I.J 홈페이지 앞에 있는 글이에요. 그거 확인 중인데. 그런데 진짜 노래 나오네요."

김 대표는 어슬렁거리며 걸음을 옮겼다.

[I.J 디자이너 임우진입니다.]

먼저 I.J를 사랑해 주시는 고객님들께 진심으로 감사의 말씀 드립니다.

고객님들의 관심에 보답하고자 I.J Tears(일명 채우리 귀걸이)를 판매합니다.

제품명: I.J Tears.

판매일: 2018년 8월 31일 금요일.

수량: 10set.

18K 골드이며 동일한 디자인 100% 수제품임을 알려 드립니다.

디자인 특허 번호: 00255156—0018.

"이게 끝이야? 구구절절 사과문 올릴 줄 알았더니 보이는 거 하고 다르네. 그런데 이럴 거면 채우리 사진은 왜 쓴다고 그랬어? 기껏 공짜로 쓰게 해줬더니."

"안내문이잖아요. 기다려 봐요."

김진주는 제품 카테고리를 찾아 눌렀고, 또 페이지가 넘어가는 데 시간이 엄청 걸렸다.

"이러다 멈추겠는데… 됐다! 성공! 봐요. 우리 있잖아요."

"하하, 있네. 예쁘단 말이야."

살짝 고개를 돌린 채우리가 화면에 보였다. 김 대표는 만족스러운 미소를 짓고선 마저 화면을 봤다.

[눈물 모양으로 된 고리처럼 보이도록 세공된 제품으로, 고리가 따로 분리되지 않습니다. 기존 채우리 씨가 처음 착용했던 니켈 도금과 다르게, 알레르기를 고려해 18K 골드로 제작되었습니다.]

그다음 화면에서는 제품 보증서를 보여주었다.

[제품 보증서]
미국에서 디자인의 우수성을 인정받은 제품입니다.

채우리에 대한 얘기가 있긴 했다. 니켈 도금을 한 귀걸이를 착용했다는 말뿐이지만.

"어휴, 진짜 좀 길게 좀 써주지. 그런데 노래는 왜 안 나와. 이거 이러다 여기 유후 팬들한테 폭파당하는 건 아닌지 모르겠다."

"그러게요. 보통 사나운 애들이 아닌데……."

"생각만 해도 불쌍하네. 야, 그러지 말고 우리라도 하나 사둬. 잃어버릴 수도 있으니까 보관용으로."

"120만 원인데요?"

"사! 이번에 옷값하고 귀걸이값도 안 받았잖아. 그냥 사. 의상비로 돌리고."

김진주는 고개를 끄덕이더니 또 느릿한 홈페이지와 씨름했다.

한참을 기다리던 김진주는 고개를 돌려 김 대표를 봤다.

"대표님, 벌써 품절인데요?"

"뭐? 벌써? 18K가 120만 원이라며."

"몰라요. 10개 수량 품절이에요. 게다가 더 이상 주문은 안 받는대요."

"뭐야! 왜 우리보다 잘나가?!"

＊　　　　＊　　　　＊

급격히 늘어난 방문자 때문에, 과부하를 예방하기 위해서 간단한 기능으로만 홈페이지를 운영 중이었다. 처음 들어오면 보이는 I.J 로고까지 빼버린 상태이다 보니 후의 노래를 당장 넣을 수 없었다. 제품과 문의란 두 곳만 열어뒀음에도 상당히 많은 사람들이 방문하고 있었다.

"유 실장님, 그냥 욕 캡처하지 마시고… 지우기만 하세요……."

느려 터진 홈페이지까지 찾아와 기필코 악담을 남겨놓고 가는 사람도 있었다. 대부분 이미 다 겪어봤던 말들이었다. 비싸다로 시작해 이걸 왜 사냐로 끝났다. 하지만 홈페이지 속도 때문인지 엄청나게 늘어나는 글 수에 비해 그런 글의 조회 수는 굉장히 낮은 편이었다.

한참이 지나고, 후의 곡을 기다리던 사람들이 글을 남기기 시작했다.

―무슨 홈페이지에 자재 가격도 적어놔ㅋㅋㅋ

—진짜. 그런데 신기함. 자재 가격 빼고 공임료가 20%밖에 안 됨. 이렇게 숍 운영이 되나?

—검은 원피스 구매 가능한가요?

—가죽 재킷만 따로 사고 싶은데.

홈페이지가 느린 게 문제였지만, 음악을 기다리며 항의하던 사람들이 홈페이지를 구경하기 시작했다. 그러면서 그동안 홈페이지에 올려놓은 옷들을 보게 되었다. 그러다 옷 소개에 적힌 비용까지 보게 되었고, 그걸 보면서 투명한 운영을 한다는 걸 느꼈는지 글의 분위기가 조금씩 바뀌었다. 게다가 중간중간 올라오는 글들도 우진을 돕는 역할을 했다.

—230만 원이라는 거금을 주고 정장을 맞춘 사람인데, 그 돈이 절대 아깝다고 생각하지 않습니다. 지금 예약을 받지 않아서 또 주문하지 못해 다른 곳을 이용해 봤는데, 같은 재료임에도 가격은 배로 비싸고 품질은 훨씬 떨어지고… 잘 모르는 어린 친구들이 I.J를 욕하는 게 안타까워 글을 남겨봅니다.

"부산 고객이시네."

우진은 옷을 직접 입어본 고객이 남긴 글에 미소 지었다. 그 뒤로 얼마 전 만났던 한가을 부부의 글도 보았다. 두 사람은 I.J 식구들보다 더 억울해하며 글을 올렸다.

그때, 매튜가 손가락을 튕겼다.

"원. 'Tears' 주문이 하나 들어왔습니다… 두 개… 세 개? 음?"

방문자가 그렇게 많아도 아무런 주문이 없었건만, 갑자기 주문이 밀려오기 시작했다. 거기에다 첫 주문이 들어오고 1분 남짓한 사이, 순식간에 수량 10개를 채웠다.

"다 팔렸습니다. 제품 내리겠습니다."

"……."

두고두고 팔 생각까지 하던 우진은 어안이 벙벙했다. 매튜는 곧바로 고개를 돌려 일을 하기 시작했다.

우진도 고개를 돌려 사무실에 있는 다른 사람들을 봤다. 그러자 우진과 마찬가지로 놀란 장 노인이 우진을 보며 고개를 끄덕거렸다.

"우리 숍 제품이 뭐 있는지도 몰랐던 사람들이 직접 보고 나서 생각이 바뀐 게 아닐까 싶네만."

"그럴까요?"

"나도 잘 모르겠지만, 그거 말고는 설명이 안 되는 거 같고만."

우진은 혹시 윤후가 또 이상한 인터뷰나 글을 올린 게 있는가 싶어 인터넷을 검색했다. 하지만 그런 내용들은 찾아볼 수 없었다.

옷으로 사람들의 마음을 돌린 것 같아 가슴까지 두근거렸다.

*   *   *

며칠 뒤.

라온에서 홍보한 것과 다르게 귀걸이가 든 앨범을 구매한 사람들은 좀처럼 보이지 않았다. 사람들이 정말 귀걸이가 있는 게 맞는지 의심을 가질 때쯤, 드디어 귀걸이를 인증하는 사람이 한두 명씩 나타나기 시작했다.

—채우리 앨범 귀걸이 인증함. I.J 품질 보증서도 들어 있음.

그리고 인증 글 밑에 수많은 댓글이 달렸다.

—I.J에서 얼마 전 120만 원에 팔았음. 10개 수량.
—그건 금 ㅂㅅ. 이건 니켈 도금. 그리고 그건 가죽 케이스. 이건 앨범 비닐 케이스. 오키?
—그래도 땡잡은 거 아님? 그거 앨범값보다 비쌀 거 같은데?
—어휴, 되팔렘이네.
—사실 아니냐? 채우리 덕후들한테 팔면 백만 원에도 살 듯.
—글쓴이가 채덕 아니면 앨범 샀겠음? 생각하고는.

귀걸이 가격에 대해 논쟁이 뜨겁게 벌어졌다. 그리고 그럴수록 김 대표의 얼굴은 일그러졌다.

"종락아, 요즘 애들은 돈에 환장한 거 같지 않냐? 뭐든지 돈. 돈."

"우리도 마찬가지죠. 돈 벌려고 하는 짓인데."

"야! 돈도 중요하지만, 그 뭐야. 뮤지션들의 음악! 힐링! 치유! 애환! 그런 걸 느끼게 해주고 싶지! 돈독 올랐으면 진즉에 회사 상장하고 그랬지. 넌 날 뭐로 보고!"

"그래도 앨범은 잘 팔리겠는데요?"

"그게 더 기분 나빠. 다음부터는 아예 포토 카드 같은 것도 넣지 말아야겠어. 볼수록 짜증만 나네."

김 대표가 사무실을 나가자 직원들의 한숨이 동시에 터져 나왔다. 앨범이 잘나가 좋아할 줄 알았건만 저렇게 감정을 드러내 보이는 모습에 김 대표가 새롭게 보였다. 그런 사람들 중 한 명인 김진주도 고개를 끄덕이며 말했다.

"이 실장님, 대표님이 화가 많이 나신 거 같아요… 이거 귀걸이에 대한 보도 자료 보내지 말까요?"

"왜? 보내야지. 바로 보내."

"대표님이 싫어하시는 거 같아서요."

"싫어하긴. 어제 있는 돈, 없는 돈 털어서 우리 앨범 30장 사더라. 딱 봐도 그중에 귀걸이가 없어서 저러는 거지. 배 아파서. 너희들도 알잖아. 저런 사람인 거."

"아……."

직원들은 곧바로 고개를 끄덕이더니 할 일을 마저 했다.

*   *   *

I.J 식구들은 한 명도 빠짐없이 응접실에 자리했다. 그들의 손에는 곱게 포장된 옷이 들려 있었다.

"그럼 마지막으로 홍단아 씨까지. 한번 입어보세요. 반팔인 거 말고는 기존하고 차이가 없을 거예요."

"아… 감사해요. 저도 드디어… 유니폼을 입게 됐네요! 와! 진짜 정품처럼 라벨도 있어요!"

"아직 새것인데 뭐 하러 또 만들었어. 그동안 예약 안 받는다 더니 이거 만들었어?"

다들 포장지를 뜯고선 각자 옷을 확인했다. 홍단아는 곧바로 옷을 들고 사무실로 들어갔고, 나머지 사람들은 의자에 그대로 앉아 있었다.

"저번에 쿨맥스 잔뜩 구매하더니 이거 만들려고 했고만?"

"네. 만들어야지 생각은 했는데 그동안 너무 바빠서요. 할아 버지도 입어보세요."

"됐어. 난 이거 늦게 받아서 아직 멀쩡하니까 해지면 입을 게 다."

"좀 있으면 겨울이잖아요."

그러자 미자가 조용히 입을 열었다.

"다들 일하시다가 더우면 사무실로 오시니까 시원하게 해주 려고 하루 종일 에어컨을 켜고 있어서 그러실 거예요."

"아, 그렇구나. 꺼두셔도 되는데."

"안 춥다. 아까워서 그런다니까?"

우진은 씨익 웃고선 이해했다는 듯 고개를 끄덕였다. 곧이어 사무실로 들어갔던 홍단아가 나왔다.

"와! 진짜 편하다. 저 정말 궁금했거든요. 이게 아제슬에서 800만 원에 파는 바지랑 똑같이 만든 거 맞죠?"

"홍 인턴, 하하. 완전 입이 귀에 걸리겠다."

"저 이 옷도 입었는데 아직도 인턴인가요……?"

"아, 그러네. 그럼 홍 대리 해. 하하."

홍단아는 옷이 마음에 드는지 옷을 처음 입어봤던 사람들이

하던 행동을 그대로 했다.

"앉았다 일어났다 해도 핏이 안 무너져요. 어떻게 이러지? 허리춤을 올릴 필요도 없네."

"하하, 빨리 좀 만들어주지 그랬어."

홍단아 덕분에 응접실엔 웃음이 넘쳤고, 알아듣지 못하는 매튜는 옷을 만지작거리고만 있었다. 우진이 설명해 주려 할 때, 며칠 전 통화했던 라온의 김 대표에게 전화가 왔다.

"네, 대표님. 안녕하세요. 잘 지내셨어요?"

─그럼요. 하하. 덕분에 우리 음원 1위도 찍어보고 감사합니다.

"아, 봤어요. 축하드려요."

─축하는 하하. 그런데 선생님 혹시 귀걸이를 좀 더 만드실 생각 없으시죠?

"귀걸이요? 왜 그러시는데요? 혹시 채우리 씨 귀걸이에 문제 생겼어요?"

─아닙니다. 하하, 그런 건 아니고요. 이번에 앨범을 추가 제작하는데 이번에도 귀걸이를 넣는 게 가능한지 싶어서. 하하.

"칠만 장이 벌써 다 팔렸어요?"

─아직은 아니고 곧 그럴 거 같습니다. 하하, 정말 선생님 귀걸이 덕을 톡톡히 봤습니다.

우진은 예의상 하는 인사라고 생각하며 웃어넘겼다.

─지금 그 귀걸이가 중고로 33만 원까지 올라갔더라고요. 하하, 다들 사고 싶어 하는데 물건이 없다 보니 가격이 계속 오릅니다.

"그렇게 비싸게요……?"

―팬들의 힘을 우습게 볼 게 아닙니다, 하하. 아무튼 한번 얘기해 보시고 말씀해 주시죠.

"알겠습니다."

전화를 끊은 우진은 모여 있던 사람들에게 설명했다. 그러자 다들 힘들었던 기억이 떠올랐는지 성훈을 제외하고는 쉽게 수락하진 않았다.

"그런데 그 니켈 귀걸이가 33만 원이라고? 엄청 비싸네. 왠지 손해 보는 느낌인데? 유 실장, 매일 우진이 검색하잖아. 그런데 모르고 있었어?"

"지금 찾아볼게요……."

미자는 우진을 힐끔 보더니 곧바로 휴대폰을 만졌다. 그리고 잠시 뒤 미자의 미간이 찌푸려졌다. 우진은 고개를 갸웃거리고선 물었다.

"왜 그러세요?"

"이거… 한번 보세요."

"허… 550만 원……?"

제5장

중고 거래

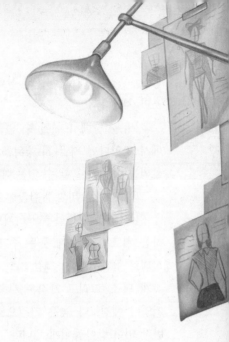

말도 안 되는 가격이었다. 판매를 한다고 해도 몇만 원에 불과한데 현재 귀걸이는 500만 원이 넘는 금액에 팔리고 있었다.

"들어가 봐요. 장난일 수도 있잖아요."

쉽게 믿어지지 않았기에 우진은 미자에게 재촉했다. 그리고 작성된 글을 본 우진은 인상을 찌푸렸다.

[I.J Tears 정품 팝니다.]
[미착용이고 포장 상태 양호.]
[서울 직거래만 합니다.]

채우리 앨범에 든 귀걸이가 아니라 I.J에서 판매한 귀걸이였다. 예쁘게 착용할 줄만 알았지 이렇게 비싸게 되팔 줄은 생각도 못했다. 우진은 매튜를 불러 상황을 설명했고, 매튜는 씁쓸한 미소만 지었다.

"자유 시장에서 어쩔 수 없는 현상입니다. 저희가 다른 나라에서 팔았다면 지금 저 행위를 관세청에 신고할 수 있지만 현재로써는 아무것도 할 수 있는 게 없습니다."

"그래도 너무 비싸게 팔잖아요."

"일부 기업에선 일부러 하기도 합니다. 한정판 출시하고 작업하는 거죠. 인터넷에 웃돈 주고 몇 개 사다 보면 가격이 높아진 상태로 유지됩니다. 그럼 자연스레 그 제품이 비싸다는 인식을 갖게 되죠. 그리고 가격은 계속 올라가거나 유지됩니다. 그러면 기업이 예전보다 높은 가격으로 제품을 출시해도 소비자가 별 반감 없이 받아들이게 됩니다."

"됐어요. 저희는 그런 거 안 해요. 이렇게 사서 다시 팔면 정말 착용하고 싶던 사람들은 못 하잖아요."

"맞습니다."

우진은 다시 귀걸이 가격을 보고선 한숨을 뱉었다.

"이러려고 만든 게 아닌데… 앞으로 이렇게 팔면 안 되겠어요."

성훈을 위한답시고 한 일이 이렇게 돌아올 줄은 몰랐다. 만든 장본인인 성훈도 매튜의 얘기를 알아듣진 못했지만, 가격을 보고 놀라긴 마찬가지였다.

"마땅히 해결 방법이 없을 게다."

"이거 저희가 손해 보는 거 같은데… 저희도 오백에 팔면 안 되나요?"

"처음부터 그렇게 팔았다면 몰라도 당장 올려 버리면 난리도 아니겠지. 전매상은 예전부터 있었으니 어떻게 하든 사라지지 않을 게다. 그나마 다행인 게 수량이 열 개뿐이라는 점인 게지. 그것도 I.J가 유명해질수록 가격이 올라가겠지만."

"그럼 저희가 아예 물량을 뿜어버리면 되잖아요."

"그럼 우리 이미지도 흔한 싸구려로 전락할 게야."

각자 여러 가지 의견을 내놓았지만, 딱히 해결책이 없었다. 각자 체형대로 만든 옷을 팔 때는 없었던 문제가 머리를 아프게 만들었다.

그때, 장 노인이 휴대폰을 보더니 자리에서 일어났다.

"미안하지만 난 오늘 먼저 퇴근하겠네."

"오늘은 일찍 가시네요."

"손주 놈이 온다고 해서. 뭐 하러 오는지, 거참."

이미 퇴근 시간이 지났기에 지금도 늦은 퇴근이었다.

우진은 이대로 앉아 있어도 마땅히 해결책이 없었기에 모두를 보며 말했다.

"그동안 다들 고생하셨는데 오늘은 일찍 퇴근하세요."

*　　　　*　　　　*

얼마나 바쁘게 활동했는지 TV만 틀면 채우리가 나왔다. 연예 소식을 알려주는 프로그램에선 당연히 세간을 시끄럽게 했던 의상 이야기가 빠질 수 없었다.

―그건 완전 오해예요. 제가 알기로 이 원피스도 무료로 만들어

주셨거든요. 그리고 귀걸이도, 제가 알레르기가 있어서 그렇지 보통 무대 의상엔 대부분 그런 거 쓰거든요. 뛰어다니다가 잃어버리기도 하고 고장 나기도 하는데 매번 비싼 걸 쓸 수는 없잖아요.

—그럼 지금은 괜찮으십니까?

—지금은 임우진 선생님이 신경 써주셔서 다른 걸로 만들어주셨어요. 감사합니다.

채우리는 손가락으로 'V'까지 그려가며 인사했다. 이런 인터뷰를 여러 곳에서 하니 I.J에 대한 인식도 조금씩 바뀌어가는 게 느껴졌다. 홈페이지에 그 많던 욕설이 확실히 줄어들었다.

다만, 여전히 문제는 남아 있었다. 윤후에게서 받은 노래. 그 노래 때문에 여전히 홈페이지가 다운되고 느려지는 현상이 이어졌다. 홈페이지에 노래를 넣어둬도 문제였다. 엄청난 방문자 수를 감당하기 어려웠다. 이대로라면 홈페이지를 사용하지 못할 것 같았다. 결국 우진은 결단을 내렸다.

"그냥 노래 내리세요. 매튜 씨가 하루 종일 홈페이지만 관리하시잖아요."

"그러기엔 아깝습니다."

"아니에요. 정작 예약하려는 고객은 못 하고 있잖아요. 그냥 그 노래만 따로 Y튜브에 올려주세요. 그럼 다 거기로 가지 않을까요?"

"흠… 좋은 생각이군요. 그럼 노래만 올리지 말고 광고도 할 겸 그동안 올린 사진들로 영상을 만들겠습니다."

"그럼 되겠네요. 일단 그렇게 해도 되는지 물어볼게요."

우진은 윤후가 얼마나 대단한지를 몸으로 느꼈다. 고작 노래 하나뿐인데 눈을 감았다 뜰 때마다 몇만 단위로 방문자 수가 바뀌었다.

우진은 일단 허락을 받기 위해 윤후에게 전화를 하려다가 왠지 어색함에 메시지로 대신했다. 메시지를 보낸 뒤 얼마 지나지 않아 답장이 도착했다.

[그래? 그럼 이렇게 하면 되겠다. 처음부터 1분 7초까지는 잔잔하니까 숍 전체를 보여주는 거야. 마지막으로 오케스트라가 들어갈 때는 네가 옷을 만지는 모습. 내가 봤던 그 모습을 넣으면 딱 좋을 거야.]

메시지를 본 우진은 많은 생각이 들었다. 자신의 작품에 대해 완벽하게 알고 있는 모습이 부러웠다. 비록 조금 이상하다고 느끼긴 했지만, 알면 알수록 배울 점이 많은 사람이었다.

우진이 매튜에게 메시지대로 얘기를 해주자, 매튜도 좋은 생각이라며 알겠다고 했다. 그렇게 자리로 돌아온 우진은 당장 할 일이 없었기에 연습이라도 할 겸 스케치북을 꺼냈다.

티셔츠도 그려보고, 와이셔츠도 그려보고, 가리지 않고 이것저것 그려보던 중 약간 허전한 느낌이 들었다.

'시계면 좋겠는데… 그건 지금 무리니까 장신구라도 그리면 괜찮을까?'

왼쪽 눈으로 보지 않고 그리는 것은 여전히 조심스러웠다. 보는 것이 많아져서인지 예전보다는 확실히 실력도 좋아진 것을 스스로도 느끼고 있지만, 아직 판매까지는 생각해 보지 않았다.

우진은 목걸이도 그려보고 반지도 그려보다가 문득 얼마 전 중고 시장에서 봤던 귀걸이가 떠올랐다. 혹시 벌써 팔렸을지 궁금해진 우진은 곧바로 중고 시장을 찾아 들어갔다.

아직 팔리지 않았는지 귀걸이는 여전히 남아 있었고, 그 글에는 엄청난 수의 댓글이 달려 있었다.

—되팔렘 새끼, 백이십짜리를 두 배도 아니고 5배 가까이 팔려고 하네.

—신고된 댓글입니다.

—어떤 개돼지가 사려나ㅋㅋㅋ

그동안 인터넷으로 욕먹을 땐 도대체 왜 욕을 하는지 이해할 수 없었다. 다들 왜 욕을 할까 싶었는데, 지금은 자신의 마음을 대변하는 것 같아 속이 후련했다. 지금 상황으로 봐서는 산 사람도 욕먹을 거 같아 판매가 쉬울 것 같지 않았다.

우진이 자신도 모르게 피식 웃고는 다른 글들을 볼 때, 중고 시장 목록에 이상한 글이 보였다.

[I.J 정품 유니폼 팝니다.]

"응?"

귀걸이 판다는 글을 봤을 때보다 더 놀랐다. 우진은 급하게 글을 클릭했다.

[반팔이고요, 한 번도 안 입은 상태입니다. 아제슬에서 나온 거하고 같은 방식으로 나왔고요. 라벨까지 달려 있습니다. 바지 사이즈는 한 30정도 되고요, 티는 95 사이즈입니다. 둘 다 해서 600,000원에 팝니다. 옛날 리미티드 베이직도 육십이었던 걸 생각하면 비싼 가격은 아니라고 생각합니다. 네고 사절!]

부위별 치수에 맞춰 만든 옷이기에 따로 치수가 없는데도 치수까지 있다는 말에, 올라온 사진을 가만히 봤다. 이미테이션이 아닐까도 생각했다. 하지만 보이는 사진만으로는 정말 자신이 만든 것처럼 보였다.

'95 사이즈랑 비슷한 정도면 미자 씨랑 할아버지뿐인데… 미자 씨는 입고 있고, 그렇다고 할아버지가 팔 리도 없고… 뭐지?'

아무리 봐도 자신이 만든 옷 같았다. 재봉선도 그렇고, 재봉방법까지. 따라 만든다고 해도 이렇게 똑같이 만들 수 있는 게 가능한가 싶었다.

우진은 한참을 고민하다가 댓글을 남겼다. 댓글 특성상 곧바로 답변이 오는 게 아니기에 판매자가 올려놓은 아이디로 메시지를 보냈다.

─정말 I.J 유니폼인가요?

─당연하죠. 제 등급 보이시죠? 100%예요. 구매하실 생각 있으세요?

─일단 보고 살 수 있을까요?

—믿어주세요. 신용 거래! 안전 거래로 하시면 돼요. 아니면 직거래로 하시거나. 직거래는 대구만 가능합니다. 절대 사기 아닙니다.

우진은 대구라는 말에 머리를 긁적였다. 아무래도 사기 치는 것 같은 느낌이었다. 그러는 와중에도 궁금했다. 도대체 어떤 사람이 만들었길래 자신이 착각할 정도로 비슷하게 만들었는지 한참을 고민했다.

저 옷을 산다고 만든 사람을 볼 수는 있을까 하는 생각도 들었지만, 무엇보다 너무 궁금했다. 우진은 고개를 끄덕이며 답장을 보냈다.

—싸게 안 되나요?
—네고 사절이라고 못 보셨나요?
—아… 네. 그럼 어디로 보내면 되죠?

우진은 판매자가 알려주는 대로 안전 거래 사이트에 들어갔다.

—한국은행 083070—09—012 장창수입니다.

'장 씨야……?'

마침 사무실로 들어오는 장 노인이 보였다. 괜히 의심하는 것은 이상할 것 같아 우진은 아무렇지 않은 듯 물었다.

"할아버지, 추우셔서 긴팔 입으셨어요?"

"아니래도. 이거 멀쩡하지 않느냐. 잘 놔뒀다가 해지면 입을 게다. 자, 옛다. 원단 온 거나 확인해 보거라."

우진은 장 노인이 건넨 서류를 받아서 한쪽에 놓았다. 장 노인의 말을 안 믿을 리가 없는 우진은 전해 받은 계좌로 돈을 부쳤다.

—돈 보냈어요.

—넵! 송장 번호 바로 보내 드립니다. 좋은 거래 감사합니다!

우진은 괜히 엄한 데 돈을 쓴 건 아닐까 싶기도 했지만, 옷을 만든 사람이 너무 궁금했다.

　　　　　*　　　　　*　　　　　*

며칠 뒤. 3층에 있던 우진은 세운과 식사를 하는 중이었다.

"나 내일 오후에 일 있어서 나가봐야 돼. 괜찮지?"

"무슨 일 있으세요?"

"내일 그 최 이사 재판이잖아."

"벌써 그렇게 됐구나. 혼자 가서도 괜찮아요?"

"내가 애야? 내가 장가만 갔어도 너만 한 애가 있을 거야."

최 이사 얘기가 나왔지만, 세운은 조금 마음이 가벼워졌는지 전처럼 무거운 얼굴은 아니었다.

"항소도 안 할 거 같고… 지금 완전 의욕을 잃은 사람 같다고 그러더라."

"왜요?"

"왜기는. 저번에 봤잖아, 최 이사 아들. 그 사람도 호정 나와 버렸대. 그거 알고 맛이 갔나 봐. 아주 쌤통이다."

우진도 기억하고 있었다. 최 이사와 다르게 반듯하고 예의 바른 느낌을 주던 사람이었는데 조금은 불쌍한 마음도 들었다.

그때, 벨이 울렸다.

"이 시간에 누구지? 누구세요?"

"택배입니다."

"우진아, 택배 시켰어?"

"아니요? 아! 맞다. 제 건가 봐요."

예상대로 우진의 택배였다. 상자 위에는 매직으로 예쁘게 입으라는 말까지 적혀 있었다.

"뭐 샀어? 대구? 대구면 부모님이 뭐 보내신 건가? 뭘 '예쁘게 입으세요'야?"

"아니에요. 뭐 살 게 있어서요."

우진이 택배 상자를 뜯자 비닐에 든 옷이 보였다. 그리고 우진은 옷이 든 비닐을 천천히 들어 올렸다.

"이거 우리 옷인데? 여기 비닐도 우리가 주문 제작한 거잖아. IJ 로고도 있네."

"그러네요……."

"어라? 바지도 있는데?"

바지 역시 비닐에 담겨 있었다. 우진은 그중 티셔츠가 담긴 비닐을 뜯었다. 그리고 티셔츠를 꺼냈다.

"이거 우진이 네가 만든 거잖아? 이걸 어디서 샀어? 혹시 우리 것도 전부 산 거야? 아니지. 네가 그럴 리가 없지. 뭔데?"

"잠깐만요."

우진은 팔뚝 부분부터 살폈다. IJ 로고인 인피니티 무늬가 자수로 박혀 있었다. 등에 새긴 자수 역시 제대로 새겨져 있었다. 다른 사람의 솜씨가 아니었다.

"내가 만든 거네……."

"그럼 네가 만들지 누가 만들어. 뭔 소리야."

우진은 어떻게 대답하기가 어려웠다. 아마 장 노인의 가족 중 한 사람이 아닐까 하는 생각이 들었다.

"할아버지 손자분 어디 사시는지 아세요?"

"모르지. 아, 영감님하고 같이 살았다고 했으니까 대구에 살지 않을까? 며칠 전에 손주 내려갈 때 서울역까지 마중 간다고 그랬으니까 아마 맞을걸?"

"후……."

아무래도 장 노인의 손자라는 사람인 것 같았다.

그러다 보니 난감했다. 장 노인이 줬을 수도 있고, 아니면 손자라는 사람이 몰래 가져갔을 수도 있었다. 우진은 차라리 장 노인이 준 거였으면 하는 생각이었다.

만약 후자라면 장 노인 성격상 가만있지 않을 수도 있었다.

그리고 만약 성훈처럼 책임지겠다고 한다면…….

벌써부터 머리가 아팠다.

*　　　　*　　　　*

다음 날.

후가 준 곡을 Y튜브에 올리자 방문자 수가 급속도로 떨어졌다. 여전히 많이 들어오긴 했지만, 이 정도는 감당할 수 있었다. 다만 Y튜브의 조회 수가 보고도 믿기 어려울 만큼 엄청난 숫자로 올라가서, I.J 홍보가 엄청나게 되고 있었다.

그럼에도 사무실에 있던 우진은 생각이 많은지 애꿎은 책상만 두드리는 중이었다.

"우진아, 나 법원 다녀온다. 홍 인… 아니, 홍 대리 좀 잘 데리고 있어. 뻘짓 못 하게 하고."

"지금 가세요?"

"2시 재판인데 딱 맞춰서 가면 기자들 잔뜩 있고 그럴 거 같아서, 먼저 가 있으려고. 일도 손에 안 잡히고."

"알았어요. 무슨 일 있으면 전화 주세요."

"무슨 일은. 네가 내 보호자야? 하하, 아무튼 간다."

세운이 문을 열고 나갈 때, 마침 장 노인이 들어왔다.

"벌써 가는 게야?"

"하하, 네."

"그래, 잘하고 오게."

세운이 파이팅 포즈를 취하고선 나갔고, 우진은 장 노인을 물끄러미 봤다.

"왜 사람을 그렇게 보는 게냐? 아주 대표라고 지 할아비 친구한테 인사도 안 하고."

"아! 오셨어요."

"됐다. 농담도 못 알아듣고."

오늘도 긴팔인 장 노인은 오자마자 사무실을 이곳저곳 뒤적였다.

"뭐 찾으세요?"

"음… 임 선생. 혹시 내가 여기에 옷을 놓고 갔던가?"

"옷이요?"

"며칠 전에 받았던 반소매를 집에 놔둔 거 같은데 없어서 말이야. 그래서 혹시 사무실에 놓고 왔나 싶었는데 아닌가 보고만. 어디에 뒀더라. 나이 먹으니까 그런 것도 기억을 못 해요, 참."

예상했던 대로 장 노인은 모르는 일 같았다.

우진은 어떻게 해야 할까 고민하다가 옷을 넣어둔 책상 서랍에 손을 올렸다.

"할아버지, 저번에 놓고 가셔서 제가 잘 챙겨뒀어요. 여기요."

"그래? 이거, 참. 난 진짜 내가 잘 챙겨둔 줄 알았네. 분명 챙긴 거 같았는데."

우진은 옷을 챙기는 장 노인을 보며 씁쓸하게 웃었다. 손자에 대해서 말을 해야 하는지, 아니면 이대로 넘어가야 하는지. 그 어떤 일보다 어렵다고 느껴졌다.

*　　　　*　　　　*

그날 저녁 I.J 식구들은 3층에서 조촐하게 술자리를 가졌다. 매튜가 좋아하는 기사 식당을 가려 했지만, 세운을 취재하러 온 기자들 때문에 상황이 여의치 않았다.

"뭔 코쟁이가 불고기 백반을 그렇게 좋아하는지."

"아직 다른 건 익숙하지 않으셔서 그래요."

모두들 세운을 배려해 별다른 말은 하지 않았다. 오히려 세운이 실없는 말로 분위기를 가볍게 만들었다. 그때, 마침 뉴스에 세운과 관련된 소식이 나왔다.

―오후 2시경 전 호정 모직 이사 최 씨의 첫 재판이 있었습니다.

세운에게 자세한 얘기를 듣지 못했던 사람들은 전부 TV 화면으로 고개를 돌렸다. 화면에는 재판장에 들어서는 최진형의 모습이 나오고 있었다.

―고 아드리아노 씨의 사망에 관련된 혐의와 패션 업체의 디자인 모방으로 부득이한 이득을 취해 호정그룹 전체 이미지를 하락시킨 혐의를 받는 최 씨의 첫 재판에 많은 관심이 쏠렸습니다. 최씨는 모든 범행을 부정하고 있는 상태라 귀추가 주목된 사건이었습니다.

포토라인에 서 있는 최진형은 무죄임을 증명하려는 듯 고개를 빳빳하게 들고 있었다.

―하지만 최 씨의 부정과 달리 재판은 일사천리로 이루어졌습니다. 4시간 동안 이루어진 이번 재판에서 사건을 맡은 서울 지검 측이 준비한 증거물이 그 이유였습니다. KBC가 입수한 자료를 보시죠. 최 씨가 재직 당시인 20년 전, 고 아드리아노 씨를 영입하기 위한 문건입니다.

이미 내용을 알고 있는 우진도 화면에 집중했다. 어떻게 구했는지 최진형이 했던 일이 전부 나열되어 있었고, 잠시 뒤에는 그 문건이 사실임을 증명하는 증인도 나왔다.

—직접적인 위력 행사는 없었다 하더라도 결국 사인에 결정적인 역할을 했음이 인정되었습니다. 일부에선 모든 증거, 증인이 명확함에도 반성하는 기미가 보이지 않아 형량이 추가되었다고 보고 있습니다. 재판부도 비슷한 판결문을 내놓았습니다. '피고인에게는 돈과 사회적 지위를 위해서라면 어떤 수단과 방법도 사용할 수 있다는 심각한 준법정신의 결여가 엿보인다. 대부분의 공소사실을 부인하며 변명으로 일관하고 있고 피해자들에 대한 변상이나 사과도 없었다'라며 징역 11년을 선고했습니다.

"잘됐네요."
"잘되기는. 그냥 그렇지."
우진은 세운의 잔에 술을 따라 주었다.
"그런데 재판이 끝나고 나가면서 최 이사 그 자식이 날 뚫어지게 보더라."
"왜요?"
"입 모양으로 약속 지키라고 뻥긋거리더라고. 자기도 지 아들 호정 나온 거 알 텐데."
"어떻게 보면 무서운 사람이네요……."
"무섭기는 그냥 나쁜 새끼지. 참, 그 아들도 와 있더라. 옆에 최 이사 아내하고. 그 자식은… 참."

"또 사과했어요?"

"어. 재판도 끝났는데 지 엄마랑 같이 와서 사과하더라. 최 이사보다 더 불편해."

세운은 고개를 젓더니 술을 들이켰다.

"폼 보니까 망한 것 같진 않더라. 아무튼 찜찜하긴 해도 발 뻗고 잘 수 있겠다. 다들 나 신경 쓰지 말고 한잔해. 뭐, 잘못되지도 않았는데 왜 그렇게 나만 보고 있어."

세운은 한 잔씩 술을 따라 주더니 잔을 들어 올렸다.

"나 때문에 괜히 고생하는 우리 I.J 식구들 다 같이 한잔하자."

"형님이 무슨… 저 때문에 다들 고생하시죠."

"지금 보니까 아주 문제 있는 놈들만 모아놨고만?"

장 노인의 장난스러운 구박에 우진은 피식 웃고선 같이 잔을 들었다. 그렇게 자리가 조금씩 가벼워지더니 술자리가 오래되었다. 함께 자리하던 매튜는 취기가 오르자 가버렸다. 그럼에도 술자리는 끝날 줄 몰랐고, 술에 취한 세운이 가슴에 담고 있던 말을 꺼내놓았다.

"생각만 하면 분통이 터진 적이 한두 번이 아니다. 자다가도 생각나고 밥 먹다가도 생각나고. 그냥 한국을 떠날까도 했는데, 그랬으면 후회했을 거 같아. 어쩌다 보니 우진이를 만나서 우리 아버지 한도 풀어주고, 내 한도 풀어주고… 이제 우리 아버지도 조금은 마음 편하실 거야. 다들 복받은 줄 알아."

"저도 선생님 만나서 정말 좋아요."

"뭐가 좋다는 거야. 똑바로 말해야지! 일이 좋다는 거야? 아니면 우진이가 좋… 악! 미자 너 지금 나 때렸어?"

이미 잔뜩 취한 성훈과 홍단이도 별반 다르지 않았다. 다들 뭐가 그렇게 일이 많은지 서럽게 울고 있었다. 한쪽에는 큰 소리가 오가고, 한쪽에서는 통곡하고.

술을 즐기지 않는 우진은 식탁에 앉아 그 광경을 구경했다.

그때, 우진과 마찬가지로 술을 입에만 대던 장 노인이 고개를 저으며 우진에게 왔다.

"오늘만 그런 거니 이해하거라."

"저도 알아요. 저번에는 다들 멀쩡하셨잖아요."

"그래. 다들 여러 가지 일이 겹쳐서 그런 게지. 어떻게 다들 저런지, 쯧. 꼭 못난 놈들 모아놓은 것 같고만. 네가 고생이 많아."

"아니에요."

"휴, 나도 이만 자리를 비켜줘야겠고만. 그런데 너 혼자 괜찮겠느냐?"

"어차피 조금 있으면 다 가실 건데요. 신경 쓰지 말고 들어가세요."

"그래, 그럼. 정리 잘 하거라. 참, 갈 때 내놓게 쓰레기 있으면 주거라."

"괜찮아요. 제가 내놓을게요. 그냥 가세요."

우진의 만류에도 장 노인은 혼자 정리해야 할 우진에게 미안했는지 쓰레기들을 담았다. 휴지통까지 비워 빈 봉투를 가득 채운 뒤에야 허리를 폈다.

"남자끼리 사는데도 분리수거도 잘 하는고만? 박스들은 앞에 내놓으면 노인들이 금방 가져가더만 왜 이리 쌓아둔 게야. 이것도 내놓아야겠네."

장 노인은 쓰레기로만 한 짐을 만들더니 뒤도 안 돌아보고 현관문을 나섰다.

우진은 한숨을 쉬고선 사람들을 바라봤다.

처음에 숍을 할 당시만 하더라도 이렇게까지 사람들이 늘어날 줄은 생각도 못 했는데, 한 사람씩 모이다 보니 어느새 다섯 명이나 되었다. 앞으로 또 어떤 사람이 모이고 함께하게 될지는 아직 모르지만, 누가 오더라도 지금 이 분위기가 바뀌지 않았으면 하는 바람이었다.

그때 다시 현관문이 열렸고, 장 노인이 들어왔다.

"뭐 놓고 가셨어요?"

장 노인은 아무런 말없이 우진을 보고만 있었다. 우진은 장 노인이 굳은 얼굴로 왜 자신을 보는지 몰랐기에 머리를 긁적이다가 손에 들린 박스를 발견했다. 그러자 장 노인이 걸어오더니 식탁 위에 박스를 내려놓았다.

"이게 뭐냐."

"아……."

어젯밤 받은 택배 상자였다. 우진은 이 상황을 어떻게 설명해야 하는지 난감했다.

"이 주소로 보아 장창수가 내 손자 놈인 건 맞는 거 같은데. 내 손자 놈이 우진이 너한테 뭘 보낸 게냐? 예쁘게 입으세요? 뭘 입으란 게냐."

"아무것도 아닌데……."

"그놈이 무슨 짓거리를 한 게냐고! 어서 말하거라."

장 노인답지 않게 갑자기 큰 소리를 냈다. 그 소리에 술을 마시던 사람들도 우진과 장 노인을 바라봤다.

그러자 장 노인이 우진의 소매를 잡고선 밖으로 끌고 나와 가게로 내려갔다. 응접실에 자리한 장 노인은 우진을 보며 물었다.

"말하거라. 이게 뭔지. 아니다, 내가 직접 전화해서 물어보지."

"아… 그게……."

우진은 한참을 머뭇거리다가 결국 입을 열었다. 그리고 얘기를 듣던 장 노인은 인상을 찌푸리더니 이내 눈을 감아버렸다.

"진작 말하지 그랬느냐."

"확실치도 않고요. 별일 아니에요."

"별일 아니긴! 엄연히 도둑질이거늘. 도둑놈을 키웠어, 도둑놈을. 빌어먹을 부모란 놈들이 그렇게 자식새끼를 싸고도니까 애새끼가 그 모양으로 큰 게야. 참, 잘했다 잘했어."

장 노인은 눈을 감은 채 한참을 말이 없었다. 그러고는 갑자기 눈을 뜨고선 한숨을 뱉었다.

"내가 책임질 테니까 그리 알거라."

"책임이요……?"

최근 들어 가장 듣기 싫은 말을 또 듣게 된 우진은 이럴 줄 알았다며 한숨을 뱉었다.

"무슨 책임을 지시겠다고 그러세요? 정말 괜찮아요! 지금 할아버지가 그만두시면 저희 숍 큰일 나요."

"누가 그만둔다고 했느냐? 그런 걱정은 접어두고. 이거 얼마 주고 산 게냐."

"그건 왜 물으세요?"

"사기꾼한테 당했으니까 돌려받아야지. 기다리거라. 곧 돌려주마."

"괜찮다니까요. 할아버지한테 어떻게 받아요."

"내가 왜 주느냐? 사기꾼 놈이 줘야지. 웃긴 놈일세."

장 노인은 고개를 절레절레 젓더니 자리에서 일어났다. 그러고는 따라 일어서는 우진을 보며 입을 열었다.

"저기 위에는 내가 나중에 말하마. 부끄러운 일을 먼저 꺼내기도 그렇고."

"걱정 마세요."

"그래. 그럼 가마."

가게를 나가려던 장 노인은 멈칫하더니 고개만 살짝 돌린 뒤 입을 열었다.

"괜한 신경 쓰게 만들어서 미안하네."

그러고는 가게를 나섰다.

뒤따라 나간 우진은 택배 박스를 들고 사라지는 장 노인의 뒷모습을 물끄러미 봤다. 작긴 해도 항상 당당하게 허리를 곧게 펴고 다니던 분이 지금은 굽어 보이는 듯했다.

장 노인이 사라질 때까지 지켜보던 우진은 크게 한숨을 뱉었다.

*   *   *

다음 날.

우진은 Y튜브 영향력을 몸으로 느끼는 중이었다. Y튜브에 올리면 홈페이지가 조금 한산해질 것이란 예상과 달리, 이제는 전 세계 사람들이 노래를 듣고 영상을 본 뒤 I.J 홈페이지를 찾았 다.

예전에도 가끔 외국에서 방문하긴 했지만, 이 정도까지는 아 니었다. 전혀 알아들을 수 없는 언어로 된 글이 쉴 새 없이 올라 왔다. 욕을 하고 있는지 좋다고 하는지 알아볼 수는 없지만 엄 청난 홍보가 되고 있는 것은 확실했다.

하지만 이래선 다른 업무를 볼 수가 없었다.

"매튜 씨, 우리 홈페이지 관리를 따로 맡길 순 없어요? 아니면 전문 관리 직원이라도. 유 실장님도 그렇고, 매튜 씨도 그렇고, 계속 거기에만 붙어 계시잖아요. 이제 저희 대금도 받으면 자금 여유도 좀 생길 거 같은데… 그게 낫지 않을까요?"

"한번 알아보겠습니다."

우진이 고개를 끄덕일 때, 세운이 배를 쓰다듬으며 사무실로 들어왔다.

"아, 속 쓰려 죽겠다."

"식사하고 오시지."

"이따 같이 먹어야지. 그런데 여긴 아침부터 왜 이렇게 바빠."

세운은 매튜의 뒤에서 기웃거리더니 혀를 내밀었다.

"완전 글로벌하게 자리 잡겠는데? 그런데 우진아, 영감님 어디 갔어? 내피용 원단 좀 구입하려는데 안 보이네."

"할아버지는 어디 들렀다 오신다고 그러셨어요."

"그래? 어쩐 일이래. 누구보다 빨리 출근하던 분이. 알았어. 그 럼 이따 밥 먹을 때 올게."

세운은 손을 흔들며 사무실을 나섰다. 그때, 우진의 휴대폰이 울렸다.

처음 보는 전화번호였다.

"네. IJ 디자이너 임우진입니다."

ㅡ이봐요! 우리 아들 신고하신 거 맞습니까?

"네?"

ㅡ우리 아들 경찰에 신고했냐고요!

잘못 걸려온 전화인가 생각하던 우진의 머리에, 문득 장 노인이 떠올랐다.

* * *

오후가 되어서야 장 노인이 돌아왔다. 아침부터 기다리고 있었던 우진은 장 노인이 앉기도 전에 그를 끌고 계단으로 향했다.

"왜 그러는 게야."

"할아버지 손자분 말이에요. 혹시 경찰에 신고하셨어요?"

우진은 혹시 누가 듣기라도 할까 봐 주변을 살핀 뒤 조심스럽게 말했고, 장 노인은 흠칫 놀라더니 다시 안정을 찾은 얼굴로 말했다.

"네 번호는 어떻게 알고서… 참 나."

"저하고 거래했으니까 당연히 알죠. 정말 신고하신 거예요?"

"그럼. 도둑질했으면 벌을 받아야지."

"할아버지!"

"왜, 이놈아! 왜 소리를 질러. 당연한 일을 가지고. 어디 남의 물건에 손을 대. 내가 알아서 할 테니까 신경 끄거라."

설마 가족을, 그것도 손자를 경찰에 신고하리라고는 꿈에도 상상 못 했다. 그만둔다고 하는 것만큼 골치가 아파왔다.

"걱정하지 말래도. 지 부모가 오냐오냐 키워놔서 똥인지 된장인지 구분을 못 하는 놈이니라. 그래도 마음만은 착한 줄 알았더니 남의 물건에 손을 대? 계속 그렇게 지내면 사람 구실도 못할 게 뻔하다."

"그래도요. 어떻게 손자를 그래요."

"다 지 놈을 위해서 그러는 거니 걱정 말거라."

우진은 그래도 설마 손자를 범죄자로 만들 생각은 아니실 거라고 생각했다. 하지만 상당히 화가 난 장 노인의 얼굴을 보니 왠지 그럴 수도 있을 것 같았다.

그때, 열려 있는 문을 통해 지나가는 사람이 보였다.

"저, 저 녀석들이! 여기가 어디라고!"

갑자기 장 노인이 급하게 계단을 내려갔고, 우진도 불안함에 따라나섰다.

"이놈아! 여기가 어디라고 찾아온 게야!"

"아버지?"

"아버님!"

장 노인의 아들하고 며느리였다. 아들 내외는 장 노인을 보자마자 성큼성큼 걸어왔다. 발걸음에서 화가 났다는 게 느껴졌다. 우진은 이러다가 가족 관계가 돌이킬 수 없을 때까지 갈 것 같았다.

"아버지가 창수를 신고하셨어요?"

"그래, 내가 했다."

"아버지! 너무하시잖아요! 창수, 아버지 손자예요. 어떻게 손자를 고소하실 수가 있어요!"

"손자면 도둑질해도 된다는 게냐? 네가 그렇게 가르친 게냐? 할아비 찾아가서 도둑질하라고 네가 시킨 게냐!"

감정이 격하다 보니 목소리가 커졌다. 누가 봐서 좋을 게 없다는 판단에 우진은 급하게 나섰다.

"안녕하세요. 임우진입니다. 일단 올라가서 얘기하세요."

"쯧쯧, 할 말 있으면 올라오거라."

장 노인은 아들 내외를 못마땅하게 훑어본 뒤 먼저 계단을 올라갔다. 우진이 두 사람을 3층으로 안내했다. 자리를 만들어준 우진은 남의 가족사에 참견하기도 그래서 내려가려 했다.

"어딜 가느냐. 여기 있거라."

우진은 극구 사양했지만, 장 노인의 고집대로 자리에 함께했다.

"아버지, 아무리 창수가 잘못했다고 해도 저희한테 먼저 말씀하시면 제가 따끔하게 혼냈을 겁니다."

"네가? 참도 그랬겠고만? 내가 기억하기로는 서울 올라오기 전에도 슈퍼 도둑질하다가 걸린 걸로 아는데. 내가 치매가 와서 잘못 기억하는 게냐?"

"아버지!"

난감한 우진은 애꿎은 바닥만 긁어댔다. 예상했던 대로 분위기는 점점 사나워졌다.

"창수 내년이면 고3이에요. 신경 쓸 것도 많은데 아버지까지 이러서야 돼요? 도와주시지는 못할망정 고소가 뭐예요! 고소가! 학교에서 소문이라도 나면 어떻게 지내라고요."

"어차피 공부하고는 담 쌓은 녀석인데 고3은 무슨. 그리고 그걸 걱정하는 놈이 자식을 그렇게 키워?"

"아버지가 그렇게 말씀하실 자격 있으세요?"

"거기서 내가 왜 나오는 게냐? 내가 창수를 키운 게냐?"

"저는 적어도 아버지처럼 가족 일 내팽개치고 그러진 않습니다."

"이, 이놈이. 내가 그때 그 고생들을 안 했으면 네가 지금 먹고 자고, 지금 이렇게 잘 지내고 있을 거 같으냐?"

"압니다! 안다고요! 그래도 저 졸업할 때나 입학할 때, 심지어는 입원했을 때 오신 적 있으세요? 바쁘시더라도 따뜻한 말 한마디라도 해줄 수 있는 거 아닙니까? 그래서 전 창수가 저처럼 외로움을 느끼지 않게 해주려고 그런 겁니다!"

장 노인은 아들을 물끄러미 보더니 인상을 찌푸렸다.

"틀려먹었어. 네놈이랑 말이 통하질 않는구나. 지금 네 나이가 몇인데 그런 옛이야기를 하는 게야?"

말이 심하다고 생각했는지 며느리가 남편의 팔을 잡아당겼다.

"아버님, 창수 좀 한 번만 봐주세요. 네? 저희가 다시는 그런 일이 없도록 잘 타이를게요."

"너한테는 미안하지만 이번만은 내가 알아서 하마. 안 돼."

"아버님! 제발요. 예전에 아버님이 창수 똑똑한 게 아버님 닮은 거 같다고 그러셨잖아요. 아직 애가 방황하는 거라고 생각하시고, 정말 잘 타이를게요… 나중에 이 문제로 하고 싶은 일을 못 하게 되면 어떡해요. 아버님, 제발 부탁드려요."

"그놈이 퍽도 하고 싶은 일이 있겠고만?"

아들이라는 사람은 얼굴을 찡그린 채 고개를 돌려 버렸고, 며느리는 무릎을 꿇었다. 그러고는 핸드백에서 급하게 봉투를 꺼냈다.

"옷값은 그대로 가져왔어요. 그리고 이건 아버님 용돈 하시라고 준비한 거고요."

"됐다. 용돈은 무슨."

"다시는 절대 그런 일 없을 거예요. 약속드려요. 만약에 그런 일이 또 발생하면 그때는 제가 직접 창수를 데리고 경찰서로 갈게요."

그럼에도 장 노인은 얼굴을 쉽게 풀리지 않았다. 다만 아들과 며느리를 대할 때는 완전 극과 극이었다. 며느리를 대할 때만은 큰 소리를 내지도 않고 조심스럽다는 게 느껴졌다.

"너희들은 이 일이 얼마나 큰 문제인지 모르는 게야? 슈퍼에서 고작 빵이나 라면 훔치는 거랑 다른 게 감이 안 오지? 여기가 I.J라는 건 알고 온 게냐?"

"그럼요. 저희도 얼마나 놀랐다고요. 아버님이 I.J에 계시다고 그래서."

"그래. 지금 전 세계에서 주목받고 있는 곳이 여길 게다. 그런데 갖고 싶어도 가질 수 없는 옷을, 그것도 일개 고등학생이 팔았다는 게 소문이 나면 어떨 거 같으냐. 중근이 넌 알고 있을 거 아니냐. 네놈이 어렸을 때, 깔창을 가져다 팔았을 때 어땠느냐."

우진은 티는 내지 않았지만, I.J 얘기에 귀를 기울이며 장 노인

아들을 힐끔 살폈다. 장 노인의 아들은 그때가 기억났는지 몸을 움찔거렸다.

"내가 연구하던 마이크로캡슐을 상용화하려고 만든 깔창을 네가 시장에 가져다 팔았을 때 깍두기들한테 시달린 것을 벌써 잊어버린 게냐? 지금이 그때하고 다른 시대지만, 그래서 더 무서운 게야."

"아……."

"다행히 운 좋게 우리 임 선생이 발견해서 망정이지. 창수 그 자식이 업자들이나 다른 기업들한테 걸렸으면 어떡할 뻔했냐? 그걸 빌미로 협박받는 건 둘째 치고, 또 도둑질을 안 한다는 보장은 있는 게냐?"

장 노인의 아들은 꿀꺽 침을 삼켰다.

장 노인이 섬유개발원 재직 당시 향기 나는 원단을 연구한 적이 있었다. 한국에서 상변 이물질 마이크로캡슐에 처음 관심을 가지고 연구할 당시 겪었던 일이었다. 당시 상용화가 되지 않아 여름에는 냉감 효과, 겨울에는 온감 효과를 내는 원단 자체가 신기한 물건이었다.

그것을 장 노인이 처음 시범 케이스로 적용한 곳이 깔창이었다. 장 노인의 아들은 그런 깔창을 별생각 없이 시장에 가져다 팔았고, 그 반응은 아주 뜨거웠다.

돈 냄새를 맡은 상인들은 물론이고 대구에 그 많던 원단 공장들이 다들 관심을 가졌다. 그러다 보니 그때 당시만 하더라도 시장을 관리하던 조직폭력배가 빠질 수 없었다. 하지만 연구용으로 제작한 것이기에 수량이 없어 팔고 싶어도 팔 수가 없었다.

게다가 그 당시는 법보다 주먹이 가까운 시대였기에 돈 냄새를 맡은 조폭들이 하루 종일 집에 서 있는 건 물론이고, 학교까지 찾아올 때도 있었다. 당연히 타깃은 별 볼 일 없는 자신에서 아버지에게 넘어갔다. 생각해 보니 그때 일 때문에 탈장이 일어나서 입원까지 했다.

다행히 운 좋게, 그때 당시 대통령이 대통령령으로 범죄와의 전쟁을 선포했다. 그러다 보니 그동안 적당히 무마되었던 조직폭력배들을 모두 검거했고, 그 여파가 대구에까지 내려왔다. 그때 처음으로 대통령에게 감사했던 기억까지 떠올랐다.

장 노인은 그 당시를 떠올리는 아들을 보며 못마땅한지 혀를 차며 입을 열었다.

"멍청한 놈. 그리고 너는 대상이 잘못됐어. 내가 아니라 여기 임 선생한테 사과하고 용서를 구해야지, 그냥 바로 앞만 보고서. 쯧쯧. 애비나 아들이나 똥인지 된장인지 구분을 못 하는 게 어떻게 저렇게 똑같을꼬."

"아니에요. 전 괜찮아요."

우진은 갑자기 자신을 끌어들이는 말에 손사래를 쳤다. 그럼에도 장 노인 아들 내외는 벌써 우진의 손을 잡으려 하고 있다.

"정말 죄송해요. 저희 아들 좀 살려주세요."

"아… 네. 괜찮은데……."

"선생님, 부탁드립니다. 정말 한 번만 용서해 주시면 다시는 그런 일 없도록 할게요."

상당히 난감해하던 우진은 아들 부부와 마찬가지로 무릎 꿇은 자세로 바꾸고는 그저 고개만 끄덕였다. 이제 그만 용서 좀 해줬으면 좋겠다는 바람이었다.

"그런데 정작 죄지은 놈은 어디 가고 너희들만 온 게야."

"아직 학교에… 학교 끝나고 경찰서로 오라고 그러더라고요."

"쯧쯧. 그럼 경찰서 갔다가 그 도둑놈 데리고 다시 찾아오거라."

"아버님… 애보고 계속 도둑이라고……."

"시끄럽고, 그놈이 하는 얘기를 듣고 생각해 보지. 이만 가보거라. 남 일하는 데까지 찾아와서는. 에잉, 쯧쯧."

장 노인 말을 들은 아들은 또다시 2차전에 돌입할 것 같은 분위기였다. 우진은 급하게 나섰다.

"할아버지가 많이 속상하셔서 그러시는 거니까, 손자분이 직접 오시는 게 어떨까요?"

"네… 그래야죠. 그렇게 하겠습니다. 그 전에 고소 취하부터……."

"안 된다고 그랬을 텐데? 임 선생, 안 되니까 그리 알게."

장 노인의 단호한 말에 아들 부부의 얼굴이 굳어졌다. 하지만 방법이 없다고 생각했는지 이내 수긍하고 자리에서 일어섰다.

"그럼 내일 오후에 다시 찾아뵈도 될까요?"

"네. 전 여기 사니까 아무 때나 오셔도 괜찮아요."

"네, 정말 죄송합니다. 그럼 내일 뵙겠습니다."

아들은 뒤도 돌아보지 않고 나갔고, 그나마 며느리만 장 노인에게 인사를 하고선 나갔다.

　　　　　*　　　　　*　　　　　*

　사무실로 내려온 우진은 장 노인을 물끄러미 봤다. 아들 내외에게 모질게 했던 말과는 다르게 신경이 쓰이는지 종종 멍한 얼굴로 있다가 얼굴을 찌푸리는 행동을 반복했다.

　'저러실 거면서. 적당히 좀 하시지.'

　분명 잘못은 손자가 한 게 맞았고, 언뜻 듣기에는 이유가 있는 것 같았지만 알 수 없었다.

　물론 장 노인 손자가 잘못했다. 하지만 너무 모질게 하는 건 아닐까 싶었다. 가뜩이나 자신의 일을 도와주느라 가족과 떨어져 서울로 올라왔는데, 멀쩡한 가족에게 불화를 일으키지 않았나 싶어 미안한 마음도 들었다.

　그래도 내일 온다고 했으니 사과하고 받아주면 잘 마무리될 거라고 위안을 삼았다. 그래도 아들과의 관계는 이미 틀어진 것 같았지만.

　우진이 작은 도움이라도 될 만한 게 없을까 싶어 고민할 때, 매튜가 앞으로 다가왔다.

　"한번 보시고 결재해 주시죠."

　"결재요?"

　받아 든 서류를 펼친 우진은 천천히 읽어 내려갔다. 다름 아닌 며칠 전에 매튜가 말한 구인 광고에 관한 것이었다. 이미 완벽하게 작성된 서류이기에 더 볼 필요도 없었다.

　"시간이 조금 빠듯하지만, 한국 명절이 이 주 뒤라 그 전까지는 정상화시키는 게 좋다는 판단입니다."

"아, 벌써 추석이구나."

우진은 장 노인이 달아놓은 달력을 쳐다봤다. 미국에서 돌아와 처음으로 지내는 명절이었다.

고개를 끄덕이다 말고 달력 밑에 자리한 장 노인이 보였다.

'추석에 가족하고 지내지 못하시겠네……'

우진이 장 노인을 멍하니 보자 매튜도 우진을 따라 장 노인을 보더니 고개를 갸웃거렸다.

"선생님? 무슨 일 있으십니까?"

"아니에요."

우진은 서류에 사인을 하려던 손을 멈추고 매튜를 봤다.

"매튜 씨는 가족이 어떻게 되세요?"

"혼자입니다."

"부모님은요?"

"따로 살고 있습니다."

우진은 고개를 끄덕거렸다. 생각해 보니 현재 가족이 없는 사람은 세운뿐이었다.

"선생님?"

"아, 네. 이 구인 광고는 추석 지나고 면접 보는 거로 해요."

매튜는 이유를 모르겠다는 얼굴로 우진을 봤고, 우진은 의자에서 일어나며 입을 열었다.

"그 전에 만들 게 있어서요. 추수감사절이 언제죠? 11월이던가."

"맞습니다."

"그럼 매튜 씨 가족분들 옷은 그때 만드는 걸로 해요."

우진은 활짝 웃더니 벽에 달아 놓은 달력을 떼고 큰 목소리로 말했다.

"응접실에서 잠깐 얘기 좀 해요. 제가 2층에 다녀올 테니 유 실장님은 삼촌도 좀 모셔와 주세요."

"네!"

우진은 장 노인을 힐끔 본 뒤 미소 지은 채 응접실로 향했다.

제6장

대구로 I

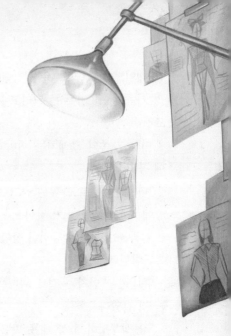

　응접실에 전부 모인 직원들은 서로를 보며 고개를 갸웃거렸다. 이미 얘기를 전해 들은 세운만이 그런 사람들을 보며 실실 웃었다.

　"나야 뭐. 그동안 나 때문에 고생한 것도 있고. 가족도 없고 그러니까 나중에 맞추기로 했어."

　"그래도 어떻게 저희만 그러나요. 형님만 빼고."

　"한 실장 말이 맞고만. 그런 거 하지 말거라."

　우진은 장 노인의 반응을 예상했기에 들은 척도 하지 않고 가져온 달력에 동그라미를 쳤다.

　"직원 혜택이에요. 직원 복지? 그러니까 따라 주세요."

　"허허……."

　"제가 대표잖아요. 장 상무님 가족은 내일이고요. 한 실장님은 내일모레. 그리고 유 실장님은 그다음 날. 마지막으로 홍 대리 가족이 될 거예요. 그리고 가봉은 딱 일주일 뒤! 다들 아셨죠?"

미자 가족의 스케치는 이미 있지만, 정확한 치수가 필요했기에 불러야 했다.

"다 같이 부르고 싶은데 그럼 너무 오래 걸리니까, 시간상 나중에 하는 게 좋을 거 같아요."

직책을 호칭하며 공적인 상황임을 강조하자 다들 곤란해했다. 홍단아만 빼고.

휴대폰을 만지는 걸로 봐서는 벌써 가족에게 메시지를 보내는 것 같았다.

"장 상무님이 항상 대표 말을 잘 들으라고 하셨으니까 다 아셨죠? 그럼 그렇게들 아시고! 각자 가족분들에게 연락해서 일정 말씀해 주세요! 시간은 언제라도 괜찮아요. 밤에도 괜찮으니까 날짜만 맞춰주세요. 아셨죠?"

"그래……."

"선생님, 감사해요. 미숙이가 좋아할 거예요."

다들 고마움을 표현하는 것과 달리 장 노인만 이러지도 저러지도 못한 채 콧김만 내뱉었다.

*   *   *

다음 날.

장 노인의 아들 내외와 손자라는 사람이 찾아왔다. 말만 들었을 때는 상당히 문제아일 것으로 생각하고 불량해 보일 줄 알았는데, 막상 대면하고 나니 정말 훔친 건가 하는 생각이 들 정도로 얌전해 보였다.

상당히 작은 키에 마른 몸이 더해져 더 작아 보였다. 정말 고등학생이 맞는지 의심이 갈 정도로 어려 보였다. 거기에 움츠리고 있어서 더욱 작아 보였다.

의기소침해 보이는 이 사람이 과연 장 노인 손자가 맞는지 의심이 갈 정도였다. 부모가 왜 과잉보호를 하는지 조금은 이해할 수 있었다.

그렇다고 해도 분명 메시지를 주고받았을 때는 말도 잘했는데, 지금 손자는 완전 다른 사람 같았다.

"할아버지… 잘못했어요."

장 노인은 마주 보지도 않고 아예 고개를 돌린 채였고, 아들 부부는 그런 장 노인에게 원망스러운 눈빛을 보냈다.

우진은 혹시라도 고성이 오갈까 봐 빠르게 끼어들었다. 아직 I.J 식구들은 어제 우진이 얘기한 치수 때문에 가족이 온 줄만 알고 있었다.

"알겠어요. 너무 걱정하지 마세요. 할아버지가 다 알아보고 고소하셨더라고요. 고소 취하 가능하다고 해요."

"죄송해요… 그리고 감사합니다."

"선생님, 감사해요. 저희 창수가 다시는 안 그럴 겁니다."

우진은 미소를 지으며 고개를 끄덕였다. 그러고는 장 노인의 무릎을 톡 건드렸다.

"장 상무님도 한 말씀 하세요."

"어제부터 자꾸 왜 그러느냐. 상무는 무슨."

장 노인은 우진을 보며 코를 씰룩거리더니 고개를 돌려 손자를 봤다. 그러고는 냅다 손자의 머리통을 내려쳤다.

"아버님!"

"아버지!"

"너희는 시끄럽고! 장창수!"

"네……?"

"어디서 그런 못된 걸 배워서 이 할아비까지 부끄럽게 하는 게야!"

"잘못했어요……."

"돈이 필요하면 네 부모한테 말을 하지 감히 할아비 물건에까지 손을 대? 마지막으로 한 번만 용서해 주마. 하지만 만약에 이 할아비 귀에 도둑질했다거나 나쁜 일을 했다는 얘기가 다시 한 번 들리면, 그때는 내가 네놈 멱살을 붙잡고 경찰서에 가서 콩밥 먹일 테니 그리 알거라. 알겠느냐?"

손자는 고개를 숙인 채로 고개를 끄덕였고, 장 노인은 그걸로 또 혼을 내려 했다. 잘못을 꾸짖는 일이기에 우진이 더 이상 끼어들 순 없었다. 그래도 조금은 풀린 것 같은 장 노인의 모습에 우진은 안도의 한숨을 내쉬고는 렌즈도 빼고 올 겸 잠시 화장실로 향했다.

렌즈를 빼고 돌아왔는데 아직까지 훈계가 끝나질 않고 있었다.

"장 상무님. 저한테도 시간 좀 주세요."

"알았으니까 상무라고 그만하거라!"

장 노인은 일어나서 손자를 한번 내려다보고선 밖으로 나가려 했다.

"아버님, 어디 가시는지……."

"알아서 뭐 하게? 나 신경 쓰지 말고 우리 임 선생 말이나 잘 들어!"

장 노인이 나가자 우진은 미리 준비해 놓은 스케치북을 펼치며 입을 열었다.

"일단 어머님이 가장 오래 걸릴 거 같으니까 어머님 먼저 스케치할게요."

"…네?"

"편하게 앉으세요."

장 노인 며느리는 남편과 아들을 쳐다보고는 이내 우진의 말에 따라 편안한 자세를 취했다. 우진은 고개를 한 번 끄덕거린 뒤 스케치를 시작했다.

"어머… 어머……."

스케치가 점점 완성될수록 감탄사가 더 커졌다. 상하의가 나뉜 그레이 투피스 치마 정장 스타일이었다. 고상해 보이는 인상과 어울리게 블라우스의 목 부분에는 주름으로 크라바트 형식, 프릴이라고 불리는 형태를 달았다. 원단에 주름을 풍성하게 주어 중세시대 귀족 같은 느낌을 주었다.

우진은 완성된 스케치를 살펴본 뒤 직접 볼 수 있도록 돌려주었다. 그러자 장 노인 며느리는 스케치가 무척이나 마음에 드는 얼굴임에도 약간은 부끄러워했다.

"마음에 드세요?"

"네. 그런데 이걸 왜……."

"아, 별건 아니고요. 할아버지가 너무 고생하셔서 가족들에게 드리는 감사 선물이에요."

며느리는 남편을 한 번 보더니 장 노인이 나간 문을 봤다.

"저희가 이걸 받아도 되는지……."

"당연하죠. 그런데 시간 좀 있으세요? 옷에 대해 얘기를 좀 하고 만들어야 하거든요."

"네. 만들어주시는 것만 해도 감사한데 당연히 시간 있죠."

우진은 씨익 웃은 뒤 나머지 가족들의 스케치부터 그렸다. 장노인의 아들은 흔한 정장 스타일이었고, 말썽쟁이 손자의 옷은 상당히 특이했다.

'야구 선수야, 뭐야. 야구팬인가?'

*   *   *

다음 날.

오랜만에 I.J 식구들은 전부 바쁘게 움직였다. 비록 돈 되는 일은 아니었지만, 자신들 가족 옷을 만든다는 생각으로 열심히 작업 중이었다.

그때, 조금 전에 나간 가족들을 배웅하고 들어온 성훈이 사무실로 들어왔다.

"우진아!"

"벌써 오셨어요?"

"그래, 하하. 정말 고맙다. 우리 장미가 아빠 사랑한다고 그러더라. 하하, 그런 말을 얼마 만에 듣는지. 정말 고마워."

"아니에요."

성훈은 딸을 생각하며 입이 귀에 걸릴 정도로 밝은 모습으로 작업실로 향했다. 그 모습을 보고 웃던 우진은 스케치를 따로 잘 정리해 두었다.

장 노인 때문에 시작한 일이기는 하나 생각보다 많은 도움이 되었다.

며느리의 블라우스만 하더라도 프릴이 달린 이유를 알아냈다. 미자보다 작은 가슴. 거의 없다고 볼 정도로 볼륨이 없었다. 풍성한 프릴이 그걸 커버해 주었다.

우진은 가봉까지 시간이 얼마 없어 급하게 사무실을 나섰다.

"고생이 많고만."

"고생은요."

"블라우스부터 만들 게냐?"

사무실로 들어오려다 만난 장 노인은 우진의 손에 들린 스케치북을 보며 고개를 끄덕였다.

"자, 옛다. 가격 좀 나가는 원단이니라."

장 노인은 우진에게 부탁받은 원단 영수증을 보여주었다.

"폴리우레탄, 폴리염화비닐, 폴리에틸렌테레프탈레이트, 나일론 혼합물에 편백나무 분말까지 혼합해서 피톤치드까지 나오는 원단이니라. 가격은 비싸도 제값은 할 게다."

상당히 비싼 원단이어서인지 장 노인은 평소와 다르게 원단에 대한 설명까지 늘어놓았다.

"가격은 괜찮다니까요. 그만 신경 쓰세요."

"그래, 그럼 고생 좀 하겠지만, 잘 부탁하마."

"고생은요. 가족분들이 모두 디자인 좋아하시더라고요."

"좋아할 게다. 특히 며느리가. 우울증을 심하게 앓았거든."

"왜요?"

"유방암 수술하고 다행히 지금은 나았지만, 가슴을 아예 도려 내 버렸으니 당연한 게지. 그런데 부모가 그런 줄도 모르고 손자 놈이… 휴, 생각만 해도 열받는고만. 그래도 야구복을 보면 실실 웃으면서 아주 좋아할 게다."

며느리의 가슴이 선천적으로 작은 줄 알았는데, 다른 이유가 있었다. 그제야 왜 며느리를 대할 땐 조심스러웠는지 알게 된 우진은 장 노인을 보며 고개를 저었다.

'그렇게 걱정되면 손자 고소나 좀 빠르게 풀어주지.'

"뭘 그런 눈빛으로 쳐다보는 게야?"

"아, 아니에요."

우진은 의심스럽게 쳐다보는 장 노인을 피해 작업실로 향했 다.

*   *   *

며칠 뒤 주말.

다른 가족들은 전부 가봉까지 마치고 완성까지 했는데 대구 에 사는 장 노인의 가족만 아직 가봉조차 하지 못했다. 당사자 가 와야 하는데 시간이 맞질 않았다.

"미안하게 됐어. 며느리가 몸에 무리가 간 모양이니라."

"아니에요. 어차피 저도 집에 내려가려고 했으니까 가서 하면 되죠."

추석 연휴가 주말부터 시작되기에 I.J에서도 처음으로 갖는 장기 연휴였다. 우진도 당연히 부모님이 계신 대구로 갈 예정이었다. 그리고 가는 김에 장 노인 집에 들를 참이었다.

"그런데 진짜 안 가세요?"

"가서 뭐 하라고. 노인네가 가면 신경이나 쓰이지. 그냥 푹 쉬게 내버려 두는 게 낫다."

"그래도 추석인데."

"됐다, 여기가 더 마음 편하다. 마 실장도 있고, 매튜도 있고. 셋이 지내면 되니까 난 신경 쓰지 말거라. 그런데 정말 혼자 갈 수 있겠느냐? 알아보는 사람도 많을 게고 짐도 많을 텐데."

우진도 걱정되는 부분이었지만, 그렇다고 집까지 데려다달라고 하는 게 더 미안했다. 임시방편으로 연예인처럼 분장을 하긴 했다.

"모자도 쓰고 안경도 썼잖아요."

"휴, 명색이 디자이너란 사람이… 쯧쯧, 알아서 하거라. 무슨 일 생기면 바로 전화 주고."

"알겠어요."

우진은 옆을 봤다. 앞에서 가만히 대화를 듣던 성훈과 미자, 홍단아의 시선은 각자 이름이 달린 옷 커버에 꽂혀 있었다.

"하하, 왜 그렇게 보고만 계세요. 퇴근인데 다들 잘 챙겨 가세요."

"그럴까? 하하… 우리 장미가 언제 오냐고 아까부터 난리도 아니더라고. 이 옷 입고 친구들 만나기로 했다나 뭐라나."

"선생님도 명절 잘 보내세요. 엄마하고 미숙이가 고맙다고 꼭 전해주래요. 그리고 서울에 일찍 오시면 식사하러 오시래요."

각자 고마워하면서 행거에 걸린 가족들 옷을 조심히 꺼내 들었다. 짐들이 많았기에 성훈이 가는 김에 트럭으로 데려다주기로 했다. 한꺼번에 세 사람이 빠져나갔다.

"택시 불렀으니 너도 슬슬 준비하거라. 기차 시간 늦겠다."

＊　　　＊　　　＊

대구에 도착해 택시에 올라탄 우진은 하도 고개를 숙이고 다녀서 목이 뻐근했다. 덕분에 알아보는 사람은 없었지만, 우진은 목을 주무르며 택시기사에게 주소를 불러주었다.

생각보다 가까웠다. 택시에서 내린 우진은 짐을 한 보따리 들고 골목 한가운데에 서서 주변 집들을 살폈다. 골목의 집들 전부가 TV에서만 보던 정원이 딸린 주택들이었다.

"할아버지… 엄청 부자였네."

예전 세운이 건물주인 걸 알았을 때 느꼈던 감정과 비슷했다. 우진은 집들을 한번 훑어보고선 장 노인에게 받은 주소의 벨을 눌렀다.

지이이이잉.

벨 소리마저 개그맨들이 가끔 성대모사를 하는 전형적인 부잣집 벨소리였다. 그러다 보니 우진은 약간 괘씸했다. 이런 부잣집에 살면서 도둑질을 하다니.

장 노인의 분노가 조금은 이해되었다.

─누구세요?

"안녕하세요. I.J 디자이너 임우진입니다."

─아, 네. 잠시만요.

우진은 문이 열리자 나무와 잔디가 깔린 정원을 한번 훑어보고선 돌계단을 따라 올라갔다. 그리고 잠시 뒤, 안에서 저번에 봤던 손자가 나왔다.

"들어오세요."

어쩜 저렇게 매가리가 없어 보이는지, 어깨 좀 펴라는 말을 하고 싶을 정도였다. 우진은 아마 예전에 자신도 저렇게 보여 다른 사람들이 어깨 좀 펴라고 한 게 아닐까 하는 생각을 하며, 걸음을 옮겼다.

집 내부는 밖에서보다 더 굉장해 보였다. 손자는 우진을 거실 소파로 안내하더니 곧바로 안방 문을 열었다.

"엄마, 할아버지 숍 선생님 오셨어."

그리고 잠시 뒤 장 노인 며느리가 나왔다. 창백한 얼굴에 입술까지 갈라져, 저번에 봤던 사람하고 같은 사람이 맞는지 의심이 갈 정도였다. 이 정도까지라고 생각하지 못했던 우진은 난감했다.

"저 어머님, 제가 나중에 찾아올게요. 피팅하려면 오래 걸리는데 지금은 무리예요."

"아니에요. 여기까지 오셨는데……."

"며칠 대구에 있을 거거든요. 나중에 다시 올게요. 지금은 들어가서 쉬세요."

우진은 다음에 오겠다는 말을 반복하고서야 집을 나올 수 있었다. 천천히 골목을 내려오던 우진은 이걸 할아버지에게 말해야 하나 말아야 하나 고민했다.

그때 상당히 껄렁껄렁해 보이는 학생들이 장 노인의 집 쪽으로 올라가는 모습이 보였다.

"창수 새끼, 연락이 안 되네."

*   *   *

우진은 지나쳐 가는 학생들을 힐끔 살폈다. 왜소한 창수와 다르게 상당히 건강해 보였고, 상당히 불량해 보였다. 우진도 고등학교를 졸업한 지 그리 오랜 시간이 지나지 않았기에 언뜻 봐도 알 수 있었다.

'친구들이 저러니까 이렇게 잘살면서 도둑질을 하고 다니지, 휴.'

우진은 장 노인 집을 다시 한번 보며 고개를 저었고, 그때 창수가 밖으로 나왔다. 장 노인이 얼마나 속을 썩었을까 생각하며 더 이상 신경 쓰고 싶지 않아 걸음을 옮기려 할 때였다.

"야, 어떻게 됐어."

"미안……."

"안 됐어? 아 시발, 그것도 못 해? 니네 할아범한테 가서 가져오는 것도 못 하냐고."

"나 경찰서도 다녀왔잖아……."

"내 사정은 아니잖아. 그럼 이번에 팔기로 한 거 돈 물어줘야 하니까 120만 원 가져와. 알았어? 어쭈, 대답 안 해?"

멀찌감치 그 모습을 지켜보던 우진은 얼굴을 찡그렸다. 작은 몸을 움츠린 채 다른 학생들에게 둘러싸여 눈치만 보는 모습.

확실히 저들과 친구라는 생각보다, 지금의 모습이 창수하고 잘 어울리기는 했다.

도와주고 싶기는 했지만, 자신이 싸움을 잘하는 것도 아닌 데다 상대가 너무 건장한 모습에 약간 무서웠다. 그래서 일단 상황이 끝날 때까지 지켜봤다. 다행히 폭력 없이 불량 학생들이 내려갔다.

학생들의 모습이 완전히 보이지 않고서야 우진은 급하게 창수에게로 다가갔다.

"창수 씨."

문을 닫고 들어가려던 찰나, 다행히 목소리를 들은 창수가 다시 나왔다.

"아직 안 가셨어요?"

"네. 그런데 조금 전에 그 사람들……."

"아… 아무것도 아니에요."

"혹시 그 사람들 때문에 훔친 거예요?"

창수는 말없이 고개를 숙였다. 우진은 대답을 기다렸지만, 끝내 대답이 나오지 않았다. 대답을 듣지 않아도 흔히 말하는 서틀, 왕따임이 분명했다.

우진은 학교 다닐 때 그런 경우를 보지 못했지만, 사회적으로 큰 문제가 되고 있었기에 알고 있었다.

"혹시 왕따예요?"

분위기가 싸해졌다.

"아… 내 말은 그러니까… 아까 그 사람들하고 친구 아니죠? 괴롭힘당하고 그런 거예요?"

"아니에요. 그만 가세요."

"아까 들었어요. 돈 내놓으라고 그러는 거 같던데."

"주실 거 아니잖아요. 신경 끄고 가세요."

아까 불량 학생들 앞에선 한마디도 못 하던 창수가 신경질을 내며 집으로 들어가 버렸다.

집 앞에 남아 있던 우진은 닫힌 문을 보며 목덜미를 긁적거렸다.

                    *   *   *

오랜만에 부모님을 만난 우진은 소화를 시킬 겸 마당에 나와 있었다. 마당에는 전에는 없었던 문이 하나 달려 있었다. 그 문이 전에 아버지가 말한, 수선 가게의 뒷문이라는 걸 알 수 있었다.

문을 열고 들어가자 예전 시장에 있던 가게와 별반 다르지 않은 크기의 가게가 있었다. 그런 곳에 달랑 재봉틀 하나가 놓여 있었다.

"우리 가게 것보다 좋네."

최신식으로 샀는지 디지털로 된 재봉틀이었다. 입력하면 자수까지 자동으로 새길 수 있는 기능도 있었다.

우진이 신기한 마음에 이리저리 만져볼 때, 뒷문이 열리면서 아버지가 들어왔다.

"좀 쉬지, 또 재봉틀을 만지고 있네. 지겹지도 않아?"

"괜찮아요. 아버지, 이거 자동 자수도 되네요? 크기는 설정한 대로 돼요?"

"당연하지. 7니들이라 실도 여러 개 가능해. 하하."

"와, 저도 하나 살까 봐요."

"하하, 이거 처음 봐? 이게 네가 미국 가고 구매했던 건가? 창고에 넣어놓고 안 팔리는 거 하나 가져온 거야. 필요하면 줄 순 있는데, 아무래도 그냥 하던 대로 하는 게 좋을걸? 완전 손 자수는 아니더라도, 그 느낌이란 게 있잖아. 예술성? 아들 옷 평가해 놓은 글들 보면 전부 예술이라고 그러는데 자동 자수로 하면 좀 그렇지 않아?"

우진은 피식 웃었다. 그렇지 않아도 부모님은 자신이 집에 오자마자 스크랩해 놓은 기사들을 보여주었다. 누가 수선 가게 주인 아니랄까 봐 정성스럽게 비단으로 케이스 커버까지 만들어 놓았다.

"그럼 아까 그 자수도 이걸로 하신 거예요?"

"뭐? 아! 아까 스크랩? 하하, 맞아. 여기 봐봐. 아직 남아 있어. 디자이너 임우진. 하하."

우진은 아버지와 미싱 하나만으로도 즐거운 시간을 보내는 중이었다.

"그런데 여기 박스들은 뭐예요?"

"아! 그거 성지 보육원 알지? 거기 보내려고 그랬는데, 조금만 더 만들어서 주말에 보내려고. 넌 됐으니까 괜히 만들지 말고 쉬어. 집까지 내려와서 일하지 말고."

어렸을 때부터 보육원에 옷을 보내던 아버지였다. 공장 문 닫고 그만하시는 줄 알았는데, 지금까지 이어지고 있는 듯했다.

"이거 미싱이 있어서 편하니까 걱정하지 말고. 휴, 옛날에도 이런 거 있었으면 네 엄마가 고생 안 했을 텐데. 하하."

"엄마가 왜요? 자수 전부 이모들이 하시지 않았어요?"

"아니, 그때 말고 너 초등학교 때 말이야. 기억 안 나? 이봐, 이봐. 이래서 자식 키워도 아무 소용없다니까."

장난스러운 아버지 말에 우진은 피식 웃고는 무슨 이유인지 물었다.

"우진이 네가 한 2학년 때인가, 3학년 때인가? 그때까지 친구가 없었거든? 알지? 왕따? 하하, 지금은 많으니까 웃을 수 있는데 그땐 아빠나 엄마 속이 타들어갔거든. 그때 엄마가 큰일 했지. 네가 지금 친구들 있는 것도 다 네 엄마 덕분이야."

"엄마가 왜요?"

"네 엄마가 체육복에 축구공인가 야구공인가 뭘 새겼거든. 그런데 아들이 학교 다녀오더니 친구들 옷에도 새겨줄 수 있냐고 그러더라고. 그래서 네 엄마가 싫다고 할 리가 있냐."

"그랬어요?"

"그럼! 그러더니 매일 친구들 데려오고 네 엄마는 친구들 옷에 애들이 원하는 거 새겨주고. 밥도 먹이고! 하루 종일 시달렸지 뭐, 하하. 그게 유명해지니까 모르는 애들도 찾아오더라고. 하하하하, 네 엄마는 거절도 못 하고. 그땐 공장이 잘돼서 망정이지, 간식값으로 집안 거덜 날 뻔했어."

"그랬어요?"

어린 시절이었기에 기억이 나진 않았지만, 엄마라면 그랬을 거 같다는 생각에 우진은 활짝 웃었다. 다른 아이들과 조금 달랐기에 걱정을 많이 했다는 건 알고 있었다.

"그러니까 엄마한테 잘해. 바빠도 전화도 자주 하고. 네 엄마는 매일 전화 기다리는데 어떻게 된 게 엄마가 연락을 해야지만 와."

"죄송해요, 자주 전화할게요."

"하하, 그래. 그럼 아빠 엄마 도와주러 갈 테니까 손님 오면 잘 받아. 하하."

연휴라 가게 문을 열지도 않았는데 아버지는 장난스럽게 말을 뱉고는 집 안으로 들어갔다.

혼자 남은 우진은 마저 재봉틀을 살폈다. 자투리 천에 자수도 새겨보고 박음질도 해보던 우진은 문득 창수가 떠올랐다.

'창수 친구들한테도 자수를 해줄까……?'

혼자 생각하고 말도 안 된다고 생각한 우진은 피식 웃었다. 조금 어렸더라면 가능할 수도 있지만, 자신하고 나이 차도 별로 나지 않는 그들이 그런 걸로 넘어올 것 같진 않았다. 그렇다고 학교 학생들에게 전부 옷을 만들어주는 건 더더욱 불가능했다.

창수를 생각하던 우진은 약간 답답했는지 깊은 한숨을 내쉬었다.

*　　　*　　　*

며칠 뒤.

연휴가 끝났음에도 우진은 여전히 대구에 남았다. 그동안은 장 노인 며느리가 몸이 안 좋아서 옷을 완성할 수 없었다. 그래도 다행히 주말이 가기 전에 연락이 온 덕에, 우진은 장 노인 집에 와 있었다.

"저희가 괜한 시간을 뺏은 건 아닌지 모르겠습니다."

"아니에요. 옷은 마음에 드세요?"

"네, 정말 마음에 드네요. 아내도 너무 마음에 들어 하고. 이 옷을 입고 싶어서라도 빨리 일어나고 싶어 하더라고요."

며느리는 피팅만 하고 다시 쉬러 들어갔다. 저번에 봤을 때보단 확실히 좋아졌지만, 아직까지 완쾌된 것 같지는 않았기에 충분히 이해했다.

단지 앞에 고개를 숙이고 있는 창수가 신경 쓰였다. 창수에게 먼저 완성된 옷을 줬지만 도무지 알 수 없는 얼굴이었다. 옷에 대해 얘기를 하려고 해도 그냥 좋다고만 했다. 하지만 뭔가 아쉬움이 가득한 얼굴이었다.

혹시 그 친구들 때문인가 싶은 생각을 하다 보니, 머지않아 중고 시장에서 다시 만날 것 같은 느낌까지 들었다. 그렇지만 우진은 자신이 해결해 줄 수 있는 문제가 아니었기에 아쉬움을 뒤로하고 자리에서 일어섰다.

"전 이만 가볼게요. 가봉도 끝났으니까 옷이 완성되면 택배로 보내 드릴게요."

"그렇게까지. 정말 감사합니다."

"참, 어린 제가 이런 말하기 좀 그런데… 할아버지가 말씀은 그렇게 하셨어도 가족분들 많이 걱정하셨어요."

"흠……."

"그러니까 조금 이해해 주세요. 저보다 더 잘 아시잖아요. 따뜻한 분이시라는 거."

"알죠. 엄해서 그렇지. 누구보다 가족을 생각하는 분이란 거 잘 압니다. 다만 방식이 너무 과격할 때가 있어서. 저도 그러지 않으려고 해도 부딪히게 되네요. 이거 참 부끄럽네요."

"이 옷 만들 때도 지난번에 제가 미처 못 들었던 취향을 나중에 할아버지가 얘기해 주신 것들도 많거든요."

우진은 가볍게 미소 지으며 인사를 했고, 남아 있던 아들은 장 노인을 떠올리는지 씁쓸한 미소를 지은 채 배웅했다.

집을 나온 우진이 도로로 나가려고 걸음을 옮길 때였다. 뒤에서 달려오는 소리가 들려 고개를 돌리니 바람에 떠밀려 마치 종이 인형같이 펄럭거리는 창수가 보였다.

"선생님!"

"왜 여기까지 왔어요?"

집에서 여기까지 그리 먼 거리도 아닌데 숨을 헐떡거렸다. 창수는 잠시 숨을 고른 뒤에야 우진을 보며 조심스럽게 고개를 숙였다.

"저번에 정말 죄송했어요……."

"아, 괜찮은데. 그 말 하려고 여기까지 뛰어왔어요?"

"그것도 그렇고요… 할아버지한테 정말 죄송하다고……."

"직접 말하시지. 그럼 더 좋아하실 거예요."

그것까지는 어려운지 대답하지 않았다. 우진은 이해한다는 얼굴로 고개를 끄덕인 뒤 입을 열었다.

"알았어요. 그만 가봐요. 참, 그 친구… 아, 아니다. 나중에 옷 보낼 테니 입어봐요."

우진은 인사를 하고선 걸음을 옮겼다. 그런데 갈 줄 알았던 창수가 옆에 따라붙었다.

"제가 배웅해 드릴게요."

우진은 창수를 보며 피식 웃고는 걸음을 옮겼다. 별다른 대화 없이 어색하기만 한 시간이 흐를 때, 어디선가 이상한 소리가 들려왔다.

따아악! 따아악!

우진이 고개를 돌려 어디서 나는 소리인지 찾으려 할 때, 옆에 있던 창수가 입을 열었다.

"야구부 훈련하는 소리예요."

"아, 그렇구나. 주말인데도 열심히 하네. 그런데 원래 이렇게 소리가 커요?"

"우리 학교 야구부 유명하거든요. 실력이 좋아서 저런 소리가 나는 거예요. 이번에 전국체전에 경상북도 대표로 나가거든요. 아마 우승할 거예요. 라이벌인 서울 대표 휘동고가 3학년 전력이 어마어마한데 전부 빠질 거거든요. 우리 학교는 얼마 전 봉황기에도 우승했어요. 이번 KBO 신인 드래프트에서 1차로 뽑힌 형도 우리 학교 투수고요. 봉황기 청룡기 MVP."

방금 전까지만 하더라도 의기소침했는데 물어보지도 않은 야구 얘기를 열성적으로 꺼내놓았다. 처음 만났을 당시 야구복을 보여줬을 때는 별다른 반응이 없었던 것과 차이가 났다.

우진은 창수를 가만히 보고선 물었다.

"여기가 수정고예요?"

"네……."

왼쪽 눈으로 본 창수 옷에 새겨진 수정고가 이곳이라는 걸 알 수 있었다. 다만 야구부하고는 전혀 어울리지 않는 모습이었지만.

"그렇구나. 야구 좋아해요?"

"네, 엄청 좋아하죠."

"그런데 왜 야구 안 해요? 옷도 야구복으로 만들어줬는데."

"하고 싶다고 다 하는 거 아닌데… 우리 학교 유명해서 스카우트되거나 심사받아야 들어갈 수 있거든요. 볼보이도 아무나 못 해요. 그리고… 그 유니폼이 멋있긴 한데… 우리 학교 야구복도 아니고… 그런 거 입고 다니면 괜히 욕만 먹을 거 같아서……."

우진은 조금 전 헐떡이던 모습을 떠올리고는 자연스럽게 수긍해 버렸다.

타악!

"이 소리 들리세요? 나무 배트로 저렇게 깔끔하게 치는 소리? 지금은 3학년이 빠졌으니까 2학년 최구일밖에 없어요. 아마 내년에 1차 드래프트에 뽑힐 거예요."

"소리만 듣고 알아요?"

"그럼요. 스윙이 프로 선수보다 깔끔해요. 기본자세도 좋고 눈도 좋아서 공도 끝까지 잘 봐요. 게다가 보통 고등학생들은 칠 때 턱이 들리는데 딱 고정되어 있고, 하체도 튼튼해서 딱 버티고요. 무엇보다 친 다음에 배트를 끝까지 미는 게 어지간해선 힘들거든요. 그래도 아직 파워가 부족해 장타 비율이 낮은데, 제가 봤을 때는 웨이트로 힘 좀 키우면 분명 장타자가 될 거예요. 물론 지금은 팀 내 훈련하기에도 버거워서 따로 더 훈련하는 건 힘들 거예요."

야구에 대해서 잘 모르던 우진은 그거 예의상 고개를 끄덕거렸다.

"그렇게 잘 아는데도 야구부에서 안 받아줘요?"

"전… 선수보다 전력 분석원이 되고 싶거든요. 당연히 불가능하지만……."

"왜 불가능해요? 부모님은 하고 싶은 거 시키시려는 거 같던데."

"부모님이야 그러신데… 우리나라에선 프로야구에만 있거든요. 그리고 보통 선수 출신이거나… 기록원 출신만 하고 있어요."

꿈을 포기해야 하는 것이 얼마나 힘든지 잘 알고 있었다. 그리고 꿈을 이뤘을 때 느끼는 감정 또한 누구보다 잘 알고 있었다.

야구선수로는 힘들어 보이는 몸이지만, 창수가 말한 전력 분석원이 뭔지는 몰라도 그건 가능할 것 같았다.

"야구하는 거 구경해도 돼요?"

*　　　　*　　　　*

창수도 훈련하는 걸 보고 싶어서인지 크게 반대하지 않았다. 둘은 정문으로 걸음을 옮겼고, 우진은 창수를 물끄러미 봤다.

우진이 다니던 고등학교에는 운동부가 없어서 모르지만, 흔히 말하는 일진들이 운동부를 건드리는 경우는 없다고 들었다. 창수가 야구부에 들어갈 수 있을진 없을진 모르지만, 야구부에 들어간다면 조금 편해지진 않을까 하는 생각이 들었다.

하지만 학교로 들어간 우진은 정문에서 붙잡혔다.

"어디서 오셨어요?"

"네?"

"어디 가시냐고요. 여기는 아무나 못 들어가요."

"야구부 구경하려고 하는데 안 되나요?"

"야구부는 왜요?"

경비원은 모자를 눌러쓴 우진을 의심스러운 눈으로 봤다. 그때 학교 안에서 차가 한 대 나왔다. 우진이 한발 물러서자 지나가던 차가 멈추더니 창문을 내렸다.

"어? 창수야. 학교는 왜 또 왔냐?"

"안녕하세요."

"어, 그래. 왜 왔는데?"

나이로 봐서 선생님 같은 사람이 경비원과 마찬가지로 우진을 의심스럽게 보더니 차에서 내렸다.

"누구신데 창수랑 같이 계세요?"

"네?"

"왜 저희 학교 학생하고 학교에 들어오려고 하시냐고요."

그저 창수가 야구부하고 어울리는지 확인하고 싶었을 뿐이었

다. 야구하고 아무 관련이 없기에 신분을 밝히기도 난감했다. 그
때 옆에 있던 창수가 입을 열었다.

"서울에서 오신 디자이너세요. 야구복을 보고 싶다고 하셔서
제가 데려왔어요."

"디자이너?"

우진은 놀란 눈으로 창수를 봤다. 선생님은 여전히 의심스러
운 눈빛으로 우진을 위아래로 훑었다. 우진은 모자를 벗고 인사
를 했다.

"안녕하세요. 패션 디자이너 임우진입니다."

"어? 어디서 봤는데… 어? 어? I.J? 맞으시죠? 맞네!"

갑자기 바뀐 태도에 우진은 피식 웃었다. 귀찮다고만 생각했
던 유명세를 이렇게 사용할 줄은 꿈에도 몰랐다.

선생님은 차를 한쪽에 세워두더니 직접 야구부까지 안내했
다. 멀리서 잠깐 보려고 했을 뿐인데, 어쩌다 보니 우진은 감독
하고까지 인사를 나누게 됐다.

"하하, 감독님 이분이 서울에서 엄청 유명하신 분인데 우리 학
교 야구복을 보고 싶어 하십니다."

"안녕하세요. 임우진입니다."

"야구복은 뭐 때문에 보시려고 하시는지."

"아, 지나가던 김에… 어떤가 한번 보고 싶어서 그러는데 괜찮
을까요?"

"그러세요. 여기 앉아서 보시면 됩니다."

감독이라는 사람은 우진과 악수를 하고선 별다른 말 없이 의
자로 안내하고는 다시 선수들에게로 가버렸다. 그러자 옆에 있

던 창수가 잔뜩 들뜬 목소리로 입을 열었다.

"와… 이렇게 가까이선 처음 봐요."

"그동안은 어디서 봤는데?"

"저기 뒤에 건물에서나 아니면 저 뒤에 울타리 넘어서요……."

우진은 참 창수답다는 생각을 하며 창수를 봤다. 야구에 대해 잘 모르는 우진과 달리 창수는 잔뜩 기대하는 얼굴이었다. 그 전에 보았던 의기소침한 분위기와 180도 다른 모습에 피식 웃고선 우진도 선수들을 봤다.

그런데 의아했다. 창수에게 만들어준 야구복은 하얀색 바탕이었다. 겨드랑이부터 골반까지 옆 라인에 감색이 들어가긴 했지만 지금 선수들처럼 전체가 감색은 아니었다.

우진은 좀 더 확실히 보기 위해 창수를 힐끔 본 뒤 렌즈를 빼서 가방 속의 렌즈 통에 담았다.

한꺼번에 많은 사람을 보면 어지러울 수 있었기에 가까운 선수들부터 살폈다.

"창수 씨."

"저기 선생님… 말씀 편하게 하세요……."

"그럴까? 그런데 등 번호가 없는 건 뭐야?"

"훈련복이라서 그래요."

"아니, 아예 없는 사람들."

"네?"

훈련 중인 선수들 모두 등 번호가 없었기에 창수는 우진이 하는 말을 알아듣지 못했다. 우진은 방법을 바꿔 자신에게 등 번호가 보이는 선수만 물었다.

"저기 지금 공 받고 빠지는 사람은 누구야?"

"와, 선생님이 보기에도 다르죠? 1학년이고 주일중 출신이에요. 순간 민첩성이 좋고 어깨도 좋거든요. 게다가 타격도 괜찮은 편이라 지금 1학년인데도 주전 3루수예요. 달리기하고 스텝만 보완되면 외야수까지 가능할 거예요."

"그럼 저기 저 사람은?"

"어디요? 아, 1학년인데 중학교 때는 변화구가 없어도 강한 어깨 때문에 공에 힘이 실리는 걸로 유명했어요. 아마 손가락도 남들보다 길 거예요. 공에 스핀이 어마어마하게 걸리는 거 같더라고요. 그런데 고교 야구는 마운드부터 홈플레이트 거리가 4m 정도 더 늘어나는데, 그거 때문에 심적으로 부담감을 느끼는 거 같아요. 그래서 지금 제구가 안 되긴 하는데, 이전보다 키도 크고 몸도 좋아졌으니까 아마 투구판을 중학교 야구 위치로 옮겨서 던지면 굉장할 거예요."

"그런 사람도 있구나. 아까운 선수네?"

"그렇죠. 그래도 고쳐지면 내년 이맘때쯤 되면 에이스가 돼 있을 거예요."

그때 갑자기 뒤에서 목소리가 들려왔다.

"그럼 저걸 고치려면?"

"볼 놓는 위치를 좀 더 앞으로 나왔을 때 놔야겠죠. 저런 경우가 드물긴 한데, 그래도 미국에서는 리틀 야구부터 체계화된 훈련을 해서 그런지 저런 선수 관리하는 방법이 있나 보더라고요. 당장은 못 써도 포수 위치를 가깝게 시작해 아주 조금씩 거리를 늘리면서 훈련하는 방법이 있더라고요. 효과도 확실히 좋

고, 던지는 게 보이니까 자신감도 생기게 만들어주고… 아! 코치
님."

언제 왔는지 코치라는 사람이 뒤에 서 있었다.

"날 알아?"

"네, 투수 코치 최노형 코치님……."

"신기하네. 학생들 대부분 나 모르는데. 아무튼 넌 어디서 그
걸 들었냐?"

"네……?"

"은수 말이야."

"그냥 보다 보니까……."

"본다고 알아? 너 우리 학교 학생 맞아?"

창수는 당황했는지 대답을 못 하더니, 계속된 추궁에 주머니
에서 무언가를 조심스럽게 꺼냈다.

"매번… 경기 보면서 제 나름대로 분석하고… 그때그때 녹음
해 놓거든요……."

"뭔데? 한번 틀어봐."

"저번 주말에 있었던 주말 리그… 경기인데."

"그거 서울에서 한 건데?"

"네… 할아버지가 서울에 계셔서……."

창수는 볼펜 모양 녹음기를 재생시켰다. 그 안에는 수정고에
대한 정보뿐만이 아니라 상대편에 대한 정보와 바뀐 점, 대응법
등 잠시도 멈추지 않고 창수의 목소리가 들렸다.

그러자 코치라는 사람은 창수를 물끄러미 보더니 우진을 봤
다. 우진이 감독 자리에 앉아 있어서인지 손님으로 생각한 듯,

그는 그저 인사만 까닥하고는 걸음을 옮겨 감독에게 향했다. 그러고는 이쪽을 보며 뭐라고 숙덕거렸다.

그 모습을 본 창수는 발을 심하게 떨었다.

"불안해하지 마."

"그래도요. 코치님은 전문가인데… 전문가 앞에서……."

"잘못한 거 없잖아. 그런데 야구를 보려고 서울에 왔던 거구나."

"네……."

그때, 감독과 코치가 이쪽을 한참 보더니 1학년 투수를 불렀다. 그러고는 마운드에 세우더니 포수까지 불렀다. 줄자까지 가져와 창수가 말한 대로 중학교 야구의 거리에 포수를 앉혔다.

"던져봐."

은수라는 선수는 공을 받아 들더니 우진이 봐도 대충 공을 던졌다. 혼나는 건 당연했다. 감독이 있는 욕 없는 욕을 쏟아내더니 다시 공을 건넸다. 그러자 선수는 그때서야 TV에서 보던 선수처럼 공 던질 자세를 취했다.

펑!

포수 미트가 터진 것 같은 소리가 들리더니 공을 받은 포수가 인상을 쓰며 일어섰다.

"더 던질 거면 썸가드 착용해야겠는데요?"

"썸가드는 무슨, 그냥 받아."

"진짜 아파요. 공이 엄청 무거워요. 이거 엄지 나갈 거 같은데."

"몇 개만 받아봐."

그리고 또 투구가 이어졌다.

펑! 펑! 펑!

매번 던질 때마다 글러브 터지는 소리가 들려왔다. 어느새 다른 선수들도 훈련을 멈춘 채 구경 중이었다.

"아… 감독님, 너무 아픈데요. 이거 계속 받다가는 손바닥 부어요."

"알았어. 그만하고, 은수 넌 어깨 풀고 있어. 너흰 훈련 안 하고 뭐 하고 있어!"

감독은 선수들에게 다시 훈련을 지시하더니 투수 코치와 함께 우진에게로 왔다. 그러고는 창수를 물끄러미 보고선 일으켜 세웠다.

"몸은 전혀 야구할 몸은 아닌데? 우리 학교 학생인가?"

"네……."

"1학년?"

"아니요… 2학년이에요."

"지금부터 몸을 만든다고 해도 늦었네."

창수의 몸을 이리저리 만져보던 감독은 그걸로 끝이었다. 그는 더 이상 아무런 말 없이 옆에 앉아서 무언가를 작성했다. 창수는 당연하다는 얼굴로 어색하게 웃었고, 우진은 그런 창수를 보고는 씁쓸하게 웃었다. 그러고는 감독에게 질문을 했다.

"감독님, 창수 꿈이 전력 분석원이라는데 고등학교 야구에는 없다고 들었어요."

"전력 분석원? 음… 그렇죠. 프로나 가면 모를까."

"고등학교에도 있으면 좋지 않을까요?"

"우리나라에서는 무리입니다. 그건 우리 코치진에서 충분히 잘하고 있는 일이기도 하고요."

창수는 그만하라는 듯 우진의 옷깃을 잡아당겼다. 당사자가 말리는데 더 얘기하는 것도 우스웠다.

우진은 아쉬운 얼굴을 하고선 창수를 봤다. 분명 등 번호는 없지만, 같은 야구복을 입고 있었다.

"야구부에 들어가고 싶지 않아?"

"그렇긴 한데, 아까 감독님이 말씀하신 대로 학생이 전력 분석원으로 있진 않거든요."

우진도 이해는 됐지만, 남들이 없다고 자신들도 없어야 할까 하는 생각이 들었다. 옷만 하더라도 남들에게 없는 걸 찾아 특별함을 추구해야 하는데, 너무 정형화된 틀에 박혀 있는 건 아닐까 하는 생각도 들었다.

우진은 감독을 힐끔 보고선 고개를 끄덕였다.

"저기 저 선수는 어때?"

"네?"

창수는 눈치가 보여서인지 쉽게 대답하지 못했다. 그럼에도 우진은 등 번호가 보이는 선수만 골라 계속 물었다.

그렇게 한참을 묻던 와중, 창수가 고개를 갸웃거렸다.

"선생님, 우리 학교 야구부 아세요?"

"아니? 왜?"

"신기해서요. 어떻게 주전 선수만 딱딱 꼽으셔서요. 보는 눈이 좋으신 건가? 대단하신데요?"

옆에서 듣던 감독도 신기한 눈으로 우진을 봤다. 그러고는 마지막에 우진이 물었던 선수를 가리키며 질문을 했다.

"동진이를 물어본 이유가 뭡니까?"

"잘해 보여서요."

"흠… 그냥 러닝만 하고 있는데 그게 보입니까?"

"제 눈에는 잘해 보이는데요… 창수 네가 보기엔 어때?"

대답할 수도 없었거니와 창수에게 기회를 주고 싶었기에 우진은 질문을 넘겨 버렸다. 그렇지만 창수는 여전히 머뭇거렸다. 보다 못한 감독이 말을 하라고 판을 깔아준 뒤에야 입을 열었다.

"동진이랑 같은 반이라서 하는 얘기는 아니고요… 멘탈이 굉장히 강한 친구 같아요. 훈련할 때도 인상 한 번 안 쓰고, 경기 중에 점수를 내줘도 흔들리지 않거든요. 그런데 체력이 조금 약한 게 문제예요."

"보는 눈은 정확하네. 그래서 러닝을 시키는 거지."

"감사합니다……."

"그래서 네가 보기엔 어때?"

"지금까지 동진이가 선발로 나온 경기를 보면 1회에 안타를 맞은 경우가 1학년일 때, 작년 주말 리그 한 번밖에 없어요. 전부 2회나 3회부터 안타를 맞거든요. 그래서 제 생각에는 프로처럼 마무리 전문으로… 그래도 당분간은 동진이를 대체할 2선발이 없어서 어쩔 수 없이 선발로 나와야 할 거 같아요."

보통 투수 싸움인 고교 야구는 투수 2, 3명이 많은 경기를 소화했기에 한 명이라도 없어서는 안 되었다.

"마무리를 한다고 해도, 체력도 좀 쌓고 페이스 분배를 잘하면 다시 선발로 나와도 될 실력이라서 프로에서도 좋아할 친구예요."

우진은 약간 놀란 듯한 감독의 얼굴을 보고선 창수에게 엄지를 내밀었다. 그러고는 어떠냐는 얼굴로 감독에게 미소를 보냈다.

"전력 분석원이 우리 팀만 보는 건 아닙니다. 혹시 다른 팀들도 알고 있냐?"

"네… 대부분……."

"그럼 1차전인 포항고에 대해서 말해봐."

"어! 일정 나왔어요? 포항고면 저희 전적이 상당히 우세해요. 그러다 보니까 토너먼트에서 살아남으려고 총력전을 펼칠 거예요. 아마 투수는 2학년 김재우가 나올 확률이 높아요. 저번 주말 리그만 해도 재우 선수가 나왔을 때 우리 학교 득점이 높지 않았거든요. 전부 120㎞ 후반 대 커브와 140㎞ 직구 섞는 거에 당해 버렸어요. 근데 볼 배합률을 보면 6회가 지나고 나서는 직구 수가 굉장히 줄어들어요. 대신 밋밋한 슬라이드를 섞는데, 그 각도가 왜 던지나 싶을 정도로 굉장히 안 좋아요. 그런데 언제 또 직구를 던질 줄 모르니까 거기에 신경을 쓰는 거 같더라고요. 아마 그 슬라이더를 노리면 다득점도 노릴 수 있을 거예요. 그럼 첫 경기는 투수전을 할 필요가 없다 보니 저희한테 여유도 생길 거고요."

감독은 감탄한 얼굴로 창수를 한참이나 보더니 헛웃음을 뱉었다. 그러고는 기가 막힌지 등을 의자에 기댄 채 창수에게서 시선을 떼지 못했다.

그때, 계단을 내려와 운동장으로 걸어오는 무리가 보였다. 그

무리에는 이곳으로 안내했던 선생까지 포함되어 있었다.

"최 감독!"

"최 감독님!"

"교장 선생님, 동문회장님, 오셨습니까."

"하하, 그래요. 그런데 유명하신 디자이너분이 오셨다고 들었는데 왜 말씀을 안 하셨습니까. 저희 학교 야구복을 보러 오셨다고 들었는데. 하하."

제7장

대구로 II

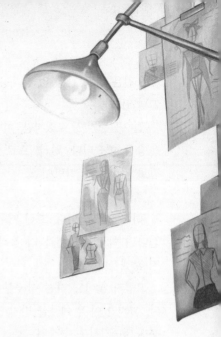

어쩌다 보니 교장실에까지 자리했다. 동문회에 나온 다수의 사람들과 학교 측인 교장과 교감에 감독까지. 교장실을 꽉 채우고 있는 사람 전부가 우진에게 미소를 보냈다.

"어떻게 세계적인 디자이너께서 저희 학교를 다 방문하셨습니까? 하하."

"여기 창수하고 지나가다가 야구복이 어떤가 구경하려고 들른 거예요."

"아이고, 보잘것없는데 그저 부끄럽습니다."

"깔끔하고 괜찮았어요."

"하하, 다행입니다. 저희 학교가 성적이 좋아서 그나마 지원이 좀 있는 편이라 그런가 봅니다. 여기 동문회에서 많이 도와주시고 계시죠."

우진은 별로 관심 없는 내용에 그저 예의상 대답하며 고개만 끄덕거렸다.

"들으셨는지 모르겠지만, 이번 연도만 하더라도 2개 대회에서 우승을 했습니다. 하하, 프로 선수 출신들도 많고요. 야구부야 말로 저희 학교 자랑이죠."

"축하드려요."

"하하, 감사합니다. 그런 저희 학교 야구복을 선생님이 제작하신다면 학교의 명예가 더 올라가고 선생님 이름도 더 유명해지지 않겠습니까?"

그렇지 않아도 다른 야구부원들도 전부 그 옷으로 보이긴 했다. 하지만 아직 예약을 받지 않고 있다 하더라도, 그 많은 야구부원 옷을 전부 수작업으로 만드는 건 무리였다. 두 벌씩만 만든다 해도 백 벌이 훌쩍 넘어가는 수량을 감당할 순 없었다.

그에 거절하려 할 때, 옆에 있던 창수가 대뜸 입을 열었다.

"저한테 주신 야구복, 그걸로 만드시면 안 될까요?"

창수의 말에 옆에 있던 사람들이 고개를 빠르게 돌렸다.

"야구복? 학생도 야구부인가?"

"전 야구부 아니에요……."

"그런데 무슨 야구복을?"

"선생님이 만들어주셨거든요… 왜 만들어주셨는지는 저도 잘……."

"오! 그런가? 한번 보여줄 수 있나?"

"집에 있는데……."

"그렇군. 그런데 집이 학교에서 머나?"

학교 관계자들이 창수에게 집에 다녀오라는 무언의 압박을 주었고, 우진은 창수를 물끄러미 봤다. 야구부도 아닌데 야구부에 도움을 주려고 말을 꺼내더니, 지금은 벌써 집에 다녀오려고 엉덩이를 들썩거렸다. 야구가 저렇게 좋을까 하는 생각에 우진은 피식 웃었다.

'잠 안 자고 만들면 한 달? 마 실장님이 창수 운동화를 만들 때도 엄청 오래 걸렸는데. 그리고 보니까 저 신발은 또 달라 보이네… 게다가 돈도 안 되는 일이라 할아버지한테 혼날 거 같기도 하고.'

여러 가지 문제가 걸렸다.

그때, 우진의 휴대폰이 울렸다. 마침 장 노인에게서 걸려온 전화였다.

"저희 신경 쓰지 마시고 받으시죠. 하하."

"그럼 실례할게요. 여보세요?"

—왜 아직도 안 오고 거기서 밍기적거리는 게야.

"이제 올라가려고 했어요."

—괜한 일에 힘 빼지 말고 그냥 올라오거라.

자신의 가족 때문에 피해를 준다고 생각했는지 목소리에 미안함이 느껴졌다.

"거의 다 했어요. 내일모레 올라갈 거예요. 숍은 별일 없죠?"

—네가 없는데 별일이 있겠느냐? 참, 그 최 이사 아들 녀석이 왔다 갔고만.

"최동훈 씨요?"

—그래. 호정 나와서 놀고먹을 줄 알았더니 지 아비랑 다르게

된 놈이야. 명함을 주고 가더라. 꿈도 야무져. 나이키처럼 유명한 스포츠 브랜드 만든다고 그러더만. 벌써 공장도 인수하고 준비는 끝난 모양이더라.

"와… 진짜 다 부자들이네……."

—뭔 소리를 하는 게야.

최 이사가 구속되고 망할 거라고 생각했는데 전혀 그렇지 않았다.

"그런데 절 왜 찾아왔대요?"

—널 찾아온 건 아니고. 세운이를 보러 온 게지. 명절이라고 선물 주려고. 마 실장도 어떻게 해야 할지 모르겠는지, 당황하는 게 보이더고만. 볼 때마다 사과하고 선물 주고 참.

"알았어요. 제가 지금 나와 있어서 조금 이따가 다시 연락할게요."

—그러든가. 조심히 올라오고… 고맙.

'다'를 뱉기도 전에 끊어버렸다. 우진은 피식 웃고는 기다리던 사람들에게 사과했다.

"죄송해요."

"하하, 아닙니다. 그런데 저희가 야구복을 좀 볼 수 있겠습니까?"

"옷은 이미 창수한테 넘겨줬으니 창수한테 허락을 받으셔야 할 거 같아요."

그러자 다들 창수를 봤다.

"가져올까요?"

"그래줄래? 하하, 역시 수정고 학생답고만!"

창수는 곧바로 밖으로 달려 나갔고 우진은 머쓱한 미소를 지었다. 그러고는 교장실 안 많은 사람들에게 시달려야 했다. 한 명당 하나씩 질문을 해도, 대답은 우진 혼자 하기에 잠시도 쉴 틈이 없었다.

"고교 야구가 발전해야 우리나라 프로야구가 발전하는데… 점점 쇠퇴하는 것만 같아서 걱정이 큽니다."

"우리나라는 그게 문제라니까요. 과정이 있어야 결과가 있는데 그저 결과만 보려고. 안 그렇습니까?"

다행히 야구에 대해 얘기를 할 때는 자신들끼리 의견을 나누는지라 그나마 쉴 수 있었다.

얼마나 지났을까, 창수가 간 지 시간이 꽤 지난 거 같아 휴대폰 시간을 확인하니 갔다 오고도 남을 시간이었다. 우진은 자신들끼리 대화하는 사람들을 뒤로하고 창수에게 전화를 걸었다.

"왜 안 와?"

—아… 그게…….

"왜 무슨 일 있어?"

—아무래도 야구복 못 가져갈 거 같아요… 죄송해요.

"창수야, 무슨 일인데?"

대답 없이 울먹거리는 듯했다. 그러다 우진은 문득 집 앞에서 봤던 불량 학생들을 떠올렸다.

"그놈들이 옷 뺏어 갔어?"

—…….

"야구복을 뭐 하려고 뺏어 갔어?

—선생님 작품이라고… 팔릴 거라고… 죄송해요.

"하… 일단 와."

사실을 확인한 우진은 화가 머리끝까지 나는 것 같았다. 짧은 거리를 달리고도 헐떡이던 창수가 야구복을 보여주고 싶다는 마음에 해맑은 얼굴로 뛰어갔는데, 그걸 뺏겨 버렸다. 야구를 얼마나 좋아하는지 몰랐으면 그나마 덜 화가 났을 텐데, 밝은 얼굴로 야구에 대해 설명하는 창수 얼굴이 떠올라 좀처럼 화가 가라앉지 않았다.

"저기… 무슨 일 있으십니까?"

"잠시만 기다려 주세요."

우진의 분위기 때문인지 다들 의아해하며 조심스럽게 상황을 지켜봤다. 그리고 그때, 창수가 땀을 비 오듯 흘리며 교장실에 들어왔다.

"너 맞았어? 얼굴이 왜 그래."

"아… 아니에요. 숨차서 그래요."

따귀를 맞았는지 얼굴에 손자국이 나 있었다. 그런데도 불량 학생들에게 보복을 당할 거라 생각했는지 말을 하지 않았다. 우진은 창수의 볼에 손을 올렸다.

"아… 땀 묻어요."

"괜찮아. 참, 얼마나 세게 때려야 이렇게 손자국이 남아?"

"죄송해요……."

오히려 창수가 사과하는 모습에 우진은 숨을 한 번 깊게 들이마셨다. 그러고는 이 상황을 지켜보는 사람들을 보며 말했다.

"원래 같은 학생들끼리 돈 뺏고, 옷 뺏고, 도둑질시키고 그럽니까?"

"네? 무슨 소리를… 다른 학교는 몰라도 저희 수정고는 절대 그런 일 없습니다."

"그럼 여기 창수는 수정고 학생 아닙니까? 지금도 같은 학교 학생에게 맞았는데 그건 어떻게 설명하시려고요."

"창수라고 했나? 정말 친구한테 맞은 거야? 다투고 그런 건 아니고?"

"친구라니요. 친구끼리 따귀 때리고 그러진 않잖아요."

교장은 자신들 학교에선 절대 그런 일이 없다며 부정했다. 우진은 그 모습에 더 화가 났다. 피해를 본 당사자가 앞에 있는데 부정만 하려고 하는지.

"아무래도 수정고 야구복을 만들 생각으로 왔는데 없던 일로 해야겠네요."

이렇게까지 할 생각은 없었는데, 화가 너무 나서 뒷일은 생각지도 않고 말을 뱉어버렸다.

그때, 오히려 창수가 우진의 팔을 잡았다. 우진이 창수를 보자, 창수는 자신 때문에 그러지 말라는 얼굴로 울먹거리고 있었다.

"무슨 일이신지… 말씀하시면 저희가 최선을 다해 해결해 보겠습니다."

"야구복도 훔쳐갔네요. 여기 수정고 학생이. 그것도 교장 선생님이 말씀하신 창수 친구가."

"네……? 저 말이 사실이니?"

창수는 어찌할 줄 모르는 얼굴로 고개만 숙이고 있었다. 답답한 우진이 마저 입을 열었다.

"제가 야구부 옷을 만들어봐야 그 학생들이 전부 가져다 팔 것 같아서 전 만들고 싶지 않습니다."

"아이고, 조금만 기다려 보시죠. 저희가 자세히 알아보겠습니다."

"됐어요. 다른 학교로 가겠습니다."

"아이고, 왜 그러십니까. 조금만 진정하시죠."

그러자 상황을 지켜보던 동문회장이 나섰다.

"교장 선생님, 우리 학교에도 학교 폭력이 있었습니까? 학생들이 공부하는 학교에서? 동문회에서 지원하는 비용 중에 학교폭력예방교육도 포함되어 있는 걸로 아는데."

"아, 교육했습니다. 그런데 학생 수가 워낙 많다 보니까… 엇나간 학생들이 있는 모양입니다."

교장은 매우 난처한 얼굴로 변명을 해댔고, 동문회에서 온 사람들은 고개를 저었다. 그러고는 창수에게 다가와 얼굴을 살폈다.

"못된 놈들이네. 어떻게 얼굴을 이렇게 때려? 넌 그런 일을 당하면 학교나 경찰한테 말하지 그랬어."

"……."

마치 창수에게도 잘못이 있다는 것처럼 느껴지는 말이었지만, 우진도 왜 혼자만 담아두고 있었는지 궁금했다.

"엄마가 많이 아프셔서요… 조금만 신경 쓰셔도 많이 아프시거든요."

"아……."

"학교에 얘기하면… 부모님을 부를 게 뻔해서……."

다른 사람들은 이해하지 못했지만, 우진은 직접 창수 어머니를 봤기에 그 말 한마디로 모든 걸 알 수 있었다. 부모가 창수의 저런 모습과 저런 생각을 안다면 분명 가슴이 찢어지는 기분을 느낄 것이었다.

우진은 창수의 등에 손을 올려 두드렸다.

"너 나랑 서울에 가서 서울에 있는 학교 다닐래?"

"네?"

"할아버지도 서울에 계시니까 서울에 야구부 있는 학교에 다녀. 내가 어떻게 해서든지 야구부에 넣어줄게. 처음에는 힘들겠지만, 거기서 네 열정을 보여주면 분명 알아줄 거야. 여기 있으면 깡패 새끼들도 있고, 야구부에도 못 들어가잖아."

그러자 대답은 창수보다 교장이 빨랐다.

"선생님, 며칠만 시간을 주십쇼. 지금 주말이니까 학생들 등교하는 월요일에 반드시 알아보겠습니다."

우진은 교장을 한참이나 본 뒤에야 고개를 끄덕거렸다.

*　　　*　　　*

"여기가 선생님네 집이에요?"

"응, 부모님이 사시는 집이야. 너희 집보단 작지?"

"아니에요. 좋은데요."

우진은 창수 부모님에게 연락을 해 주말 동안 창수를 데리고 있고 싶다고 말했다. 할아버지와 함께 일하는 사람이어서 그런지 창수 부모도 허락했다.

"그런데 할아버지가… 뭐라고 안 하세요?"

"내가 원래 원단을 많이 써서 그냥 뭐 만드나 보다 생각하실 거야. 그런데 왜 할아버지한테는 말 안 했어? 할아버지 성격에 가만있을 거 같지 않은데."

"그럴까 봐요. 또 아빠한테 넌 애가 맞고 다닐 동안 뭐 했냐고 그러면서 시끄러워질 게 뻔하잖아요. 그럼 또 엄마 아프고……."

미련할 정도로 엄마를 지극하게 생각했다. 우진은 그런 창수의 어깨의 손을 올리고선 문을 열었다.

"어? 아들 왔어? 그런데 누구야? 친구? 어디서 본 거 같은 데……."

"저하고 일하시는 할아버지 있잖아요. 외할아버지 친구이셨던."

"아! 네가 장 아저씨 손자야? 와, 세월 빠르네. 마지막으로 본 게 6살 때인가 그랬는데."

"엄마도 아세요?"

"그럼 알지. 네 할아버지한테 장 아저씨가 맨날 손자 자랑했거든. 그럼 할아버지는 엄마한테 툭하면 대구 언제 오냐고, 우리 우진이 좀 데려오라고. 참."

창수는 그런 얘기를 듣지 못했는지 어색한 얼굴로 인사를 건넸다.

"예전에 너희 둘도 만난 적 있을걸? 창수가 형이라고 막 쫓아다니고 그랬는데. 그런데 어떻게 같이 와?"

"아… 선생님이 제 옷 만들어주셨거든요."

"아, 그랬지? 호호호. 그런데 둘이 나이 차이도 5살밖에 안 나는데 선생님이 뭐니."

우진도 어느덧 선생님에 익숙해져 있었다가, 어머니 말을 듣고 나니 뭔가 어색하단 기분이 들었다.

"그래, 형이라고 불러."

"그래도 돼요⋯⋯?"

"그래."

"형⋯⋯."

우진은 약간 이상한 기분에 피식 웃으며 창수를 봤다. 그때, 형이라는 말을 되새기며 입술을 깨무는 창수의 모습이 보였다.

"왜 그래?"

"아니에요⋯⋯."

"또 그러네. 그렇게 담아두지 말고 얘기해 봐."

"그게⋯ 정말 형 같아서요. 아까도 저 때문에 화도 내주시고⋯ 너무 고마워서요⋯ 흐흑."

창수는 그동안 서러웠는지, 아니면 외로웠던 것인지 갑자기 형이란 말 한마디에 고개를 숙이고 눈물을 쏟아냈다.

상황을 모르는 엄마는 조심스럽게 지켜봤고, 우진은 마음 한쪽이 찡해져 와 우는 창수를 가만히 안아주었다.

*　　　　*　　　　*

월요일 아침.

우진은 보통 등교 시간보다 이른 시간에 수정고에 왔다. 야구부원들은 이른 아침임에도 달리기가 한창이었다.

"아침부터 뛰어다니느라 힘들겠다."

"지금 운동을 안 하면 운동할 시간이 없어서 그래요. 주말 리그가 되면서 수업을 꼭 들어야 하거든요. 그래서 아침 운동 하고 씻고 수업 들어와요. 들어와서 대부분 잠만 자지만."

"하하, 너 말끝에 만 자 붙이는 게 꼭 할아버지 같네."

"아… 안 그러려고 하는데……."

우진은 피식 웃고는 운동장을 바라봤다. 그때, 달리기를 끝내고 감독에게 해산 명령을 받은 선수들이 땀을 뻘뻘 흘리며 다가왔다.

"안녕하세요."

"안녕하십니까!"

선수들이 지나쳐 가며 인사했고 그중 한 명이 멈춰 섰다. 그러더니 창수를 보고 입을 열었다.

"야구부 새 유니폼 뺏겼어?"

"어……?"

벌써 소문이 돈 모양이었다. 창수는 우물쭈물 대답하지 못하고 우진을 봤고, 우진은 대답하라는 듯 고개를 끄덕였다.

"너 몇 반이냐?"

"나… 1반."

"우리 반이야?"

질문하던 선수는 흠칫 놀라더니 창수를 이리저리 살폈다. 그러고는 머쓱한지 목을 긁적이고는, 교실에서 보자는 말을 하고선 올라갔다.

그 모습을 지켜보던 우진은 어이가 없어 헛웃음을 뱉었다.

"어떻게 반년이 넘도록 같은 반인 것도 몰라?"

"전… 키도 작아서 제일 앞에 앉고요. 별로 대화할 기회가 없었어요……"

창수 모습으로 봐서는 저 선수하고만 대화하지 못한 것은 아닐 것 같았다. 학교에서 얼마나 외롭게 생활했을지 보지 않아도 머릿속에 그려졌다.

"휴, 친구야 만들면 돼. 참, 그리고 휴대폰 잘 확인하고. 그런데 네 녹음기는 저번에 코치님이 가져가신 거 맞아?"

"네. 저번에 안 돌려주셨어요… 이따가 가보려고요. 그런데 형… 그런데 정말 엄마한테 말씀 안 하시겠죠?"

"내가 잘 말했으니까 그건 걱정하지 마."

창수는 걱정이 쉽게 가시지 않는지 가슴을 쓸어내렸다.

*   *   *

일부러 아침 자율 학습도 빼먹고 첫 수업 시간에 맞춰 늦게 교실로 온 창수는 책가방부터 내려놓았다. 혹시 일진 일당들이 자신을 기다리고 있을 수도 있다는 걱정에 주변을 두리번거리지도 않고 그냥 앞만 보며 책상에 앉았다.

그때 누군가 책상 위에 익숙한 옷과 모자, 신발을 툭 하니 올려놨다.

"이 씨발년아, 전화 받으라고 했지. 안 처받을 때마다 싸대기 백 대라고 했냐, 안 했냐."

"아… 재영아……"

"병신 새끼가 뒈질라고."

아니나 다를까, 일진 무리가 아침부터 몰려왔다. 그러고는 책상에 있는 옷을 가리키며 말했다.

"어디서 옷을 가져와도 꼭 지 같은 것만 가져와요. 쉬벌, 이거 야구복이라고 팔리지도 않아."

창수는 책상 위에 놓인 야구복 등에 '장창수'라는 자신의 이름이 새겨진 걸 봤다. 그나마 온전한 야구복 상태에 안도의 한숨을 뱉었다.

다행히 돌려받았다고 생각할 때, 1교시 선생이 교실로 들어왔다. 그러자 일진들이 자리로 돌아가며 창수에게 말했다.

"이거 니 거니까 니가 팔아 와라. 저번에도 금방 팔렸으니까 이번엔 150에 팔아 와. 내일까지 어떻게 해서든 팔아 와. 알았어?"

"……."

"대답 안 하냐? 하, 좀 이따 봐. 시발년아."

자리에 모두 앉았음에도 수업이 시작되지 않았다. 영어 수업이었는데 선생님은 그저 선 채로 수업을 시작할 기미를 보이지 않았다.

잠시 뒤, 교장을 필두로 학생 주임과 담임, 그리고 야구부 감독까지 들어왔다. 그러자 학생들은 야구 대회 응원이라고 생각했는지 자기들끼리 쑥덕거렸다.

"조용!"

"……."

"우리 수정고에서만은 그런 일이 생기지 않길 바랐는데 불미스러운 일이 발생했습니다. 같은 친구가 같은 반 급우의 물건을 강탈하고 협박하고 폭력까지!"

학생들은 전혀 다른 전개에 입을 다물었고, 교장은 화난 얼굴로 말을 늘어놓았다.

"여러분들도 가해자와 다를 바 없습니다! 친구가 당할 때 지켜보고 묵인하고! 공범이나 다름없습니다. 이에 우리 수정고에서는 대대적으로 학교폭력대책위원회를 개설하고 대구 경찰서와 연계하여 이번 기회에 학교 폭력을 뿌리 뽑아 아름다운 수정고를 만들겠습니다."

언제나처럼 연설하는 교장의 모습에 학생들은 심각하게 받아들이지 않았다. 그때, 교장이 한발 물러서더니 학생주임이 앞으로 나왔다.

"1반 박재영, 최동호, 유재섭. 이 세 명은 학생부로."

창수는 뒤통수에 구멍이 날 것 같은 기분이었다. 뒤를 돌아보지 않아도 자신을 노려보고 있다는 것이 느껴졌다.

다행히 학생 주임이 세 사람을 데리고 교실을 나갔고, 창수는 그제야 침을 삼켰다. 그리고 아직 남아 있던 야구부 감독이 창수에게 다가왔다.

"걱정 마라. 네 유니폼도 곧 찾아줄 테니."

"아… 유니폼은 찾긴 찾았는데……."

"그래?"

창수는 가방에 고이 넣어둔 유니폼을 꺼냈다. 그러자 감독이 유니폼을 들어 올리더니 이리저리 살폈다.

"이거 내가 선수 할 때 입던 옷보다 좋아 보이는데……."

"그… 우진이 형이 국가대표들이 입는 원단하고 같은 원단 사용했다고……."

감독은 몸을 흠칫 떨더니 교실을 둘러봤다. 그러고는 제일 뒷자리로 가더니 엎드려 있는 학생의 의자를 발로 건드렸다.

"누구야."

"나다."

"감독님?"

"이 자식이, 수업 중에 자지 말라고 했지? 수행평가 신경 쓰라고 했을 텐데. 휴… 됐고, 따라 나와. 선생님, 여기 두 학생 좀 데리고 가겠습니다."

영어 선생의 허락하에 교실을 나온 창수는 감독의 손을 보며 불안해했다.

감독은 유니폼을 이리저리 잡아당겨 보고, 몸에 맞지도 않는데 입어보려고까지 했다. 모자는 머리에 들어가지 않는지 걸친 채로 운동화까지 살피는 중이었다.

"감독님, 이거 정말 저희 새 유니폼이에요?"

"아직."

"왜요? 와, 진짜 멋있는데요? 맨날 우리 회색이라고 비둘기라고 놀려서 짜증 났는데. 이거 메이저리그 옷 같아요."

"장난 아니네. 청소년 국가대표 유니폼보다 좋아 보이지 않아? 청소년이 뭐야. 국가대표 유니폼보다 좋아 보이네. 그런데 스파이크는 아니네. 구일이 네가 한번 입어봐."

"안 들어가죠. 이렇게 작은데. 야, 네 옷이니까 입어봐봐."

아직 이름도 모르는지 호칭은 '야'였다. 창수는 거의 억지로 옷을 입었다. 모자도 착용하고 신발까지 착용한 창수는 어색한 자세로 서 있었다.

"이야… 제법 느낌 좀 나는데? 이렇게 작은 애가 입었는데도 이 정도인데 제가 입으면 장난 아니겠어요, 하하."

"시끄러워, 이 자식아. 창수 너는 이제 됐으니까 잘 넣어둬. 구일이 넌 애 데리고 가서 유니폼 하나 내줘."

"네?"

"유니폼 주라고. 창수 넌 이거나 받고."

감독은 주머니를 뒤적거리더니 창수에게 볼펜을 건넸다.

"아……."

"내가 거기 녹음된 거 전부 들어봤다. 생각했던 거보다 훨씬 대단하더라. 연구도 많이 하고 고생 많이 한 게 느껴지더라."

"아… 감사합니다."

"코치진하고 주말 내내 빠짐없이 들었다. 덕분에 쉬지도 못했지만. 하하, 내가 보기엔 이거 말고 더 있을 거 같은데, 맞지?"

"네… 컴퓨터에 2년치 자료 있어요……."

"참, 대단하네. 최구일 넌 뭘 그렇게 보고 있어? 넌 애 유니폼 주고 내일부터 웨이트 할 거니까 그렇게 알아."

최구일은 모르겠다는 얼굴로 감독과 창수를 번갈아 봤다.

"얘가… 야구부예요? 운동을 잘할 것처럼은 안 보이는데요?"

"자식이 잔말이 많아. 앞으로 전력 분석 담당이니까 그렇게 알아. 그리고 창수 너도 조만간 선수 등록할 거야. 전력 분석원이 따로 없어서 후보로 등록할 테니까 그렇게 알고 있어."

창수는 아무런 말도 없이 눈만 껌뻑거렸다.

"야, 가자. 너 사이즈 몇이냐? 완전 꼬마 같아서 맞는 거 없을 거 같은데."

"나… 티는 90이고 바지는 25 입는데……."

"여자냐? 아무튼 너 때문에 수업도 빠지고 완전 좋다. 크크 크, 어, 그럼 되겠다. 우리 네 옷 찾다가 늦었다고 하고 부실에서 자다 갈래? 점심 훈련까지 빠지면 되겠다. 크크."

최구일의 행동은 우악스럽긴 하지만, 일진들에게서 느끼던 것 과는 달랐다. 아직 시작하지도 않았는데 동료가 된 것 같은 기 분 때문인지 창수는 가벼운 미소를 지었다.

* * *

점심시간이 됐음에도 학교가 어수선했다. 교장 말대로 학교 폭력을 뿌리 뽑으려는지 창수 사건만 조사하는 게 아니라 다른 학생들까지 조사했다. 때문에 학생부에는 반에서 좀 논다 하는 학생들은 전부 들락날락거렸다.

그리고 당사자인 창수는 최구일의 바람과 달리 교장실에 자리 했다. 창수의 앞에는 가해자인 일진들과 그 부모들이 자리해 있 었다. 세 사람의 부모 중 두 사람은 사과를 했지만, 유독 한 사 람만이 길이길이 날뛰는 중이었다.

"아니, 우리 애가 그랬다는 증거가 있습니까? 애들끼리 크다 보면 다툴 수도 있고."

"다툰 게 아닙니다. 뉴스 같은 거 못 보셨어요? 일방적으로 때 리고, 돈 뺏고 그쪽 분 아드님이 한 일입니다."

"그쪽 분? 나이도 어린 게 내가 누군 줄 알고! 당신 누군데? 부 모는 어디 가고 어디서 새파란 놈이 따박따박!"

"전 디자……."

콩 심은 데 콩 난다고, 일진들의 부모는 애들이 왜 저러는지 이해가 갈 정도로 막무가내였다. 그저 학교에 불려왔다는 것에 화가 났는지 우진을 알아보지도 못한 채 화만 내고 있었다.

우진은 자신을 소개하려던 찰나 창수의 고개 숙인 모습을 보고 마음을 바꿨다.

"전 창수 형입니다."

"안 봐도 알겠네. 형이란 놈이 그렇게 싸가지가 없으니까 애도 싸가지 없어서 싸웠겠지."

교장 및 선생이 말려도 소용없었다. 그럴수록 창수는 더욱 위축되었고, 우진은 그런 창수의 등을 쓰다듬으며 입을 열었다.

"창수야, 휴대폰 줘봐."

"아… 네."

우진은 더 이상 말할 것도 없다는 듯 창수의 휴대폰을 건네받았다. 그러고는 앞에 있는 부모를 보며 입을 열었다.

"증거 들어보세요. 오늘 아침에 있었던 일이니까."

그리고 그 내용을 들은 가해자 부모는 얼굴을 찡그렸다. 그 짧은 대화에 모든 것이 담겨 있었다. 욕설로 시작해 폭력과 협박까지. 그럼에도 가해자 부모는 쉽게 인정하지 않았다.

"이유가 있겠지! 안 그렇습니까, 선생님들? 어디 한쪽 말만 듣고 판단하는 게 민주주의 나라에서 있을 일입니까?"

"이거 듣고도 그러시는 거예요?"

"넌 어른들 말씀하는데 빠져 있지 어디서 끼어들어. 내가 누군지나 알고 이러는 거냐?"

솔직히 누군지 알아도 지금까지 봤던 사람들보단 못할 게 분명했다.

우진은 기분은 나빴지만, 크게 개의치 않았다.

"뭐 하시는 분인데요?"

"나 대구 토박이야. 수성구 토박이!"

우진은 웃음이 나올 뻔한 걸 겨우 참았다. 그때, 교장실 문이 열리면서 익숙한 얼굴이 들어왔다.

"토박이라고? 어디 얼굴이나 한번 봐야겠고만?"

"뭐야, 영감님은 누구신데 남의 얘기에 끼어드세요?"

"어디서 어린놈이 따박따박 말대꾸를. 아주 가정교육이 잘 됐고만? 그런데 가만 보자……."

밖에서 듣고 있었던 모양인지 장 노인은 고개를 저어가며 들어왔다.

"오셨어요?"

"그래, 참 임 선생 볼 면목이 없고만. 너는 어찌 할아비 보고도 인사도 없는 게냐."

"할아버지 오셨어요……."

"그래, 그건 됐고. 토박이 양반 우리 어디서 본 적 없나? 얼굴이 낯이 익은데. 토박이라서 그런 모양이고만? 나도 지금은 아니지만 한때 토박이였으니까 말이야."

그러자 가해자 부모는 장 노인의 얼굴을 천천히 들여다봤다. 그러고는 잠시 고개를 갸웃거리더니 점점 얼굴이 굳어갔다.

"혹시… 서문시장… 상가번영회장님 아니십니까?"

"예전이긴 하지만 그래도 아는고만?"

"아… 저 강진 섬유 박승기라고 합니다……."

"강진 섬유라. 달서구에 있는 그 강진 섬유?"

"맞습니다. 그런데 어쩐 일로……."

"어쩐 일은. 어떤 빌어먹을 새끼가 내 귀한 손주를 때렸다고 그래서 왔네만. 자네는 어쩐 일로 왔나?"

역시 사람 곤란하게 만드는 데는 선수였다.

"서울에 엄청 유명한 숍으로 가셨다고 들었는데……."

"갔지. 여기 우리 임 선생이 있는 숍. I.J라고 들어봤는가?"

그들은 결국 우진의 얼굴을 알아봤는지 얼굴이 사색이 됐다. 그러고는 그제야 자신의 아들을 보며 인상을 찡그렸다.

*   *   *

우진은 갑자기 바뀌어 버린 가해자 부모의 태도에 씁쓸하게 웃었다. 사람마다 신분에 따라 계층이 나뉜 것도 아닌데 I.J라는 말을 듣자마자 태도가 180도 바뀌었다.

"이, 이 자식이… 말썽 피우지 말고 학교 졸업만 하라고 했더니……."

갑자기 대상이 아들로 바뀌었고, 옆에 있던 가해자는 지금 상황이 마음에 들지 않는지 얼굴을 찡그렸다.

우진은 재영이라는 학생을 가만히 봤다. 뭐가 그렇게 화가 나는지 창수를 노려보는 눈에는 독기가 가득했다.

그러는 와중에도 교장은 문제를 크게 만들고 싶지 않았는지 원만하게, 라는 말을 앞세워 일을 해결하려 했다. 그러자 장 노인이 마구 웃으면서 교장의 말에 동의했다.

"껄껄. 그렇게 합시다. 아직 어린 녀석들 앞길 막기도 그렇고……."

우진은 이대로 끝내도 되는 건가 싶었다. 그때 장 노인의 말이 이어졌다.

"만약에 다시 또 이런 일이 벌어지면 나도 똑같이 되갚아 줄테니까. 애한테는 무리고… 강진 섬유가 수출 빼고 서문시장에 납품하는 게 얼마나 되나?"

"아… 이 녀석아! 뭐 하고 있어! 빨리 사과하지 않고."

"됐네. 껄껄. 지금도 저렇게 노려보고 있는데, 나도 이리저리 바삐 연락해 봐야겠고만."

"회장님, 잘못했습니다… 그럼 저희 강진 전부 죽습니다."

"껄껄. 누가 보면 내가 당장 그러는 줄 알겠네. 그만 일어나게. 그러니까 이런 일이 벌어지면이라고 하지 않았나."

재영의 부모는 마치 지금 당장 회사가 망하기 직전인 것처럼 느껴졌는지 연신 사과를 했다. 그가 아는 장 노인이라면 충분히 가능한 일이었다.

번영회장이라는 아무것도 아닌 것 같은 직책이었지만, 망해가던 서문원단시장을 부흥시킨 건 물론이고, 많은 상인들의 지지를 받았다. 회장직을 내려놓은 지금까지도.

그렇기에 국내 시장을 상대로 장사하는 입장에선 사형선고나 다름없었다.

하지만 그런 부모 마음을 모르는지, 재영은 끝까지 사과하지 않았다.

창수는 부모님 허락을 구하러 집으로 갔다. 아무래도 진로에 관련된 일이다 보니 부모님 동의가 필요했다. 우진은 학교에 남아 약속한 일을 마무리 짓는 중이었다.

"오신 김에 같이 가보시지 그러세요. 오래 걸릴 거 같은데."

"됐다. 가면 괜히 신경이나 쓰지. 다음. 학생은 옷 좀 빨아 입는 게 좋겠고만?"

대구까지 온 김에 가족들과 만나 보길 권했지만, 장 노인은 거절하고선 선수들 치수 재는 걸 도왔다. 스판 재질이다 보니 맞춤 바지에서 사용하던 패턴 대신 기존에 사용하던 패턴을 써야 했기에 많은 치수가 필요한 건 아니었다.

다만 50명에 달하는 인원의 치수를 재야 하는 데다가 창수에게서 보이지 않던 것들까지 보여 시간이 상당히 오래 걸렸다.

"그런데 이놈은 왜 이렇게 안 와. 지 아비 닮아서 굼벵이를 삶아 먹었나."

"오겠죠."

"그 녀석이 야구를 좋아하긴 해도 야구부에 들어간다고 할 줄은 상상도 못 했네. 그래도 기왕 할 거면 선수를 해야지 무슨 전력 분석? 꼭 생긴 대로 노는고만."

"할아버지랑 완전 똑같던데……."

"뭐 이놈아!"

장 노인은 그래도 싫지 않은 듯 웃고 있었다.

"그런데 어제 전화드렸을 때는 엄청 화내서서 걱정했는데……."

"왜, 화낼 줄 안 게냐? 화는 나지. 그 얘기 들었을 때 속이 뭉개질 정도로 화가 나더구나."

"참으신 거예요?"

"참아야지. 내가 그 나쁜 놈 면상에 침이라도 뱉어주고 싶었는데 그놈 눈깔 보니까… 혹시나 창수한테 심하게 해코지할까 겁나더구나. 옛날 같았으면 눈깔을 후벼 팠을 텐데, 내가 늙어서 그렇지."

우진도 느끼고 있었다. 불과 몇 년 전이지만 자신이 학교 다닐 때는 선생님이 어려웠는데, 재영이라는 학생은 선생이 앞에 있음에도 어려워하는 것 같지 않았다.

자기가 하고 싶은 대로 행동했다. 그나마 부모가 있어서 참는 듯했다.

그 생각을 하자 우진은 갑자기 집에 간 창수가 걱정되었다. 혹시 기다렸다가 창수에게 해코지하지는 않을지. 우진은 생각난 김에 확인을 위해 앞에 서 있는 굉장한 덩치의 부원에게 양해를 구했다.

"잠시만 기다려 주시겠어요? 통화만 하고 다시 치수 잴게요."

"네!"

그런데 통화 연결음만 들릴 뿐 전화를 받지 않았다. 전화 거는 횟수가 한 번, 두 번, 세 번이 넘어가자 불안해졌다. 차라리 전화를 받아 맞았다는 말이라도 듣고 싶었다.

"할아버지, 창수가 전화를 안 받아요."

"뭐? 기다려 보거라."

장 노인은 어디론가 급히 전화를 걸었다.

"그래, 야구한다고 그랬다고. 그래, 알겠다. 몸조리 잘하거라."

대충 들어보니 며느리와 통화였다.

"30분 전에 나갔다는데… 이 쌍놈의 새끼를… 내가 그냥."

장 노인은 창수가 걱정되는지 안절부절못했다. 우진은 저런 장 노인의 모습을 처음 봤지만, 거기에 신경 쓸 겨를이 없었다. 빨리 창수를 찾는 게 중요했다.

"경찰에 신고할까요?"

"그래, 그게 좋겠고만. 빨리 하거라. 아니다, 내가 하마."

그때, 뒤에서 지켜보던 감독이 대화에 끼어들었다.

"흠. 저희가 찾아드리죠. 전부 주목!"

"주목."

"며칠 전에 여기서 지켜보던 우리 학교 학생 기억하지?"

"네!"

"우리 전력 분석원인데 지금 당장 2인 1조로 나눠서 찾아와. 우리 야구부원이다."

갑자기 선수들은 이런 일이 익숙한지 아주 빠르게 흩어졌다. 그러자 뒤에 있던 감독이 걱정 말라는 얼굴로 옆으로 다가왔다.

"훈련할 때 가끔 도망가는 애들 있거든요. 자기들이 잡아 와야지, 안 그러면 다음 날 빠진 사람 훈련까지 남아 있는 애들한테 시키다 보니까 찾아오는 데는 도가 텄습니다."

"아……."

"제 차로 이동하시죠."

장 노인은 사색이 된 채 감독을 따라나섰다.

*   *   *

부모님을 피해 PC방에 자리 잡은 재영의 입에선 쉴 새 없이
욕이 나왔다.

"아, 존나 열받는다. 그 씹새끼 잡히기만 해봐."

"건드리지 말라잖아. 그 영감탱이 존나 유명하던데… 우리 엄
마가 절대 창수 새끼 건드리지 말라고 울면서 신신당부하더라.
여기 검색한 거 봐봐. 장난 아니네."

재영은 모니터를 힐끔 보더니 인상을 찌푸렸다.

"시발! 말도 못 하게 개 패버리면 돼. 어디서 다시는 말을 꺼내
지 못할 때까지."

"그러다 말하면 좆돼."

"뭐. 말하면 뭐! 기껏해야 소년원밖에 더 가? 갔다 오면 돼."

일행 중 두 명이 반대하고 있음에도 재영은 화가 식지 않는지
연신 씩씩거렸다.

그때, 갑자기 PC방으로 야구부원들이 들어왔다.

"저 새끼들은 왜 짝지어서 자꾸 겜방 오는데."

"누구 또 도망갔나 보지."

그때, 흙먼지가 잔뜩 묻은 야구복을 입은 야구부원이 재영에
게 다가왔다.

"네가 우리 야구부원 건드렸냐?"

"나?"

"그래, 너. 일단 나와봐. 얘기 좀 하자."

"무슨 얘기?"

"일단 나와보라니까. 말이 많아. 너희는 감독님한테 연락하고."

그때, 야구부원들이 또 들어왔고 그 뒤로 더 들어오더니 점점 늘어났다. 재영 일행은 PC방 건물 뒤 주차장으로 거의 끌려가듯 이동했다.

주차장에 들어서니 야구부 전체가 모이기라도 한 듯 회색 야구복을 입은 부원들에게 둘러싸였다. 그리고 그중 한 명이 앞으로 나왔다. 학교에서 가장 덩치 크기로 유명한 선수였다.

"우리 야구부원 건들면 어떻게 되는지 몰라?"

"아니, 시발! 누가 누굴 건드렸다고! 그……."

짝!

"이 양아치 새끼가 지금 분위기 파악 안 돼? 학교에서 양아치 짓하는 거 그동안 귀찮아서 봐줬더니, 우리 야구부가 좆도 아닌 거 같아? 놀 거면 양아치 새끼들끼리 처놀라고. 왜 운동하는 애를 건드려?"

고작 따귀 한 대를 맞았을 뿐인데 재영은 머리가 어질어질했다. 따귀를 맞고 정신을 못 차리자 옆에 있던 일행 중 한 명이 잔뜩 움츠린 채로 입을 열었다.

"그런 게 아니라 우리가 언제 야구부를 건드렸냐고……."

그러자 앞에 나온 덩치 큰 야구부원이 뒤를 돌아봤다.

"최구일! 최구일, 어디 있어."

"구일이 아까부터 안 보이던데요."

"그 새끼는 하여튼간. 아무튼 너희들 1반 아니야? 구라 치면 죽는다."

그제야 정신을 차린 재영이 볼에 손을 올린 채 입을 열었다.

"1반은 맞는데 우리는 야구부 건드린 적 없다."

"없다? 아무튼 양아치 새끼들은 인정을 안 해."

야구부원이 손을 다시 들어 올리자 재영은 자신도 모르게 양손을 들어 올려 막는 시늉을 했다.

야구부하고 부딪힐 일이 없어서 몰랐지만, 막상 부딪혀 보니 몇 대만 더 맞으면 죽을 수도 있을 것 같았다. 그러다 보니 자신도 모르게 겁이 나기 시작했다.

"처맞아보니까 무서워? 이 새끼들은."

둘러싼 채 피식거리며 웃는 소리가 들렸지만, 쪽팔림을 느낄 분위기가 아니었다.

"너희가 안 괴롭혀도 훈련하느라 뒈질 거 같아. 그런데 왜 건드냐."

"미안한데… 우리가 안 건드렸어……."

"너 1반 맞다며. 야, 우리 새로 온 부원 이름이 뭐라고 그랬지?"

"창수. 장창수. 구일이랑 같은 반이라고 그랬으니까 1반 맞을 텐데."

그 말에 재영 일행은 어이가 없는 얼굴로 서로를 번갈아 쳐다봤다.

"창수가… 야구부원이라고?"

"맞네. 이 새끼 구라 치면 죽는다고 했지. 너 때문에 내 차례에서 끝났다고. 만약에 내 유니폼 이상하게 나오면 넌 뒈졌다고 복창해라."

뒤에서 부원들은 다시 큭큭거렸다.

그때, 야구부원 중 한 명이 감독님이 왔다는 말을 전했다. 그제야 재영 일행은 야구부원들에게 둘러싸인 채 주차장을 나올 수 있었다. 건물 앞 풍경이 그렇게 반가울 수 없었다.

하지만 반가움을 느끼기도 잠시.

"이 쌍놈의 새끼야! 창수 어디 있어! 내가 약속하마. 너희 집안을 아주 풍비박산 내주마!"

"할아버지, 참으세요. 일단 얘기부터 들어봐요."

재영은 학교에서 본 창수 할아버지라는 사람과 형이라는 사람을 봤다. 도대체 지금 이게 무슨 일인지 도무지 이해가 안 됐다.

그때, 휴대폰이 울렸다. 번호를 보니 아버지였고, 재영은 동아줄이라도 발견한 얼굴로 급하게 전화를 받았다.

"아빠!"

─이 쌍놈의 새끼! 너 어디야!

"아빠?"

─너 만약에 사고 쳤으면 진짜 호적에서 팔 거니까 그렇게 알아. 몇 시간이나 지났다고 사고를 쳐, 사고를. 너 정말 아빠 죽는 꼴 보고 싶어서 그래?

"아니… 내가 뭘 잘못했다고요……."

평소 나오지도 않던 존댓말이 저절로 나왔다. 돌아가는 분위기가 심상치 않았다. 이렇게 떼로 몰려와 찾는 것도 이상했고, 아버지 반응도 이상했다. 그러다 혹시 뉴스에서만 보던 자살 사건이 일어난 건 아닐까 생각했다. 장 노인의 얼굴을 보니 더욱 겁이 났고, 억울했다.

"뭔가 오해하시는 것 같은데… 저희 오늘은 정말로 창수 안 건드렸어요. 저희는 잘못 없어요."

"안 건드렸다고요?"

우진은 쉽게 반성하는 모습을 보이지 않았던 재영이 움츠려 있는 모습을 물끄러미 쳐다봤다. 그렇게 뉘우칠 줄 모르던 사람이 자신보다 힘이 센 야구부원에게 잡혀 있자 눈빛 자체가 달라졌다. 마치 창수에게서 보던 눈빛이었다.

"그럼 창수 어디 있어요?"

"저희는 진짜 몰라요. 정말요. 학교에서 본 게 다예요."

그때, 건물 계단에서 시끄러운 목소리가 들렸다.

"야, 너 진짜 다음에 꼭 갚아라. 나 진짜 돈 없어. 그런데 생각할수록 어이없네. 네가 먹자고 해놓고 돈도 없냐!"

"미안해. 나도 있는 줄 알았는데 옷을 바꿔 입고 급하게 와서 그래. 학교 가서 줄게."

"맞다. 너 휴대폰도 안 가져왔지. 알았어. 그럼 19,800원 반땡이니까 네가 만 원 내라. 꼭이야!"

굉장히 큰 목소리에 건물 앞에 있던 사람들 시선이 전부 계단으로 향했다.

"저 목소리 구일이 목소리 같은데? 같이 있는 사람은 누구야."

계단에서 내려오는 사람이 발부터 조금씩 보이기 시작했다. 그리고 얼굴이 보였을 때 계단을 내려오던 발걸음이 멈췄다.

"감독님? 주장?"

"너… 뭐냐?"

"아, 그게… 창수가 그러니까… 제가 싫다고, 싫다고 그랬는데… 창수가… 아, 몰라! 창수야, 튀어!"

"튀긴 뭘 튀어! 이 새끼가!"

우진은 허탈하게 웃고는 최구일 옆에 서 있는 창수를 봤다. 자신이 만들어준 야구복 대신 학교에서 지급받은 야구복을 입고 있었다.

그리고 옆에서 그 모습을 본 재영은 짧은 시간 동안 받았던 억울함이 서러웠는지 울먹거리면서 말했다.

"봐요. 우리 진짜 아니라니까."

우진은 자신의 오해 때문에 벌어진 일이기에 내키진 않지만 사과하려고 할 때, 감독이 말을 자르고 들어왔다.

"열 맞춰."

"아… 최구일 저 새끼 진짜……."

"소리 내지 말고 열 맞춰. 장창수 너는 우리 부원 아니야? 너도 열 맞춰."

창수는 영문을 모르겠다는 얼굴로 대열에 끼었다. 그렇지만 그 얼굴에서도 좋아하고 있다는 게 느껴질 정도로 밝아 보였다.

"학교까지 주장 인솔하에 달려간다. 나보다 늦으면 오늘 야간 훈련이다. 뛰어! 선생님은 저랑 같이 차 타고 가시죠."

제8장

유니폼 I

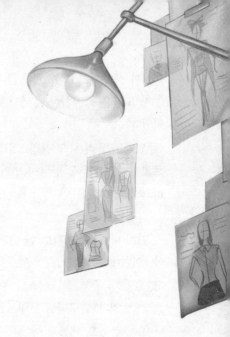

　먼저 학교로 돌아온 우진은 감독실에 자리한 채 스케치한 것들을 살폈다. 이미 창수를 그려놨었기에 전부 그릴 필요는 없었지만, 필요한 것이 있었다.

　"장갑하고, 이런 보호대까지 만들 생각인 게냐?"

　"그건 무리 같아서요. 선수들 보호 장비인데 마음대로 만들 수 없잖아요. 그리고 아까 감독님이 그러시더라고요. 너무 새롭게 만들면 대회 규정에 어긋나서 사용 못 한다고."

　"그런데 뭘 그렇게 보는 게야."

　"아, 다른 건 몰라도 옷은 제대로 만들어야 하잖아요. 바지 엉덩이에서 허벅지하고 종아리 부분 누빔 처리된 거 보고 있었어요. 창수 거에는 없었잖아요."

　"그렇지. 슬라이딩 때문에 유니폼이 찢어지는 데다가 살도 갈

리니까 보호하려고 한 게야. 한번 보여주게."

장 노인은 스케치한 옷에서 누빔이 된 부분을 보며 고개를 끄덕였다.

"누빔은 우리 로고 모양으로 할 생각이고만? I.J 로고 안에 또 로고가 들어 있네. 상당히 번거로울 거 같은데, 이걸 언제 다 하려고 하는 게냐."

"그렇죠?"

"이거 다 만들면 최소 한 달은 지나겠고만. 아니지, 한 달이 뭐야. 이번에도 메모리 200으로 만들 거면 원단 공수도 해야 하고. 골든에 좁쌀 쿨베이스도 주문해야 되고. 두 달은 족히 걸리겠고만. 일단 연구원에 보내서 마모 강도부터 알아봐야겠어. 그나저나 딱 봐도 매튜랑 마 실장 오면 또 바가지 긁히겠고만?"

우진이 걱정하던 부분이었다. 창수를 위해서 하긴 했지만, 야구부 모두의 옷을 만들기에는 너무 많은 시간이 필요했다. 아무리 자신이 대표로 있다고 하더라도, 숍은 혼자 운영하는 게 아니었다.

*   *   *

다음 날.

학교 수업이 끝나고 훈련 중인 야구부를 구경하는 사람이 늘었다. 매튜와 세운, 그리고 미자까지 가세했다.

"미치겠다. 우진아, 이건 내가 못하지. 스파이크를 만들어본 적도 없는데. 아니, 만들어봤다고 해도 50켤레를 어떻게 만들어.

이건 안 돼."

"선생님, 왜 갑자기 유니폼을 제작하시겠다는 겁니까? 제가 알지 못하는 이유라도 있습니까? 설마 스포츠 브랜드를 론칭할……"

우진은 매튜가 또 오해하고 무슨 일을 벌일지 모른다는 생각에 급하게 입을 열었다.

"아니에요. 절대 아니에요."

"그럼 단지 장 상무님 손자 때문에 이 일을 벌이신 겁니까?"

우진은 말을 머뭇거리자 세운이 장 노인에게 고자질하듯 통역했다.

"난 부탁한 적 없네만. 나 아니니까 그렇게 보지 말라고 전하게."

난감한 우진이 머리를 긁적일 때, 야구부원들이 지르는 소리가 들렸다.

"메이저리그야, 기다려라! 우리가 간다!"

감독이 억지로 시켜서인지, 아니면 지켜보는 사람들이 있어서인지 부끄러워하는 선수들도 있었다.

원대한 포부를 뱉는 모습을 지켜보던 우진은 갑자기 미소를 지으며 선수들을 가리켰다. 그러고는 매튜를 보며 입을 열었다.

"후원."

"후원이라… 그러니까 저기 저 선수들 중에 메이저리그에 갈 선수가 있다는 겁니까? 그렇다고 해도 선생님 친구분인 후 씨에게 옷 한번 입히는 게 훨씬 이득일 텐데요. 그래도 성공한다는 보장만 되어 있다면 나쁜 생각은 아닙니다."

우진은 훈련을 마치고 휴식하는 선수들을 일으켜 세워 좀 더 뛰게 만들고 싶었다.

"그럼 어떻게 제작하실 생각이십니까. 전부 수작업으로 작업할 생각이십니까?"

"창수 유니폼도 특별한 게 없어서 맡겨도 될 거 같아요. 그런데 스파이크나… 보호대를 제가 디자인한 대로 만들어주는 업체가 있을까요?"

그러자 매튜가 잠시 생각을 하더니 우진을 보며 씨익 웃었다. 우진은 또 무슨 생각을 하길래 저러는지 불안해졌다.

"역시 대단하십니다. 현재 저희가 수익을 내려면 선생님이 생각하신 협업만 한 것이 없습니다. 제프 우드와 헤슬처럼. 제가 그럼 저희와 어울릴 만한 브랜드와 콘택트해 보겠습니다. 아마 모두 긍정적인 반응을 보일 겁니다. 게다가 저렇게 슬라이딩을 하면 유니폼도 수시로 바꿔야 할 겁니다. 유니폼 제작까지 알아보겠습니다."

매튜는 박수까지 치며 고개를 끄덕거렸고, 우진은 어색한 미소를 지으며 고개를 돌렸다. 대화를 듣던 세운은 어이가 없는지 두 사람을 봤다.

"둘이 아주 북 치고 장구 치고 난리도 아니네. 난 할 거 없어서 괜찮지만, 유 실장은 미용 장비들까지 챙겨왔는데 서운해서 어떡해?"

우진은 그 말에 미자를 바라봤다. 괜찮은지 아닌지 알 수 없는 표정으로 서 있었다. 여기까지 미용 장비를 들고 왔을 걸 생각하니 미안하긴 했다.

"저기 선수들이 전부 삭발이라……."

"삭발이면 엄청 편해요! 선생님, 걱정 마세요. 제가 예쁘게 밀게요."

"네? 아… 네."

오랜만에 할 일이 있다고 생각해서인지 의욕적인 미자의 모습에, 우진은 마지못해 고개를 끄덕였다.

"저기 학생분들! 전부 이리 와요! 씻기 전에 머리카락 자르고 씻어요!"

그러자 감독이 우진을 봤다. 우진은 미자의 수고도 있거니와 전부 삭발인 학생들도 돈 들이지 않고 이발할 수 있다는 생각에 감독에게 상황을 설명했다. 그러자 감독이 오히려 굉장히 만족한 얼굴로 선수들을 다시 집합시켰다.

"유명한 숍에서 오신 선생님이니 감사한 마음으로 이발하도록!"

*　　　　*　　　　*

다음 날.

불과 하루가 지났을 뿐인데 서울에 지사를 두고 있는 스포츠 브랜드 업체가 대구까지 내려왔다.

그리고 호텔에서 그들과 마주하고 있는 우진은 상당히 난감한 얼굴이었다.

"하하, 그러니까 저희 'Hive'가 스포츠 용품에 관해서는 당연

최고라고 자부합니다. 하하, 패션 업계의 최고와 스포츠 의류 업계의 최고가 만난다라… 벌써부터 굉장한 시너지가 기대됩니다. 하하, 그런데… 이렇게 콜라보를 하면 보통 저희 로고인 H를 새겨야 하는데…….."

"곤란하죠?"

"하하, 곤란하기보단 조금 그렇다는 말입니다. 보통 업계에선 제품에 새겨지는 로고는 업계 로고를 사용하고 제품명에 디자이너 이름을 쓰다 보니… 그럼 내부적으로 회의를 좀 해봐야겠지만, 안쪽에 I.J 로고를 새기는 건 어떻겠습니까? 그래야 저도 회사에 돌아가서 할 말도 있고…….."

우진은 이마를 긁적였다. 유니폼은 꺼내기도 전에 스파이크에서부터 막혔다. 앞에 있는 남자의 말대로라면 디자인이 완전 바뀌게 되었다.

우진이 본 스파이크는 검은색이었고, 거기에 검정 실을 사용했기에 I.J 로고가 박혀 있더라도 잘 보이지 않았다.

자세히 살펴봐야 보이는 신발인데 스포츠 용품 쪽 사람들은 그 자리에 형형색색으로 자신들의 로고를 사용하길 원했다.

비단 앞에 있는 사람만 그런 것이 아니라 지금까지 만났던 사람들 모두가 비슷한 말을 했다.

한참 대화를 한 뒤에야 Hive 측 사람이 상당히 아쉬운 얼굴로 일어섰다.

"먼 곳까지 오셨는데 번거롭게 해드려서 죄송해요."

"아닙니다. 제 일인걸요! 별말씀을. 이렇게 만나 뵙게 돼서 영광이죠. 저도 회사 들어가는 대로, 최대한 선생님 의견에 맞출

수 있도록 노력하겠습니다. 아, 안 나오셔도 됩니다."

'Hive'에서 온 사람이 돌아가자, 매튜가 종이에 펜을 그으며 입을 열었다.

"아마 원하는 대답을 듣기는 어려우실 겁니다. 아제슬만 하더라도 우리 로고는 없습니다."

"네……."

당연히 우진도 알고 있었다. 그렇지만 그때와는 달랐다. 그때는 패턴만 제공했을 뿐이고, 이번엔 눈으로 디자인을 직접 본 것이다.

정 안 되면 양보해서 스포츠 회사들이 원하는 대로 해야겠지만, 일단은 좀 더 찾아보고 싶었다.

"우리가 원하는 대로 하려면 시장에 주문하는 방법밖에 없을 겁니다. 그럼 선생님이 생각하시던 콜라보가 아니게 됩니다. 그리고 하청을 주게 되는 것과 다름없죠. 그리고 정기적으로 후원하기에도 번거로워질 겁니다."

"네. 그건 저도 알아요. 그런데 오늘은 끝난 거예요?"

"네. 'Hive'가 마지막이었습니다."

우진이 아쉬움에 입맛을 다실 때, 호텔 커피숍으로 학교에 남아 있던 IJ 식구들과 창수가 함께 들어왔다.

"창수도 왔어……? 쟨 저럴 필요 없는데……."

창수마저 머리가 빡빡이였다. 딱 봐도 미자 작품이었다. 시간 내서 학교에 가더니 창수 머리까지 자를 줄을 몰랐다.

이전에 왼쪽 눈으로 봤을 때는 모자 밑으로 앞머리가 나와 있었는데, 지금은 모자를 쓴다고 해도 머리카락이 보이지 않을 것이다.

그럼에도 뭐가 그렇게 좋은지 머리를 비비며 들어오는 모습에 우진은 이마를 긁적였다.

"저도 야구부원이라 잘됐어요."

"그랬구나. 그런데 여기까지 뭐 하러 왔어?"

"아, 할아버지가 밥 먹자고 하셔서요."

다행히 두 사람 사이의 오해가 조금 풀린 것 같아 심란한 와중에도 미소가 생겼다.

"부모님은 뭐라고 하셔? 반대하시진 않았어?"

"반대는 안 하시는데… 걱정하시죠. 제가 야구를 한다니까. 그래도 전 선수는 아니라고 잘 설명했어요. 머리 보고 조금 놀라긴 하셨는데."

그러자 옆에 있던 장 노인이 툭 하니 말을 던졌다.

"반대할 리가 있느냐? 공부도 못하는 놈이 야구 하나는 빠삭한데. 아까 훈련할 때 감독이랑 코치가 오히려 묻더고만."

"그래요?"

"그래. 아주 옆에 찰싹 달라붙어 가지고 이것저것 묻고. 난 우리 창수가 감독인 줄 알았고만? 또 모르지. 나중에 감독 할지도."

손자 욕을 그렇게 하더니 이제는 욕 대신 칭찬으로 바뀌었고, 창수를 보는 눈빛까지 따뜻함이 묻어나왔다.

"계네들이 뭐라고 하진 않았어?"

"네……."

창수는 어색한 얼굴로 빡빡머리를 비볐고, 장 노인이 대신 대답했다.

"하하하. 학교가 일 처리를 재밌게 했더구나. 학교징계위원회? 아무튼 거기서 학교 봉사 처분을 내렸는데 그 장소가 야구장이 니라. 야구장 주변 청소도 하고, 야구공도 닦고. 하하하, 아주 볼 만하더고만? 참 어린놈들이 벌써부터 지들보다 강하면 기고, 약 하면 괴롭힐 생각이나 하고. 쯧쯧."

"부모들은 뭐라고 안 해요?"

"뭐라고 하기는. 창수가 지 에미 아는 게 싫다고 집에 찾아오 지 않게 해달라고 그래서 그렇게 해줬더만, 아주 학교에 찾아오 고 야구부에 지원하고 난리도 아니더구나. 그래서인지 다행히 야구부원들도 창수가 굴러들어왔는데도 딱히 배척하는 거 같진 않고."

"다행이네요."

우진은 기분 좋음에 창수의 짧은 머리를 비볐다. 그러자 창수 도 씨익 웃으며 우진을 봤다.

"하고 싶었던 일이니까 열심히 해."

"형, 진짜 고마워요. 지금은 힘들어도… 나중에 꼭 보답할게 요."

"보답은 무슨, 됐어. 너 할 일이나 잘해. 네가 보답 안 해도 할 아버지가 충분히 도와주고 계시니까."

"크흠, 그래. 임 선생 말대로 너는 네 할 일이나 잘하거라. 이 할아비가 아주 열심히 보답 중이니까."

그때, 함께 들어온 세운이 기업들과 얘기가 어떻게 됐는지 궁 금했는지 매튜가 적어놓은 종이를 살폈다.

"뭐야, 하나도 안 됐네? 왜 안 됐어?"

"그게 조건이 잘 안 맞더라고요."

"내가 만들어야 하는 거 아니지? 뭐야! 그 눈빛은? 내가 그걸 어떻게 다 만들어!"

최후의 경우, 세운이 만들어야 할 수도 있었다.

우진이 선뜻 대답하지 못하자 세운이 손사래를 치며 말했다.

"이건 무슨 수를 쓰더라도 못해. 가만 보자, 어디 어디야. Hive, JooQ, M2 유명한 데는 다 있네! 아, Position은 없네. 하하."

"Position이요?"

"하하. 최 이사 아들 놈. 그 자식이 스포츠 브랜드 차렸거든. 몰랐지? 툭하면 문자 보낸다. 그런데 그 자식은 내가 밉지도 않은가 봐. 나 같으면 아무리 자기 부모가 잘못했어도 얼굴 마주하기 싫을 텐데."

"아, 맞다. 할아버지한테 들었어요. 그런데 벌써 시작했어요?"

"어. 지금은 인터넷으로 이상한 반팔하고 운동화를 팔더라고. 애가 추진력이 장난 아니야. 시장표 운동화 만드는 공장을 아예 인수해 버렸더라. 한때 나름 유명했던 공장이라던데. 아무튼 벌써 장사할 준비 끝낸 모양이더라고. 부자가 망해도 삼대는 간다는 소리가 괜히 나온 게 아니야. 참, 다음 달엔 강남에 매장도 오픈한다더라."

세운의 말을 듣던 우진은 생각에 잠겼다. 아직 자리 잡지 못한 브랜드라면 자신의 요구를 들어줄 것 같았다.

다만 그렇게 돼버리면 매튜가 말한 대로 시장에 주문하는 것과 다르지 않을 수도 있었다. 그럴 바엔 최동훈처럼 작은 공장을 인수하는 편이 나을 수도 있었다.

"실장님, 그분을 한번 만나 볼 수 있을까요?"

"누구 최동훈? 만나 볼 순 있을 거 같은데… 난 그냥 마주하기가 좀 꺼려져서."

"일 얘기를 좀 해보려고요."

"그래? 일단 뭐 얘기는 해볼게."

세운은 통화도 아닌 문자를 보냈다. 그리고 몇 초도 지나지 않아서 답장이 왔다.

"어디냐고 그러는데? 지금 당장 올 기세네."

"오실 수 있으시대요?"

"몰라. 대구까지 오라고 하기는 좀 미안한데. 일단 보내볼게."

세운이 다시 문자를 보냈고, 또 금세 답장이 왔다.

"출발한대. 내 말이 맞지? 추진력이 대단하다니까?"

그 뒤로도 세운의 휴대폰에 메시지가 수시로 도착했다.

"시흥이 공장인가 봐. 수원에서 KTX 탔대. 2시간은 걸린다네."

"알겠어요. 그럼 저희는 일단 밥부터 먹고 와요. 창수야, 너도 같이 가자."

"네. 그런데, 형. 15일까지 유니폼 만들어지나요? 전국체전 개막전에 입고 나갈 수 있나 해서요."

우진은 곤란한 듯 고개를 저었다. 한 달도 채 안 남은 시간이기에 분명 무리였다.

"힘들겠죠……? 그럼 결승 올라가면 그때는 될까요? 저희 분명 갈 수 있거든요!"

얘기를 해봐야 하겠지만, 열흘 늘었다고 가능할 것 같진 않았다.

『너의 옷이 보여』 5권에 계속…

초대형 24시 만화방

신간 100%, 샤워실, 흡연실, 수면실(침대석), 커플석, 세탁기 완비

■ 광명 광명사거리역점 ■

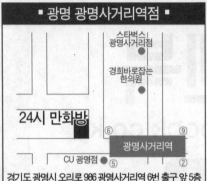

경기도 광명시 오리로 986 광명사거리역 6번 출구 앞 5층
02) 2625-9940 (솔목타워 5층)

■ 강북 노원역점 ■

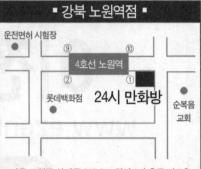

서울 노원구 상계동 340-6 노원역 1번 출구 앞 3층
02) 951-8324 (화용빌딩 3층)

■ 일산 정발산역점 ■

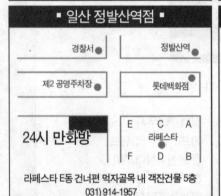

라페스타 E동 건너편 먹자골목 내 객잔건물 5층
031) 914-1957

■ 일산 화정역점 ■

경기도 고양시 덕양구 화정동 984번지 서일빌딩 7층
031) 979-4874 (서일사우나 건물 7층)

■ 부천 역곡역점 ■

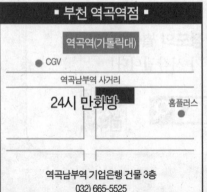

역곡남부역 기업은행 건물 3층
032) 665-5525

■ 부평역점 ■

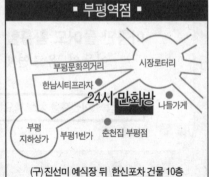

(구)진선미 예식장 뒤 한신포차 건물 10층
032) 522-2871

FUSION FANTASTIC STORY

초인의 게임

니콜로 장편소설

지저 문명의 침략으로 멸망의 위기에 빠진 인류.
세계 최고의 초인 7명이 마침내 전쟁을 종식시켰으나
그들의 리더는 돌아오지 못했다.

그리고 17년 후.

"서문엽 씨!
기적적으로 생환하셨는데 기분이 어떠십니까?"
"…너희 때문에 X같다."

죽어서 신화가 된 영웅.
서문엽이 귀환했다.

— Book Publishing CHUNGEORAM

유행이 아닌 자유추구 -
WWW.chungeoram.com